Gabriele Ketterl wurde in München geboren, wo sie auch heute wieder mit ihrer Familie lebt. Ihre Fantasie steckt mittlerweile in Kinderbüchern, Kurzgeschichten, Fantasyromanen, Romantic-History-Büchern ... Nach einem Studium der Amerikanistik und Theaterwissenschaften an der Ludwig-Maximilians-Universität München hieß es erst einmal: Reisen und Ideen sammeln. Betrachtet man ihren Output, scheint das gut geklappt zu haben.

Lady Ilses MORDS GESCHICHTEN

Man mordet, wo man kann

Gabriele Ketterl

Erstausgabe August 2024

Copyright © 2024 dp Verlag, ein Imprint der
dp DIGITAL PUBLISHERS GmbH
Made in Stuttgart with ♥
Alle Rechte vorbehalten

Man mordet, wo man kann

ISBN: 978-3-98998-501-8
E-Book-ISBN: 978-3-98778-729-4

Covergestaltung: Buchgewand
Umschlaggestaltung: ARTC.ore Design
Unter Verwendung von Abbildungen von
stock.adobe.com: © saranyoo, © DAIYAN MD TALHA, © Daniel
Strauch, © Nik_Merkulov, © Ljupco Smokovski
depositphotos.com: © MKucova, © yupiramos, © hlavkom
Lektorat: Sandra Florean
Satz: dp DIGITAL PUBLISHERS GmbH
Druck und Bindung: Books on Demand GmbH, Norderstedt

„Wenn des oida Adel is, friss I mein Walpurgisbäsn!“
Ilse von Karburg. (78).

Dürfen wir übersetzen?

„Wenn das alter Adel ist, verspeise ich mein Walpur-
gisnachts-Flugobjekt

Die liebe Familie

„Donnerwetter, der wiegt ja eine Tonne! Qualität hat anscheinend so ihr Gewicht." Stöhnend wuchtete Ilse von Karburg ihren funkelnagelneuen Bademantel aus der Waschmaschine. Schneeweiß, kuschlig und sehr edel …, aber eben auch schwer, vor allem jetzt, also, nass. Aber Ilse lebte nach dem Motto: „Einem geschenkten Gaul schaut man nicht ins Maul".

Das schöne Stück war eines der Abschiedsgeschenke des Romantik-Hotels „Tölzer Oase" gewesen. Eines von vielen, wie sie sich eingestand. Allerdings fand Ilse das auch angemessen, nach allem, was sie und ihre beiden Freundinnen Marga und insbesondere die arme Tilde dort hatten erleben müssen. Immerhin waren die letzten zwei Wochen sehr angenehm und letztendlich auch erholsam verlaufen. Der Hoteldirektor war konstant damit beschäftigt gewesen, ihnen jeden Wunsch von den Augen abzulesen.

Ilse verfrachtete den Bademantel mit ein wenig Mühe in den Wäschetrockner und stellte diesen an. Ächzend richtete sie sich auf und rieb sich die Oberarme. Kühl wurde es langsam. Sie warf einen neugierigen Blick aus dem Fenster ihres Hauswirtschaftsraumes. Blauer Himmel, ein paar Wölkchen und trotzdem spürte man den herannahenden Herbst. Nachdenklich betrachtete

Ilse die sich langsam verfärbenden Blätter an ihren Bäumen. Sie hatte den Winter immer gern gemocht, solange Franz-Josef gelebt hatte. Skiurlaube, Schlittenfahrten mit dem Pferdeschlitten in eisigen Winternächten, warm eingepackt und eng aneinander gekuschelt. Winter-Barbecue mit den Freunden auf der heimischen Terrasse und so vieles mehr. Seit Franz-Josef nicht mehr lebte, mochte sie den Winter nicht mehr gar so gern. Vielleicht auch, weil sich die Knochen und Gelenke jedes Jahr lauter zu Wort meldeten. Seufzend zog sie die Tür des Wirtschaftsraumes hinter sich ins Schloss. In der Küche goss sie Wasser in den Teekocher, entschied sich für einen feinen und geschmacksintensiven Vahdam Silver Needle und gönnte sich einen der buttrigen schottischen Ingwer-Kekse, die sie immer im Haus hatte.

Phillip hatte ihr vor einigen Tagen angeboten, mit ihm und Manuela die Weihnachtstage auf einer Hütte in den Bergen zu verbringen. Den Teufel würde sie tun, so sehr sie Phillip liebte und so sehr es sie reizen würde, mit den jungen Leuten die Feiertage zu verbringen. Die Zwei waren frisch verliebt und rundum glücklich, da hatte die olle Tante nichts verloren. Stattdessen ging ihr das Angebot des Romantik-Hotel-Chefs nicht aus dem Kopf. Drei Wochen im Luxus-Anwesen auf Mallorca klang gar nicht so übel. Nun musste sie nur noch Marga und Tilde überzeugen. Sie goss den Tee auf und stellte den Timer, feiner Tee war kapriziös, den musste man mit Respekt behandeln. Ihr Blick fiel auf die antike Küchenuhr, die sie zum Entsetzen aller Antiquitäten-Spezialisten knallrot lackiert hatte. Sie fand das passte zu ihrer Küche. Es war bereits kurz nach drei und eigentlich wollte sich Marga nach ihrer heutigen Trainingsstunde mit Marcus längst gemeldet haben. Seufzend schenkte sich Ilse eine Tasse des duftenden Tees ein. Hoffentlich war nicht schon wieder etwas passiert. So langsam reichte es ihr ... zumindest für dieses Jahr.

Sie hatte den Gedanken noch nicht zu Ende gebracht, als ihr Handy losjaulte. Knurrend stellte sie die Tasse ab. Dieser Klingelton machte sie kirre. Ab und an fand sie Phillips Humor geringfügig seltsam. Die Melodie zu *Highway to Hell* war ab einem gewissen Alter nur noch bedingt amüsant.

„Marga, ich hab mir schon wieder Sorgen gemacht. Wart, ich schalt dich auf laut, mein Tee ist gerade fertig." Sie legte das Handy auf die Anrichte und ließ braunen Kandis in die Tasse rieseln. „Sag schon, meine Liebe, was gibt's Neues im Club?"

„Was es im Club gibt, ist total nebensächlich, aber sowas von dermaßen nebensächlich. Ilse, halt dich fest, du wirst es nicht glauben, aber der Bub kommt heim."

Sie war dezent überfordert. „Marga, etwas mehr Zusammenhänge bitte. Ich steh auf dem Schlauch. Wer kommt heim und warum?"

„Mensch, Lady Ilse, wer wohl? Wenn ich sag *der Bub*, dann kann das wohl nur einer sein, oder?"

Langsam dämmerte es Ilse. „*Dein* Bub? Der Anton? Der, der dem tranigen Deutschland für immer und ewig abgeschworen hat?"

„Genau der. Ilse, ich bin so aufgeregt, ich weiß gar nicht, wo ich anfangen soll, ich zittere am ganzen Leib und ich ..."

„... und du setzt dich jetzt sofort in dein Auto und kommst hierher. Deine Panikattacken spür ich durchs Telefon. Auf geht's und zwar flott. Ich koche dir einen schönen Beruhigungstee und dann erzählst du mir alles in Ruhe. Hörst du? *In Ruhe!* Sonst kapier ich es eh wieder nicht, du weißt schon ... mein hohes Alter." Ilse beendete kurzerhand mit einem Lächeln auf den Lippen das Telefonat.

***

„Liebe Lady, das ist kein Beruhigungstee, das ist ein Grog." Stirnrunzelnd schnupperte Marga an dem großen Pott mit Tee.

„Ja, und? Ein Schuss Rum hat noch nie geschadet. Noch ein Hauch Kandis?" Ilse hielt der Freundin die Schale mit dem Zucker entgegen.

„Danke, nein. Ich gebe es ungern zu, aber wahrscheinlich brauch ich das Gesöff. Als Toni mich heute Mittag angerufen hat, war ich vollkommen neben mir. Du weißt, dass ich nach Hans' Tod vorsichtig gehofft habe, er käme wieder zurück, aber da hatten sie sich in Australien schon so viel aufgebaut."

Ilse nickte. „Verständlich. Dein Toni war immer ein Guter, ein Fleißiger ... schade, dass Hans das nie gesehen hat."

„Hans war blind, wenn es um seinen einzigen Sohn ging. Er war ein herzensguter Mensch, aber bei Toni war er hart wie Stein. Das kam von seiner eigenen Erziehung, davon, dass er seinem Vater schnurzegal war. Der alte Menzing hat sich nie um Hans als Menschen geschert. Wichtig war der Hof und dessen Fortbestand.

Darum zählte nur der älteste Sohn. Ich glaub, am liebsten wäre dem alten Zausel gewesen, wenn Hans als Knecht bei seinem Bruder gearbeitet hätte. Darum hat er ja dann so geschuftet und sich ein riesiges Vermögen erarbeitet, um es allen zu zeigen und wahrscheinlich auch für sich selbst und sein Ego."

Ilse zog eine leichte Grimasse. „Um dann bei dem eigenen Sohn den gleichen Fehler zu machen und ihn in ein Leben zwingen zu wollen, welches der Bub wiederum nicht wollte."

„Wenn's nur das gewesen wäre. Toni wollte ja. Er ist so geschickt, so erfinderisch, immer lösungsorientiert, aber er hatte eine andere Herangehensweise. Erinnerst du dich, wie stolz und glücklich er war, als er seine Lehre so gut abgeschlossen hatte? Davor schon die sehr gute Mittlere Reife, da bin ich schon schier geplatzt vor Stolz. Hans damals auch noch. Dass Toni dann eine Zimmermannslehre gemacht hat und nebenbei die Schreinerei gleich noch mit, das hat er schon misstrauisch beäugt. Ihr wart bei der Feier dabei, erinnerst du dich, wie Hans ihn bedrängt hat, sofort einzusteigen und das Geschäft auszubauen? Hast du Tonis Gesicht gesehen?" Marga nippte mit trauriger Miene an ihrem gehaltvollen Tee.

„Hab ich. Herrschaftszeiten, ich hab damals noch so gehofft, dass Hans Vernunft annimmt und es zulässt, dass Toni seine eigenen Erfahrungen sammelt. Aber ihm die Walz zu verbieten, ihn so dermaßen unter Druck zu setzen. Warum musste das denn sein?"

Marga zuckte ratlos die Schultern. „Weil Hans Angst um sein Lebenswerk hatte. *Menzing & Sohn*, das war sein größter Traum. Er hat es nicht begriffen, dass er selbst diesen Traum kaputt gemacht hat. Als Toni darauf bestand loszuziehen, hat Hans ihm ja sogar damit gedroht, ihn zu enterben, was für ein Irrsinn. Sonst hat er immer auf mich gehört, aber hier war er dermaßen verbohrt, dass alles zu spät war. Im wahrsten Sinne des Wortes." Marga wischte sich eine Träne von der Wange. „Am nächsten Tag war sein Schrank leer, seine Sachen alle weg. Wenn mein Sohn etwas ist, dann gründlich und er steht zu dem, was er sagt. Ich hab so sehr geweint, als ich seinen Abschiedsbrief gelesen hab. Aber da saß er schon im Flugzeug nach Sydney. Australien. Für Hans ist eine Welt zusammengebrochen. Australien, Neuseeland, das war für ihn ein anderer Planet. Er, der Urbayer, für den der Gardasee das exotischste war, das er sich vorstellen konnte. Und der war schon ein Wagnis. Schließlich musste man dafür Alpenpässe überqueren, du weißt schon, der Brenner und so weiter."

„Ich kann mich gut erinnern. Damals hab ich dir pfundweise Taschentücher und Pralinen gebracht und bin mit dem von dir so geliebten Apfelstrudel in Massenproduktion gegangen. Immerhin habt ihr euch wieder zusammengerauft. Ich hatte große Angst, dass die Sache mit Toni euch kaputt macht."

Marga verneinte. „Nein, nur beinahe. Die Tatsache, dass sein einziger Sohn für ihn gestorben war, konnte ich nur schwer ertragen. Aber da der Bub immer heimlich Kontakt zu mir gehalten hat, ging es einigermaßen."

Ilse betrachtete grübelnd ihre Hände, aber irgendwie reichten ihre Finger nicht mehr aus. „Hilf mir mal auf die Sprünge. Das ist doch mindestens fünfzehn Jahre her oder täusch ich mich?"

Marga schüttelte den Kopf. „Die Zeit vergeht schneller, als es uns lieb ist. Das sind fast zwanzig Jahre, meine Liebe. Der Bub wird Ende November neununddreißig Jahre alt. Und diesen Geburtstag will er schon in Bayern und mit mir feiern."

„Moment mal, mir fehlt, glaub ich, ein wichtiger Zwischenteil von der Geschichte, oder?" Ilse runzelte fragend ihre Stirn.

„Ach so, ja, klar, entschuldige bitte, aber ich sag doch, ich bin aufgeregt. Ja, also eigentlich sollte ich irgendwann zu Besuch zu ihm und Terry kommen, das ist seine Lebensgefährtin. Sie hatten eine wunderschöne Farm in Queensland. Alles selbst gebaut und mit Schafen und Rindern, also richtig groß und beeindruckend. Nebenbei hat er noch als Handwerker gearbeitet und das sehr erfolgreich. Die sind in Australien noch immer gefragt. Heute will ja keiner mehr richtig arbeiten. Heute *influenzen* sie lieber, so ein Schmarrn. Daraus, aus dem Besuch mein ich, wird aber nichts mehr. Beim letzten gefährlichen Feuer in Queensland ist die Farm zu einem großen Teil abgebrannt. Das war das zweite Mal, beim ersten Mal haben sie alles wiederaufgebaut. Jetzt haben sie keine Nerven mehr, es nochmal zu machen. Es wird immer trockener, immer gefährlicher und somit wird auch das Wagnis immer größer. Sie haben eine sauteure Versicherung gehabt, die sich jetzt tatsächlich rentiert hat. Das Vieh und das Land konnten sie noch dazu vernünftig verkaufen. Sie sind bereits am Packen, bleiben dann noch etwa einen Monat bei

Terrys Eltern in Melbourne, danach geht's auf ins Bayernland."

Ilse lächelte die Freundin an. „Du strahlst so dermaßen, dass es unglaublich ist."

„Frag nicht nach Morgensonne. Ich bin so glücklich. Es ist schon schön, ihn im Videochat zu sehen und mit ihm zu reden, aber ihn wieder hier zu haben, ihn in den Arm nehmen zu können, das ist eben schon was anderes. Ja, ich freu mich unbändig!"

„Ja, die Familienbande. Ich freu mich gleich für dich mit. Jetzt musst du dem Bengel nur noch beibringen, dass du ein italienisches Gspusi hast."

Margas Grinsen wirkte sehr zufrieden. „Das hab ich ihm schon längst verraten. Er freut sich für mich. Toni findet, dass ich mein Leben mit einem Lächeln auf dem Gesicht leben soll."

Spontan umarmte Ilse die Freundin. „Ich wusste, dass du einen richtig großartigen Sohn hast."

„Hab ich. Allerdings brauchen die beiden Kinder eine Wohnung. Du kennst meine schöne Wohnung am Eisbach, direkt am Englischen Garten? Der Mieter ist vor zwei Wochen ausgezogen, der hat Frau und Kind eingepackt und ist nach Griechenland ausgewandert."

Ilse musste wohl oder übel lachen. „Vom Eisbach im Englischen Garten nach Griechenland? Mein Respekt."

„Na ja, ich bin froh drum. So können Toni und Terry gleich in eine eigene Wohnung ziehen. Aber ich muss jetzt schauen, was da drin alles getan werden muss. Es bleiben nur vier Wochen, ehe sie fertig sein muss. Küche ist drin, aber ansonsten ..."

„So schlimm wird's wohl kaum sein. Dein Mieter war, soweit ich weiß, ein ordentlicher Mensch und kein

Mietnomade, oder? Wie lang hat er da gewohnt? Vier Jahre, stimmt doch, oder? Ein Eimer Farb, bissl lüften, putzen und alles ist gut."

Marga seufzte lautstark. „Ich liebe deinen Optimismus. Es soll halt alles perfekt sein, wenn der Bub kommt. Mir graust es ein bissel davor, da reinzugehen. Die Abnahme hat der Makler gemacht und seitdem hatte ich keine Zeit. Du weißt schon, französisch-mexikanische Verwicklungen. Apropos, hast du was von Tilde gehört? Wollte sie nicht schon wieder hier sein?"

Ilse schüttelte traurig den Kopf. „Wollte sie, ja, aber sie bleibt jetzt noch bei ihrer Schwester am Chiemsee. Ich kann sie sogar verstehen. Zuerst die schreckliche Enttäuschung mit diesem falschen Fuffziger und dann waren wir die letzten drei Wochen unzertrennlich. Danach allein in dem Haus, ich glaub, da wären zu viele Erinnerungen auf sie eingeprasselt. Ich finde es ganz in Ordnung, dass sie bei ihrer Schwester ist. Die hat aber auch ein ganz besonders hübsches Häuschen am Seeufer. Da kann Tilde die Seele baumeln lassen."

„Hast auch wieder recht! Ähm, darf ich dich um etwas bitten? Würdest du morgen früh mit mir in die Wohnung kommen und mir helfen? Ich bin sonst nicht so unsicher, aber wenn's nach so langer Zeit um meinen Sohn geht ... Du verstehst das schon, oder?"

Ilse nickte stoisch. „Einigermaßen. Vertrau mir, der Kerl ist erwachsen, er hat sich in Australien ein Leben aufgebaut, alles mit seiner Hände Arbeit. Das ist kein ‚ich kann nur am PC sitzen'-Weichei. Dein Toni ist aus einem anderen Holz geschnitzt. Aber wenn's dich beruhigt, dann komm ich halt mit und greife dir unter die

Arme. Soll ich was mitbringen? Zollstock, Wasser-
wage, … Baldrian?“

Immerhin lachte Marga wieder. „Kein Baldrian, der
ist nicht nötig, in dem Haus ist es geradezu paradie-
sisch ruhig. “

Staubige Überraschungen

„Ruhig? Das wage ich jetzt aber zu bezweifeln." Ilse hüstelte dezent.

Es war knapp nach halb neun Uhr am Morgen des nächsten Tages und die beiden Frauen standen staunend und ein wenig erschrocken vor dem schönen vierstöckigen Mietshaus am Münchner Eisbach. Das Haus selbst sah aus wie immer. In zartgelb gestrichen, sattgrüner Efeu, der an den Seitenwänden emporrankte, gepflegte Blumenkästen an den schmiedeeisernen Balkonen und das antikhölzerne Tor mit den Kupferbeschlägen an den Scharnieren glänzte rötlich. Offenbar war es erst vor Kurzem neu lasiert worden. Nein, das Problem lag vielmehr im Nachbarhaus oder wohl eher in dem Haus, das es einmal gewesen war. Sofern man den Begriff *Haus* überhaupt noch verwenden konnte. Eigentlich beinahe im gleichen Baustil errichtet wie das Haus, in dem sich Margas Wohnung befand, war davon nichts mehr zu erkennen. Das Gebäude erinnerte vielmehr an ein Skelett. Keine Türen, keine Fenster, selbst die Balkone waren entfernt worden.

Marga war ganz offensichtlich fassungslos. „Davon hat uns niemand in Kenntnis gesetzt. Das ist ja gruselig. Der Lärm, der Dreck, schau dir das mal an. Die werden niemals fertig, ehe Toni hier ankommt. Ich kann ihm doch nicht zumuten, neben einer Großbaustelle zu leben.“

„Jetzt brems dich aber mal ein. Schatzerl, ganz im Ernst, der bisherige Mieter hat, korrigier mich, wenn ich falsch lieg, für die hundert Quadratmeter dreitausend Euro Miete warm bezahlt, richtig? Also nix für ungut, aber der Herr Sohn ist ja nun nicht die Prinzessin auf der Backerbse oder sowas. Schließlich überlässt du ihm die Wohnung ohne Miete. Das sehe ich schon richtig, oder? Da kann man schon mal ein Äuglein zudrücken und ein bisserl Staub wischen.“

„Stimmt schon, aber ich will eben, dass er sich von Anfang an wohlfühlt, weißt du?“ Marga deutete nachdrücklich auf die Großbaustelle. „Das da ist kein Wohlfühlfaktor.“

„Nutzt halt nur nichts, wenn wir uns aufregen. Jetzt gehen wir erst einmal in deine Wohnung und dann sehen wir weiter. Auf geht’s.“ Ilse zupfte das Bolerojäckchen ihres rosa Hosenanzuges zurecht und stöckelte auf ebenso rosa Pumps zielstrebig auf den Eingang zu.

„Pass auf mit deinen Schühchen. Nicht, dass du stolperst.“ Marga und ihre Dauersorgen ...

Ilse drehte sich elegant einmal halb um die eigene Achse.

„Hasilein, mit denen kletter ich dir auf den Arber im Bayrischen Wald wenn’s sein muss. Hab ein bisschen mehr Vertrauen in meine Fähigkeiten.“

Immerhin grinste Marga jetzt. „Weißt du was? Daran erinner ich dich bei Gelegenheit. Das will ich sehen, so kommst du mir nicht davon.“

„Ausgmacht! I konn des!“ Hocherhobenen Hauptes erklomm Ilse die leicht geschwungene Treppe vor dem

Wohnhaus und stand sodann erwartungsvoll vor der Pforte. „Und jetzt sperr auf."

Langsam und mit suchendem Blick schritt sie durch die wunderschöne Altbauwohnung. Die hohen Decken mit den Stuckapplikationen begeisterten Ilse ebenso sehr wie die doppelflügeligen Türen mit den hoch angesetzten antik anmutenden Türklinken. Die Wände waren allesamt in Ordnung, mussten nur gestrichen werden. Die Fenster waren erst vor Einzug des Mieters erneuert worden und perfekt in Schuss. Lediglich das Badezimmer bedurfte einer helfenden Hand. Hier musste eine Wand neu gekachelt werden und die Duschkabine musste ausgetauscht werden, die dank des harten Münchner Wassers ein wenig das Flair einer Tropfsteinhöhle vermittelte.

„Marga, das ist nicht sehr viel Arbeit. Wenn die Küche in Ordnung ist, dann sind das knapp drei Wochen." Sie stockte. „Wo eher das Problem liegen dürfte, das ist, woher wir die Handwerker nehmen, die gleich anfangen könnten. Das dauert bei uns schließlich fast ein halbes Jahr, bis sich einer bequemt, sich der Arbeiten anzunehmen." Sie betrat die helle, mit einer Theke zum Wohnbereich hin abgegrenzte Küche.

Marga schloss soeben alle Schränke, die sie zur gründlichen Inspektion geöffnet hatte. „Tja, da haben wir den Salat. Weil wir unseren Handwerkerstand sträflich vernachlässigt haben. Es muss ja neuerdings ein jeder unbedingt studieren. So ein Blödsinn. Es gibt nichts Schöneres und Erfüllenderes, als sich am Abend das ansehen zu können, was man mit seinen eigenen Händen erschaffen hat. Aber erklär das mal den ganzen hochfliegenden, überambitionierten Eltern. Ich seh es kommen, dass Toni die Wohnung selbst herrichten muss. Aber das würd ich halt gern vermeiden."

„Es wäre kein Weltuntergang. Was spricht denn die Küche?" Ilse strich über das glatte, fast weiße Holz der edlen Einbauküche.

„Die ist in Ordnung. Alle Geräte sehen aus wie neu. Ich glaub, die Familie hat viel auswärts gegessen oder vielleicht Lieferservice. Soll mir nur recht sein." Marga wurde von einem lauten Knall und einem Rumms unterbrochen. „Herrschaftszeiten, was machen die denn da drüben?"

Ilse zuckte die Schultern. „Vielleicht reißen sie den Rest auch noch ab, wer weiß?" Sie eilte zurück ins Wohnzimmer und öffnete vorsichtig die Balkontür. Vom Nachbargrundstück erklangen wütende Rufe und ein infernalischer Lärm. Soweit sie es erkennen konnte, war man damit beschäftigt, Zementsäcke von einem Lastwagen abzuladen. Es schien, als habe der Fahrer versucht, die Säcke einfach per ausgefahrener Hubfläche abzuladen. Offensichtlich war das nicht die klügste Entscheidung gewesen, denn bei diesem unüberlegten Manöver waren einige Säcke aufgeplatzt und der Staub hing zäh in der Luft.

Ilse schüttelte ungläubig den Kopf. „Was ist das denn bitteschön für ein Bautrupp? Wenn Dummheit weh tät, wär's da drüben noch lauter." Sie sah genauer hin. Was sie entdeckte, gefiel ihr gar nicht.

Kaum einer der Männer da drüben trug einen Bauhelm. Auf einer Baustelle wie dieser war das unerlässlich, so viel Erfahrung hatte sie dann doch. Außerdem fehlte bei einigen das richtige Schuhwerk. Ausgelatschte Turnschuhe hatten hier nichts verloren. Sie beugte sich über die kühle, eiserne Brüstung und spähte weiter nach hinten. Tatsächlich, sie trugen die Zementsäcke ohne Schutzkleidung in das entkernte Haus. Noch etwas wusste sie nach den vielen Jahren mit Franz-Josef, nämlich, dass die Baustelle hundsmiserabel abgesichert war. Sie reichte bis zur Straße und lediglich ein rot-weißes Flatterband, das an dünnen Eisenstangen festgebunden war, zeigte annähernd an, wo sich die Grundstücksgrenze befand und somit die Baustelle begann. Das war sehr seltsam. Ilse kannte das pingelige Münchner Lokalbaureferat zur Genüge. Zu gern hätte sie gewusst, wer das hier so genehmigt hatte. Falls es denn genehmigt war.

Just in diesem Moment strauchelte einer der Arbeiter samt Zementsack auf seinen Schultern und wäre um ein Haar in einen offenen und – natürlich – ungesicherten Kellerfensterschacht gefallen.

Ilse hatte genug gesehen. „Marga, da drüben ist eine totale Chaotengang am Werk. Da weiß, so scheint mir, keiner, was der andere tut. Außerdem ist die Baustelle viel zu nah an der Grundstücksgrenze. Des gibt's irgendwie alles gar nicht."

Marga trat neben sie auf den Balkon hinaus. „Nicht nur das. Schau mal, die Ausschachtungen neben dem Haus waren vorher nicht da. Was soll das denn werden?"

Ilse straffte entschlossen die Schultern. „Das, meine Liebe, werde ich nunmehr in meiner ausnehmend liebreizenden Art höflichst erfragen."

Nachdem Ilse in gewohnt routinierter Manier samt hohen Absätzen die frisch geölten Holzstiegen des Treppenhauses überwunden hatte, trat sie hinaus ins

Freie. Ohrenbetäubender Lärm, Staub und ungehaltene Rufe empfingen sie. Kopfschüttelnd betrachtete sie das Durcheinander eine Weile. Letztendlich glaubte sie, den für diese Baustelle Zuständigen ausgemacht zu haben, sofern hier überhaupt jemand zuständig war. Sie atmete tief ein und aus und eilte zielstrebig auf den Mann in grauem Hemd und verstauber Jeanslatzhose zu.

„Entschuldigung! Hey, Sie da! Ich sagte *Entschuldigung.* Ich müsste einmal dringend mit Ihnen reden."

Der Kerl drehte sich zu ihr um und musterte sie mit sichtlichem Erstaunen. Welch Wunder. Wahrscheinlich waren wutschnaubende ältere Damen im rosa Hosenanzug und passenden Pumps eher selten auf Baustellen. Sein Blick war eine Mischung zwischen genervt und erschrocken.

„Frau, du bist auf Baustelle. Du darfst nicht hier sein." Aha, sprechen konnte er also, sogar annähernd verständlich.

„*Frau* ist aber hier. Zeig mir ein Schild, auf dem steht, dass das Betreten der Baustelle verboten ist. Ich sehe nichts!" Ilse machte eine ausladende Bewegung mit beiden Armen. „Kein Verbotsschild, kein Bauzaun. Was glauben Sie, was Sie hier tun?"

Sie ahnte, dass sie recht beindruckend wirken musste, das war immer so, wenn sie richtig in Fahrt war. Wohl darum sah sie nun noch einen Hauch mehr an Verunsicherung in seinen Augen.

„Kann ich nix tun. Ich bin hier nicht Chef. Ich warte auf Anweisung." Er musterte sie mit gerunzelter Stirn.

„Anweisung können Sie haben und zwar gerne sofort. Ihre Arbeiter sind unzureichend ausgestattet. Sie tragen keine Schutzkleidung und ihre Baustelle ist hundsmiserabel abgesichert. Ich habe selbst gesehen, wie einer ihrer Leute beinahe in diesen ungesicherten Kellerschacht gefallen wäre. Mann, so geht das nicht!" Ärgerlich stemmte sie die Arme in die Hüften.

Der Mann setzte soeben zu einer Antwort an, stutzte dann aber. Irgendwo hinter ihr musste er etwas entdeckt haben. Seine Gesichtszüge entspannten sich zunehmend. „Frau, komm mit. Ich habe den Chef gefunden, er kann erklären."

„Da bin ich aber sehr neugierig und wo ist dieser angebliche Chef, bitte?" Sie blickte sich suchend um.

„Da ist Chef, komm mit, ich zeige dir." Sehr eilig stapfte der Kerl an ihr vorbei und auf das Haus zu.

Ilse folgte ihm auf dem Fuße und entdeckte einen Mann, der soeben aus einer der Eingangstüren, oder eher aus deren einstigen Umrissen, trat. Ihr Begleiter hatte es plötzlich sehr eilig. Sie konnte ihm nur mit Mühe über die steinige, unebene Fläche folgen. Endlich hatten sie den Mann erreicht und der Arbeiter atmete hörbar aus. Aha, da war aber einer erleichtert.

„Chef, Frau hat Fragen. Viele Fragen und ist, glaube ich, sauer." Er deutete auf Ilse und dann auf den Fremden.

Der entpuppte sich bei näherem Hinsehen als großer, schlanker Mann ungefähr Mitte bis Ende Fünfzig. Er trug ein hellblaues Hemd, eine graue, edle Tuchhose und – man höre und staune – einen gelben Bauhelm auf dem Kopf. In den Händen hielt er, so sah es für sie zumindest aus, diverse Baupläne, mehr oder weniger ordentlich zusammengerollt. Er blickte zuerst sehr ungnädig auf seinen Arbeiter, dann auf Ilse.

„Wie bitte? Ich verstehe leider im Moment überhaupt nichts. Kann mich bitte jemand aufklären? Denn, und das möge man mir unbesehen glauben, sauer bin ich derzeit auch und zwar nicht zu knapp."

Der Arbeiter wollte anscheinend gerade erneut zum Sprechen ansetzen, das aber wusste Ilse zu verhindern. Sie legte ihm ihre Linke auf die Schulter. „Sie können gehen, ich übernehme das hier." Auf seinen verblüfften Blick reagierte sie nur mit einem ungeduldigen Handwedeln und einem „Ist schon gut, geh wieder an die Arbeit, das ist wichtiger."

Diese Wendung schien ihm nur recht zu sein, denn er trollte sich, ohne seinen Chef eines weiteren Blickes zu würdigen, der die Szene mit staunenden Augen verfolgte.

Ilse hingegen holte erneut tief Luft und wandte sich ihm zu. „So, und jetzt zu uns. Sie sind also hier derjenige, der das Sagen hat?"

„Ähm, eigentlich schon. Zumindest dachte ich das bis gerade eben. Sie möchten nicht zufällig die Bauleitung übernehmen? So schnell hat der noch nie reagiert."

Ilse schüttelte grinsend den Kopf. „Das wollen Sie nicht, vertrauen Sie mir."

„Da bin ich nicht so sicher. Aber, bitte, darf ich mich Ihnen vorstellen? Arnold von Löwenberg und, ja, ich bin der Chef dieser unkoordinierten Truppe."

Ilse reichte ihm ihre Rechte. „Ilse von Karburg, meiner Freundin gehört eine Wohnung im Nachbarhaus. Sie können sich vielleicht vorstellen, wie überrascht wir waren, als wir heute zu einer Begehung hier eintrafen und das vorgefunden haben." Sie deutete nachdrücklich auf die Großbaustelle.

„Darf ich ehrlich sein? Da haben wir etwas gemeinsam. Ich hatte zwar ein Gebot für die Arbeiten abgegeben, allerdings nie damit gerechnet, den Zuschlag zu bekommen. Ich war nicht mal der preiswerteste Anbieter. Da ich zu Hause in Wien noch eine Baustelle fertigzustellen hatte, war ich tatsächlich mehr als unvorbereitet. Ich bin jetzt seit etwa zwanzig Minuten hier und wahrscheinlich ebenso entsetzt, wie Sie es sind. Es tut mir leid, egal was, ganz ehrlich." Sein Lächeln war offen und er klang aufrichtig.

„Hm, ich bin gewillt, Ihnen zu glauben. Dazu müssen Sie aber kurzfristig die Arbeiten einstellen und zuallererst Ihre Arbeiter anständig ausstatten. Außerdem braucht es einen vernünftigen Bauzaun. Nicht weit entfernt ist ein Spielplatz, wenn sich Kinder hierher verirren, dann könnte das fatale Folgen haben. Das geht mich alles eigentlich nichts an, das weiß ich schon, aber ich habe eben auch langjährige Erfahrung. Mein verstorbener Mann war im Baugewerbe, wissen Sie ..."

„Franz-Josef von Karburg, der beste Stahl im Land. Ich glaube, ich weiß, wer Sie sind. Einige meiner Handwerker habe ich nur, weil Sie die *von Karburg-Stiftung* gegründet haben."

Ilse war ausnahmsweise sprachlos. „Die kennen Sie? Ich bin überrascht, aber ich freu mich. Sind wir uns schon mal begegnet?" Sie musterte den gutaussehenden Adligen eingehend.

„Ich glaube nicht, dass ich bisher das Vergnügen hatte. An Sie würde ich mich erinnern, Frau von Karburg."

„Da ist was Wahres dran. Komischerweise habe ich das schon öfter gehört." Ilse nickte seufzend. „Aber im Ernst, ich hoffe, Sie nehmen das hier in die Hand, denn alles, was ich sehe, ist reines Chaos."

„Versprochen. Ich mache gerade eine Bestandsaufnahme und sobald ich mir einen einigermaßen vernünftigen Überblick verschafft habe, herrschen hier andere Zustände. Aber ich kann es regelrecht fühlen, dass Sie noch etwas auf dem Herzen haben, richtig?"

„Richtig. Hier rechts neben dem Haus sind große Ausschachtungen gemacht worden. Was wird das bitte schön? Da gehören Büsche und vielleicht kleine Laubbäume hin aber keine Betonplatten oder irre ich mich?"

Er drehte sich in die Richtung, die sie ihm zeigte. „Ach das, ja, das ist eine der Neuerungen. Das werden neue Kellerabteile, aber sobald alles fertig ist, wird's oben wieder grün."

„Neue Kellerabteile? Da hat doch jede Wohnung ihr Abteil, dachte ich zumindest immer?" Grübelnd legte Ilse die Stirn in Falten. „Seit wann darf man da einfach mal die Grundstücksgrenzen verlegen?"

Von Löwenberg schöpfte tief Atem. „Liebe Frau von Karburg, ich bitte Sie herzlich um etwas Zeit. Wie gesagt, ich bin soeben erst in München eingetroffen, da ich in Wien alles anständig zu Ende bringen wollte. Ich möchte mich wirklich, ehrlich und aufrichtig, um die Sicherheit auf der Baustelle kümmern und, wie Sie sehen, liegt da einiges im Argen. Darf ich Ihnen anbieten, das morgen in Ruhe zu besprechen?"

Gezwungenermaßen nickte sie, da sie diesem Argument schwerlich etwas entgegensetzen konnte. „In Ordnung, eine Frage hab ich noch. Wie lange denken Sie, wird das hier dauern? Der Sohn meiner Freundin kommt in vier Wochen und wir müssen da oben die Wohnung vorab renovieren. Sie hat Angst, dass er hier ankommt und zum einen nebenan eine riesige Baustelle vorfindet und wir wegen Handwerkermangel noch nicht mal seine Wohnung fertig haben."

Statt einer Antwort musterte er sie lange und nachdenklich. Endlich antwortete er. „Aufrichtig gesagt, kann ich das Ende der Baustelle nur vage auf drei bis fünf Monate bestimmen. Selbst wenn wir uns beeilen. Ich hoffe einfach, dass das Wetter lange hält. Aber wegen Ihres Handwerkermangels bin ich neugierig. Was ist denn in der Wohnung alles zu tun?"

Ilse zauberte ein höchst charmantes Lächeln auf ihre Züge. „Also, das wäre schnell geklärt."

***

„Das haben wir binnen höchstens zwei Wochen erledigt. Die Wände streichen und im Bad die neue Duschkabine einsetzen, die Armatur am Waschbecken erneuern, das geht schnell." Von Löwenberg drehte sich zu ihr und Marga um. „Darf ich einen Vorschlag machen, der Sie vielleicht ein wenig milde stimmen wird?"

Ilse setzte eine sehr ernste Miene auf. „Versuchen können Sie es gerne."

Von Löwenberg lächelte. „Sie sind nicht so leicht zu knacken, was?"

„Knacken tut es bei mir mittlerweile eh überall, ich
selber bin dann schon eine härtere Nuss, wie gesagt, einen Versuch ist es wert, schießen Sie einfach los."

„Also, da ich dank meines Vorarbeiters einige Leute
mehr auf der Baustelle habe als eigentlich befürchtet,
kann ich Ihnen ein Angebot machen. Ich stelle für Sie
zwei Arbeiter ab, die für den Einbau der Duschkabine
wie auch für das Neustreichen Ihrer Wände das pas-
sende Knowhow haben. Da ich leider nichts zu ver-
schenken habe, Sie wissen, die Baubranche hat's
schwer, ich Ihnen aber helfen möchte, schlage ich vor,
pro Mann einen Stundenlohn von zwölf Euro neunzig
zu veranschlagen. Was sagen Sie dazu?"

Ilse reagierte prompt. „Klingt verlockend, aber sagten
Sie nicht vorhin, dass Sie von der Zusage für das Projekt geradezu überrumpelt waren, oder so ähnlich?
Brauchen Sie da nicht jeden Mann, um das zu stemmen?"

„Prinzipiell schon, aber Ihre Kleinbaustelle machen
wir nebenbei. Außerdem sind sie beide im Recht. Was
da direkt neben Ihrem Eigentum derzeit geschieht, ist
sehr unangenehm und lästig. Da ich das leider nicht ändern kann, möchte ich wenigstens ein bisschen helfen.
Was sagen Sie?"

Marga wirkte zögerlich. „Ich finde auch, dass das gut
klingt, aber ist das auch wirklich in Ordnung und wie
regeln wir das mit dem Material?"

„Meine Damen, mein Angebot steht und ich verspreche, dass alles seine Ordnung haben wird. Jetzt im Augenblick müsste ich dringend wieder drüben auf die
Baustelle. Sie haben mit eigenen Augen gesehen, dass
da einiges im Argen liegt. Ich möchte schnellstmöglich

für einen ordentlichen Ablauf sorgen, darum muss ich Sie jetzt leider verlassen. Mein Vorschlag: Ich lade Sie beide morgen zum Brunch ein. Ich war schon länger nicht mehr hier, gibt es das schöne *Café Reitschule* noch?"

Spontan nickte Ilse. „Das gibt's noch. Ich denke auch, dass wir heute nichts übers Knie brechen müssen. Also, wenn es nach mir geht, ich könnte morgen um elf Uhr in der *Reitschule* sein, Marga, wie schaut's aus?"

Die Freundin nickte zustimmend. „Ich bin dabei, dann können Sie uns sicher auch gleich erklären, was da drüben alles verändert wird, denn so, wie es da ausschaut, wird das nie wieder wie zuvor."

„Nichts für ungut, die Damen, aber ist das nicht der Sinn einer Komplettsanierung? Es soll nicht mehr so aussehen wie vorher." Der adlige Bauherr schmunzelte amüsiert auf sie und Marga herunter.

Ilse blickte zu ihm auf und grinste zurück. „Ausgmacht, dann klären wir das morgen. Eine Frage hätt ich aber jetzt schon noch. Sie kommen nicht von hier, oder? Ich könnt ja schwören, Sie sind ein Landsmann, also aus ... Wien?"

Von Löwenberg verbeugte sich elegant. „Treffsicher erkannt. Geborener Wiener, international tätig, jedoch immer wieder dahin zurückgekehrt. Wir sehen uns morgen Vormittag. Ich bringe ein paar Unterlagen mit und wir besprechen alles, einverstanden? Ich müsste jetzt wirklich endlich los."

„Raus mit Ihnen und wir reden dann morgen weiter. Gutes Gelingen dabei, diesen Augiasstall einigermaßen auszumisten." Ilse öffnete ihm die Tür und grinste ihn breit an.

„Geben Sie mir Herkules mit, gnädige Frau, und ich schaffe es im Handumdrehen." Lachend verschwand der wortgewandte Österreicher.

Charmeoffensive

„Auf den Mund gefallen ist er schon einmal ganz gewiss nicht. Was hältst du von deinem adligen Landsmann?" Marga schien sich noch nicht mit der Idee einer Kooperation mit dem Herrn anfreunden zu können.

„Kann ich, ehrlich gesagt, noch nicht einschätzen. Er macht einen freundlichen, entgegenkommenden Eindruck. Blöd ist er auch nicht. Er scheint von dem, was er drüben vorgefunden hat, ebenso wenig begeistert gewesen zu sein, wie wir. Wenn seine Behauptung, dass er den Zuschlag vollkommen unerwartet erhalten hat, stimmt, dann könnte das alles seine Richtigkeit haben." Ilse knispelte nachdenklich an ihrem Daumennagel herum.

„Aber …?", versuchte Marga, ihr auf die Sprünge zu helfen.

„Aber ich zweifle ein bisserl an, dass man den Zuschlag für ein solches Bauvorhaben quasi aus heiterem Himmel erhält und davon überrascht wird. Hier in München, wo sie für so ein Objekt wahrscheinlich auf Knien nach Canossa rutschen würden? Alles andere könnt ich ihm glauben, weil es spontan und aufrichtig rauskam, aber das? Ah, geh, doch ned bei uns."

„Und jetzt?" Marga warf einen unsicheren Blick auf die Badezimmertür. „Gleich zwei Männer hier zu haben, wär schon gut. Du weißt schon: Handwerkermangel und so."

„Ich weiß, meine Liebe, und eben darum werden wir morgen dem edlen Herrn ein bissi auf den adligen Goldzahn fühlen. Ich hab schon lang kein *Reitstall*-Frühstück mehr gegessen. Die Eier im Glas sind herrlich."

Marga kicherte. „Von wem sind die denn? Also, die Eier?"

„Oiso de vom Richard sans ned, weil die host ja du scho." Ilses Antwort klang todernst, wohingegen Marga schier explodierte vor Lachen.

„Du bist eine dermaßen gspinnerte Urschel, aber genau darum mag ich dich so. Und jetzt holst du bitte deinen Meterstab raus und wir messen das Bad aus, einverstanden?"

***

Der nächste Morgen brachte Nieselregen und wolkenverhangenen Himmel. Ilse klopfte ihrem Schnucki tröstend auf das geschlossene Verdeck. „Hilft leider nichts, mein Schnuckilein, Regen ist angeblich gut für die Haut, aber nicht für deine Sitze." Während sie in gemächlichem Tempo von Grünwald in Richtung Schwabing aufbrach, rekapitulierte sie den vergangenen Tag.

Der Österreicher erschien freundlich, sympathisch und hilfsbereit und, wenn er Wort hielt und Marga unter die Arme griff, dann war das ein weiterer Pluspunkt für ihn. Was ihr nach wie vor Kopfzerbrechen bereitete, das war die Riesenbaustelle samt der vorgefundenen Zustände. Sollte er heute in der Lage sein, alles vernünftig zu erklären, dann sei dem so.

Ilse setzte den Blinker, um auf den Mittleren Ring abzubiegen, der um diese Zeit nicht mehr ganz so überfüllt war wie am früheren Morgen. An und für sich hatte sie sich vorgenommen, den Rest des Jahres ein vorbildliches, altersgerechtes Dasein zu fristen. Gern auch mit Kaffee und Bienenstich, unterbrochen von den Trainerstunden mit Marcus, ab und an brauchte es einfach etwas Hübsches für das weibliche Auge. Aber sie fühlte tief in sich, dass irgendwo in den vorgefundenen und elegant angeprangerten Umständen ein Widerspruch lauerte. Nicht umsonst war sie immer an Franz-Josefs Seite gewesen, nicht umsonst hatte sie vieles im Büro für ihn erledigt und ihn so unterstützt. Da war es nur verständlich, dass, tief in ihrem Inneren, schon wieder so ein dummer Sensor ansprang. Aber sie war gewillt, diesen Schalter auch gern wieder umzulegen, sollte das Gespräch an diesem Vormittag positiv verlaufen.

Sie erreichte das Café überpünktlich. Suchend huschte ihr Blick die Reihe parkender Autos entlang. Da war es wieder, das alte Schwabinger Problem. Schon am Vormittag keine Parkplätze. München, deine Sterne! Aber Ilse wusste sich zu helfen. Langsam fuhr sie bis zu einem großen, sichtlich alten, aber wunderschön restauriertem Haus. Das fünfstöckige Gebäude beherbergte zahlreiche Anwaltskanzleien und zwei Notare. Otto Normalverbraucher konnte sich die hier aufgerufenen Mieten wohl auch kaum leisten. Sie griff zum Handy und tippte eilig eine Nummer ein.

„Bernhard? Mei bin ich froh, dass du da bist. Ich steh hier draußen auf der Straße und suche seit Stunden einen Parkplatz. Wäre es bitte, bitte möglich, mich auf einen eurer Kundenparkplätze zu stellen? Ich bin schon ganz durch den Wind, wenn's so weitergeht, verpass ich meinen Termin."

Das Lachen ihres stets hilfsbereiten Anwaltes klang aus dem Lautsprecher. „Mensch, Ilse, sag doch einfach, dass du zu faul bist, einen Parkplatz zu suchen. Wie lange kenne ich dich jetzt? Ach, Lady, ernsthaft. Natürlich kannst du reinfahren, du weißt ja, wo unsere Plätze sind. Stell dich bitte neben meinen BMW, mein Kollege ist noch eine Woche im Urlaub. Sonst alles in Ordnung bei dir?"

Ilse musste wohl oder übel lachen. „Ja, jetzt schon. Das kommt davon, wenn man sich seit dreißig Jahren kennt. Ich muss dir die Geschichte meiner letzten Monate einmal in Ruhe erzählen. Komm einfach mit Susanne zum Abendessen zu mir, irgendwann nächste Woche, was meinst du?"

„Parkplatz gegen Wiener Schnitzel mit deinem himmlischen Kartoffelsalat und dazu Preiselbeeren?" Bernhard klang hocherfreut. „Den Deal geh ich ein, Euer Ehren. Lass mich wissen, wann es passt, und wir sind da. Du weißt ja, nicht vor sieben Uhr am Abend. Noch dazu, wenn hier einer krank und einer im Urlaub ist."

„Jawoll, ich melde mich rechtzeitig und danke nochmal. Bussi und baba, mein Lieber."

Puh, bei Bernhard konnte sie sich die theatralische „arme, alte Ilse"-Nummer getrost schenken. Sie stellte das Auto in die Tiefgarage und beeilte sich, in das nahegelegene Café und somit ins Trockene zu gelangen.

Zu Ilses Überraschung war von Löwenberg schon da. Er winkte ihr von einem der schönen Tische zu, von dem aus man das Geschehen in der *Reithalle* verfolgen konnte. „Hier, Frau von Karburg. Ich hoffe, der Tisch ist in Ordnung?"

Erfreut schüttelte sie seine Hand. „Sehr in Ordnung, gute Wahl. Sie sind pünktlich, ein angenehmer Wesenszug, den ich sehr mag."

Er nickte mit ernster Miene. „So wurde ich erzogen, ich hasse es selbst, auf andere zu warten, die Verspätungen als selbstverständlich betrachten. Bitte setzen Sie sich doch." Er winkte der Bedienung, die eilends mit einer Speisekarte herbeilief.

Ilse griff danach und lächelte das junge Mädchen freundlich an. „Sie können mir schon einmal einen großen Milchkaffee bringen, bitte mit Sahne drauf, also, echte Sahne, nicht das Dosengelumpe, geht das?"

Die Bedienung erwiderte ihr Lächeln. „Und wie das geht. Wir haben da eine sakrisch teure Maschine hinter der Bar. Bei uns gibt's nur echte Sahne."

„Und schon habt ihr mein Herz gewonnen." Ilse seufzte sehr zufrieden.

Während die Bedienung schmunzelnd das Weite suchte, bemerkte sie, dass ihr Tischnachbar sie nachdenklich musterte.

Ilse hob die Brauen und rieb sich fragend über die Nasenspitze. „Hab ich rosa Glitzer im Gesicht oder so etwas?"

„Nein, keinen Glitzer, aber eine Energie, die regelrecht von Ihnen abstrahlt. Unglaublich, wirklich. Ich bin derzeit eher unmotiviert. Das Jahr war hart, die Baubranche ist ein einziges Hauen und Stechen geworden. Dazu kommen die Teuerungen, neue Vorschriften, Arbeitskräftemangel wegen falscher politischer Planung und so vieles mehr. Es ist schwer, sehr schwer. Ab und an wage ich es kaum mehr zu glauben, dass mir das alles einmal richtig Spaß gemacht hat."

„Sie waren schon immer in der Baubranche? Verzeihen Sie, wenn ich so unverblümt frage, aber das ist in Ihren Kreisen eher ungewöhnlich."

Von Löwenberg zuckte die Schultern. „Glauben Sie mir, es löst wenig Begeisterung aus, wenn der Sohn eine Ausbildung zum Zimmermann macht und dann zusammen mit einem Freund, der lange Bauleiter auf Großbaustellen war, eine Firma gründet. Erst, wenn das Geld strömt, dann ändert sich die Einstellung. Sagt Ihnen der Begriff *verarmter Adel* zufällig etwas?"

Ilse lachte schallend. „Und ob, der sagt mir jede Menge. Ich bewundere Sie für Ihre Offenheit, Respekt und das sag ich selten."

„Herzlichen Dank, ich weiß das zu schätzen. Oh, sehen Sie, da kommt auch Ihre Freundin Frau Menzing. Sieht aus, als wäre sie sehr glücklich darüber, im Trockenen zu sein." Ilse sah sich neugierig um und nun entdeckte auch sie die nicht sehr glücklich dreinschauende Marga.

„Bitte entschuldigt die zehn Minuten Verspätung. Aber es gab weit und breit keinen vernünftigen Parkplatz. Ich steh fast schon an der Leopoldstraße."

Ilse seufzte leise. „Ja, heut war wieder so ein Tag, an dem man ewig suchen musste.“

Marga runzelte sichtlich zweifelnd die Stirn. „Ach, komm, meine Lady, ich könnt ja wetten, dass du in der Tiefgarage der Kanzlei König & Partner stehst. Ich kenn dich doch.“

Grummelnd griff Ilse nach der riesigen Tasse mit Milchkaffee, die inzwischen vor ihr abgestellt worden war. „Ich seh schon, ich bin zu leicht zu durchschauen, wird Zeit, dass ich wieder geheimnisvoller werde.“

Marga setzte sich, nachdem von Löwenberg ihr aufmerksam den Stuhl zurecht geschoben hatte. „Vielen lieben Dank. So, jetzt erst mal was Warmes. Unangenehm da draußen heute, da werden sich Ihre Arbeiter nicht freuen.“

„Na ja, immerhin arbeiten sie heute alle mit Helm und vorgeschriebener Schutzkleidung. Ich musste gestern lange für Ordnung sorgen. Vor allem die rumänischen Arbeiter sehen unsere Sicherheitsvorkehrungen nicht ganz so eng. Aber das ist alles eine Frage von Zeit und Geduld. Leider ist der Punkt Zeit problematisch, daher bin ich im Nachhinein sehr froh, dass mein Bauleiter mehr Kräfte eingestellt hat als geplant. Er ist ab und an etwas stur, aber er hat Erfahrung. Und so kann ich auch mein Angebot Ihnen gegenüber sehr gerne aufrechthalten. Wenn Sie es möchten, bekommen Sie ab Montag zwei versierte Arbeiter zur Verfügung gestellt. Es ist auch kein Problem, Ihnen bei der Auswahl der Duschkabine zu helfen und dafür zu sorgen, dass sie zeitnah vor Ort ist.“

Marga warf ihr einen fragenden Blick zu. „Was denkst du, Lady? Es wäre sehr hilfreich, das gebe ich gerne zu."

Ilse löffelte genussvoll etwas Schlagsahne von ihrem Heißgetränk. „Ich denke, dem steht nichts entgegen. Was aber geklärt werden muss, das ist die Versicherungsfrage. Wenn die Jungs bei dir arbeiten, muss sichergestellt sein, wo sie versichert sind. Herr von Löwenberg, wenn Sie uns die Männer ausleihen, können Sie uns dann eine Rechnung schreiben, oder wie läuft das?" Jetzt war sie neugierig.

„Selbstverständlich kann ich das tun. Ich veranschlage wie abgesprochen zwölf Euro neunzig Stundenlohn. Soviel zahle ich auch, darum geht das nicht günstiger, einverstanden? Sie erhalten nach Abschluss der Arbeiten eine Rechnung über Lohn und Arbeitsmaterial oder soll das über Sie laufen?"

„Mir wäre es lieber, wenn alles über Sie läuft. Ich denke, Sie bekommen auch bessere Preise, oder?" Marga sah das offensichtlich ganz praktisch.

„Stimmt, gut, dann machen wir das so. Sie suchen sich die Ausstattung fürs Badezimmer aus, ebenso die Farben für die Wände und ich sorge für den Rest, ist das akzeptabel?"

Marga antwortete schnell. „Ist es. Hauptsache die Wohnung ist tip-top in Schuss, wenn mein Sohn hier eintrifft. Ich wollte nur, dass alles seine Ordnung hat."

Ilse hatte der Unterhaltung schweigend zugehört. Der Unternehmer schien tatsächlich ehrlich und zuverlässig zu sein. Sei es drum, sie ließ sich gern auch einmal positiv überraschen. Dennoch war da noch eine Sache, die ihr sehr am Herzen lag.

„Schön, dass wir das geklärt haben, prima, freut mich. Trotzdem bleibt eine Frage von gestern offen. Was passiert da mit dem Nachbarhaus? Es ist ja nun so, dass die beiden Häuser fast identisch waren. Bei dem, was ich gestern da drüben gesehen habe, bezweifle ich, dass der eigentliche Zustand wiederhergestellt wird. Ich hab auch auf den ersten Blick keine Bautafel gefunden. Gehört das Haus denn noch den alten Eigentümern?"

Von Löwenberg zog eine seltsam anmutende Grimasse. Er schwieg einen Hauch länger als zuvor, ehe er endlich antwortete. „Ein schwieriges Thema, liebe Frau von Karburg. Ich versuche, es zusammenzufassen, und hoffe, nichts zu vergessen. Die Wohnungen im Haus gehörten bis auf zwei alle einer alten Dame, die langjährige Mieter hatte, aber leider nie etwas renovieren ließ. Wie man von den Mietern hören konnte, waren die Wohnungen in keinem guten Zustand mehr. Als die Dame verstarb, trat eine Erbengemeinschaft auf den Plan. Sie hatte keine eigenen Kinder, lediglich Nichten und Neffen. Da keiner den anderen auszahlen konnte, blieb nur der Verkauf der Wohnungen. Ein Käufer fand sich schnell, wie Sie sich sicher vorstellen können. Nach einigen Verhandlungen waren auch die beiden anderen Eigentümer bereit, zu einem guten Preis zu verkaufen. Die Mieter zogen innerhalb von sechs Monaten aus. Der Käufer, ein Investor aus Norddeutschland ließ sich daraufhin von einem Architekten beraten und suchte dann per Ausschreibung nach einer Baufirma. Hier kamen wir ins Spiel. Ein vollkommen normaler Ablauf."

Das genügte ihr nun nicht. „Mag sein, lieber Herr von Löwenberg, aber das beantwortet nicht meine Frage, was aus dem Anwesen werden soll. Allein die Ausschachtungen sind furchterregend.“

„Ich verstehe Sie durchaus. Aber Sie machen sich zu viele Gedanken. Dort werden lediglich große Kellerabteile errichtet, alles genehmigt und abgesegnet. Sobald die Decke eingezogen ist, wird oben wieder begrünt. Das verspreche ich Ihnen, liebe Frau von Karburg.“

Ilse nickte, wenn auch zögerlich. In ihrem Kopf meldete sich, sehr zu ihrem Leidwesen, schon wieder eine leise Stimme. Vorerst jedoch hatte sie vor, sich in Schweigen zu hüllen. Wichtig war jetzt erst einmal Margas Wohnung und für die sah es dank dem Wiener gut aus. Sie gedachte nicht, sich hier einzumischen und Misstöne zu verursachen.

Es wurde ein entspannter Brunch mit sehr leckerem Essen und viel Gelächter, denn ihr Begleiter konnte jede Menge Anekdoten aus der Heimat zum Besten geben und sie kam nicht umhin, sich einzugestehen, ihm sehr gern zuzuhören.

„Wann waren Sie das letzte Mal im Prater?“, fragte von Löwenberg und grinste so spitzbübisch, dass sie lachen musste. „Es hat sich viel verändert, aber es ist immer noch ein herrlicher Spaziergang. Ich könnte mir vorstellen, dass wir sehr viel Spaß hätten, würden wir das eines Tages gemeinsam machen. Ein Prosecco im Riesenrad inklusive, ich bin mir sicher, das würde Ihnen beiden gefallen, nicht wahr?“

„Jetzt haben Sie uns erwischt. Marga, was sagst du? Wenn alles fertig ist, eine Runde im Prater?“

Die Freundin nickte zaghaft. „Daran denke ich, wenn ich in einer fertigen Wohnung stehe und meinen Jungen in die Arme schließen kann. Könnt ihr das verstehen?"

Von Löwenberg legte seine Hand auf Margas Unterarm. „Aber sicher verstehen wir das. Und genau darum helfe ich Ihnen sehr gerne. Die Familie kommt vor allem anderen."

Ilse musterte ihn nach diesen Worten schweigend. Schöne Worte, nur warum grummelte schon wieder ihr Bauch?

Luxusprobleme mit

Beigeschmack

Marga und sie saßen bei einem Glas Cava in ihrem von Kerzen erleuchteten Wohnzimmer und ließen den Tag Revue passieren. „Gut, jetzt ist alles soweit geplant, du bekommst die Renovierung zu einem wirklich sehr guten Preis. Und die Duschkabine, die du dir ausgesucht hast, ist wunderschön und passt perfekt in das Bad. Das wird so schick, du wirst sehen." Ilse schob langsam den Prospekt mit den Badezimmer-Ausstattungen zurück.

„Ilse, ich kenne diesen Gesichtsausdruck. Los, rück sofort damit raus, was dir über die Leber gelaufen ist." Marga klang ausnehmend ernst.

„Auf meiner Leber läuft nichts herum. Dafür nagt ein Quäntchen Zweifel an meinem Hirn. Du kanntest dein Nachbarhaus und ich kannte es auch. Zuletzt zwar nicht mehr so gut, aber trotzdem weiß ich, dass es eine hervorragende Bausubstanz war, dass man mit überschaubaren Mitteln die Wohnungen hätte renovieren können und so das Haus in seinem Urzustand erhalten. Stattdessen werden alle Mieter mehr oder weniger rausgeworfen und das Haus entkernt. Es werden

Wände eingerissen und Grünflächen ausgebaggert. Dann erzählt er, dass große Kellerabteile gebaut werden. Mensch, Marga, die Keller sind doch schön und groß und trocken und überhaupt. Wozu neue bauen? Jetzt denk mal scharf nach."

„Weil die Alten zu klein geworden sind? Vergiss nicht, dass immer mehr Menschen Fahrräder und Fitnessgeräte da unten bunkern." Marga kratzte sich an der Stirn. „Ilse, die Häuser sind vor dem ersten Weltkrieg gebaut worden."

„Na und? Es gibt so ganz nebenbei einen Fahrradkeller in den Häusern, aber davon abgesehen, schwant mir da etwas ganz anderes."

„Ach, Ilse, nun rück schon raus mit deinen Gedanken und lass mich hier nicht dumm sterben."

„Hihi, zum dumm Sterben bist du eh zu gescheit, meine Gute. Nein, ich befürchte, dass da drüben so umgebaut wird, dass mehr Menschen darin untergebracht werden können. Also nicht nur eine Luxussanierung, sondern für den Investor gleich noch ein sehr satter Zugewinn. Aber das finden wir raus, sobald es eine Bautafel gibt, und die muss es irgendwann geben."

„Herrje, Ilse, bitte nicht schon wieder irgendwas Illegales." Margas Sinn für Abenteuer hatte schwer gelitten seit ihren Erlebnissen in Bad Tölz.

„Illegal ist das nicht. Darum geht's gar nicht. Aber ich finde es seltsam, dass so langjährige Mieter klaglos das Feld räumen, dass ein wunderschönes altes Haus kaputtsaniert wird und dass die Genehmigungen dafür so mir nichts dir nichts durchgewunken werden."

„Moment! Das weißt du nicht!" Marga hob beschwörend den Zeigefinger.

Ilse lächelte dezent boshaft. „Noch nicht, meine Liebe. Noch nicht." Sie drehte sich in Richtung ihrer Küche und schnupperte. „Ich glaube, unsere Lasagne ist fertig, es riecht zumindest schon mal exzellent."

„Gott sei Dank. Essen beruhigt mich immer einigermaßen und ich muss zugeben, du machst mich schon wieder ein bisserl nervös, liebe Ilse."

„Papperlapapp, ich schau halt einfach auf die Fakten. Der olle Adlige ist schließlich ja auch deswegen kein Verbrecher, er wär dumm, wenn er solch eine Gelegenheit verstreichen lassen würd. Da müsst man eher bei dem neuen Eigentümer nachbohren. Ist schon klar, dass da ein jeder den größtmöglichen Reibach machen möchte. Mir geht es um die Leut, das weißt du eh, oder? Ich will nur wissen, was aus denen geworden ist."

Marga, die soeben die Form mit der dampfenden Lasagne auf dem Esszimmertisch abstellte, schüttelte leicht den Kopf. „Und was bringt dir das?"

„Gewissheit und eventuell die Möglichkeit, irgendwo zu helfen."

„Oh mei, Ilsehasi, du und dein Helfersyndrom. Bring lieber zwei tiefe Teller und ich hol den Salat aus dem Kühlschrank." Marga war eindeutig entschlossen, heute andere Prioritäten zu setzen, und sie konnte es ihr nicht verübeln.

***

Nach einem ruhigen und sehr erholsamen Wochenende hatten sie und Marga sich am Montag bereits um acht Uhr in deren Wohnung verabredet. Für neun Uhr waren die Arbeiter angekündigt worden und da hieß es, ein wenig vorzubereiten. Vor allem der schöne geölte Parkettboden musste mit Folie abgedeckt werden. So traf Ilse pünktlich um drei Minuten vor acht am Eisbach ein. Sie sah Marga schon von Weitem. Sie stand, die Arme in die Hüften gestemmt, vor der neu errichteten Bautafel. Na, endlich, vielleicht waren sie nachher schlauer.

„Einen wunderschönen guten Morgen, meine Liebe. Und was sagt das Täfelchen?" Sie stellte sich neben Marga und wollte gerade anfangen zu lesen.

„Ilse, ich gebe es ungern zu, aber du und deine Vorahnungen sind mir langsam unheimlich. An diesem Morgen ist gerade gar nichts gut. Das ist schrecklich, schau dir das an." Anklagend zeigte Marga auf die Tafel.

Sie war ein bisschen überfordert. „Warum genau bin ich dir unheimlich?"

„Schau es dir halt an. Du hattest wieder recht. Luxussanierung vom Allerfeinsten, aber nicht nur das. In dem Haus gab es sechzehn schöne, geräumige Wohnungen. Sehr schön geschnitten und für eine vierköpfige Familie immer noch gut geeignet. Und jetzt das!"

„Was? Ich kapier's grad nicht."

„Zweiundzwanzig, Ilse. Sie quetschen da mal schnell sechs Wohnungen zusätzlich rein. Sechs Stück! Darum die zusätzlichen Kellerabteile, von wegen größer, dass ich nicht lache. Lächerlich, einfach frech. Da, schau hin, *Gartenwohnungen* sollen das werden. Soviel zu *es wird wieder begrünt.* Da kommt so ein Handtuch von Rasenfläche hin und ein Zaun wird drumherum gezogen. Das sind grob acht Quadratmeter. Die machen aus den Vierzimmer-Wohnungen zwei Zimmer, kleben ein Bad und eine Küche hinein und jetzt schau dir den Preis an.“

Ilse holte tief Luft. „Ähm, einen Moment mal, liebe Marga. Hier stimmt was nicht. *Du* bist immer die Ruhige, Besonnene und ich diejenige, die sich aufregt. Wer bist du und was hast du mit meiner Freundin gemacht?“

Endlich holte auch Marga Luft. „Schon wahr, aber das ist so typisch für Schwabing, für alles hier. So ein Mist. Die ganzen schönen alten Wohnungen werden *luxussaniert*. So ein Schwachsinn, kaputtgemacht werden sie und dann schweineteuer weiterverkauft! Dann kommen irgendwelche Neureiche, die sich einbilden, im Künstlerviertel leben zu müssen, und als erstes klagen sie gegen die ganzen gemütlichen Musikkneipen in der Umgebung. Ach, Ilse, das kotzt mich so an.“

Ilse war baff erstaunt. „Ui, so viel Emotionen. Ich staune. Wirklich, das ist mir bei dir neu. Womit ich nicht sagen will, dass ich nicht einhundert Prozent bei dir bin. Lass mal sehen, stehen irgendwo die Preise für diese Wohnboxen?“

„Aber gewiss, da, schau es dir an.“ Marga drehte sie so, dass sie die zweite Tafel gut sehen konnte.

„Ja, spinn ich denn? Achthundertneunzigtausend Euro für die winzigen Gartenwohnungen? Ich glaub es nicht.“ Ilse las es lieber gleich noch einmal.

„Glaub es ruhig. Die Wohnungen oben unter dem Dach, die einzigen, die wieder Vierzimmer-Wohnungen werden, die kosten das Doppelte. Ilse, diese Welt spinnt.“

„Umso mehr würde mich nun interessieren, was aus den einstigen Mietern geworden ist. Aber darum kümmern wir uns später. Jetzt bereiten wir deine Wohnung vor.“

In Margas Wohnung angelangt öffneten sie die Fenster, um zu lüften, und begannen, den Boden mit der bereits in der Vorwoche gekauften Folie auszulegen. Von der Baustelle drangen bereits seit längerer Zeit Lärm und die typischen Baugeräusche herüber. Plötzlich ertönte ein lautes Geräusch, eine Mischung aus Quietschen und Knirschen, gefolgt von lauten Schreien. Sofort lief Ilse zum Balkon. Eine große Betonmischmaschine war samt Inhalt umgekippt, wahrscheinlich, weil sie auf unbefestigtem Boden abgestellt worden war. Der Inhalt ergoss sich zu einem Teil über die Füße eines Arbeiters. Ilse entdeckte den wütenden Bauherrn sofort, vor allem aber hörte sie ihn. Er stauchte seine Leute so laut und heftig zusammen, dass es eine wahre Wonne war. Ilse war in Sachen Schimpfwörter nicht eben zartbesaitet, aber einige der deftigen Ausdrücke, mit denen seine Hochwohlgeboren hier seine Untergebenen bedachte, die waren sogar ihr neu. Man lernte eben niemals aus.

Sie kehrte kopfschüttelnd zurück zu Marga. „Respekt, in Punkto Gassensprach könnt ich von dem Herrn noch was lernen.“

Marga schmunzelte. „Ach, so ungehobelt, der alte Wiener Adel?“

Ilse rümpfte die Nase. „Oiso, wenn des oida Adel is, dann friss i mein Walpurgisbäsn.“

Pünktlich um neun Uhr läutete es und zwei freundliche, kräftige Rumänen standen in perfekter Arbeitskleidung vor der Tür.

Sorin und Marian wirkten auf Ilse spontan sehr liebenswert. Während die beiden Männer damit begannen, ihr Werkzeug auszulegen, lief Marga suchend durch die Wohnung.

„Herrschaftszeiten, Ilse, spinn ich jetzt? Hier ist doch alles abgeschaltet. Was rumort den hier so? Ich höre es doch, wie ein leichtes Grollen.“

Ilse lauschte angestrengt. „Das kommt von ... das glaub ich jetzt aber nicht.“ Sie stellte sich neben Marian und tippte ihm auf die Schulter. „Sag mal, mein Lieber, und bitte ehrlich, wann habt ihr das letzte Mal etwas gegessen? Eure Mägen knurren so laut, dass man Angst bekommt.“

Marian grinste verschämt. „Aber, bitte, keine Angst. Wir beide haben gestern gegessen. Kein Problem.“

Ilse schüttelte energisch den Kopf. „So wie das klingt war das gestern ein Frühstück. Jungs, ich hol euch mal was zum Essen.“ Sie sah, dass Marian bereits abwehrend die Hand hob. „Nein, keine Widerrede, ich bin gleich wieder da. Marga passt inzwischen auf, dass ihr keine Angst habt, so allein.“ Sie wartete ein wenig, genoss den vollkommen verständnislosen Gesichtsausdruck der beiden und grinste dann. „Das war ein Scherz, aber Essen hol ich jetzt trotzdem.“

Eine halbe Stunde später saßen die zwei Männer mit je einem riesigen Becher Kaffee und einem gigantischen Bratensandwich an der Theke der Küche. Der Hunger hatte eindeutig über den Stolz gesiegt.

„Danke, das ist sehr nett. Wir haben lange arbeiten, gestern. Heute schon um fünf Uhr Bauhof. Küche leer." Marian zog eine entschuldigende Grimasse und biss erneut herzhaft in das knusprige Brot.

„Kenn ich, Jungs, alles kein Thema. Aber du sprichst gut Deutsch, wie kommt's?" Ilse war neugierig wie immer.

Marian schluckte eilig, spülte mit Kaffee nach und antwortete: „Ich arbeite seit vier Jahr mit Bautrupp. In Rumänien habe ich gelernt Maler und Schlosser. Chef nimmt mich immer wieder."

Marga nickte stoisch. „Blöd wäre er, wenn er das nicht täte. Und wo sind eure Familien? Schon hier?"

Da Marian den Mund im wahrsten Sinne des Wortes zu voll genommen hatte, antwortete dieses Mal der ruhigere, eher schüchtern anmutende Sorin. „In Rumänien, leider. Meine Frau Krankenschwester. Könnte Land hier gut brauchen. Aber geht noch nicht. Ich schicke Geld und sie arbeitet und passt auf Geld auf. Brauch ich nicht viel. Ich behalte von den fünf Euro netto nur immer ein Euro."

Ilse drehte sich sehr schnell zu Sorin um. „Sekunde, mein Junge, wie viel zahlt euch der Bauherr in der Stunde?"

Sorin wirkte erschrocken. „Fünf Euro zahlt Chef. Denkst du, ist zu viel?"

Ilse kniff sehr ärgerlich die Augen zusammen. „Zu wenig! Viel zu wenig. Hast du auch eine Ausbildung?"

Sorin nickte, noch immer sehr unsicher. „Ja, zwei. Ich habe Maurer und Gärtner gemacht, kann ganz viel."

„Ich glaub, mich tritt ein Maulesel. Und dafür zahlt der Halsabschneider fünf Euro in der Stunde." Ilse war sehr verärgert. Nicht nur, dass ihr die zwei Männer leidtaten, die sich auch noch über den Hungerlohn freuten. Nein, dazu kam noch, dass der edle Adel ihnen mehr als das Doppelte für die Jungs abknöpfte. Schritt für Schritt erwachte Ilses Kampfgeist. „Also, nur zum Verständnis. Ihr bekommt viel zu wenig Geld. Jetzt schaut nicht so erschrocken, ich werde nichts sagen. Also, zumindest nicht, solange es euch schaden könnte, verstanden?"

Marian nickte zaghaft. „Bitte nicht. Er findet immer wieder Leute. Muss nicht suchen. Und unsere Familien brauchen unseren Lohn."

Ilse legte ihm beruhigend die Linke auf den Rücken. „Ganz ruhig, das habe ich schon verstanden. Wir werden nichts sagen, versprochen. Vorerst lassen wir alles so, wie es ist." Sie warf einen fragenden Blick zu Marga. „Aber ich glaube, dass meine Freundin und ich darin übereinstimmen, dass wir diesen Lohn ein bisschen aufbessern. Und ich will nichts hören. Ihr sagt nichts und wir sagen nichts. Einverstanden?"

Beide Männer stießen sichtlich erleichtert die angehaltene Luft aus. „Einverstanden."

Während sich die beiden an die Arbeit machten, fand in der Küche ein höchst konspiratives Gespräch statt.

„Diese kleine Kröte. Mag er noch so charmant sein, noch so entgegenkommend, aber das hier ist eine Schweinerei. Billiglöhner auf einer Schwabinger Baustelle, nicht zu fassen!" Ilse war richtig gut in Fahrt. „Da will jemand mit dem Haus da drüben Millionen scheffeln, aber diejenigen, die ihm das ermöglichen, mit einem Hungerlohn abspeisen."

„Weil das ja jetzt was Neues ist, oder?“ Marga seufzte laut. „Hans hat so manchen Auftrag nicht bekommen, eben weil er seine Leute anständig bezahlt hat.“

„Hm, du kennst mich lang genug. Sowas ärgert mich maßlos. Ich befürchte, ich muss der Baustelle da drüben mal etwas tiefgehender auf den Zahn fühlen.“ Ilse griff nach ihrer Handtasche und fischte ihr Handy heraus.

„Oh, oh, oh, Lady, pass auf. Was hast du vor? Nicht, dass unsere zwei Jungs dann doch Ärger bekommen.“ Offensichtlich hatten sich Marian und Sorin bereits einen Platz in Margas großem Herz gesichert.

Ilse musterte sie kopfschüttelnd. „Also wirklich, was denkst du denn von mir? War ich nicht immer die personifizierte Diplomatie?“

Marga schwieg vielsagend.

„Darauf komm ich noch zu sprechen, pass auf! Nein, ich wollte schon lange mal wieder mit Fritz Meinert flirten. Ich glaub, jetzt ist ein guter Zeitpunkt.“

Marga lächelte nachsichtig und zupfte sich ein imaginäres Haar von ihrem braunen Rollkragenpulli. „So so, mit dem obersten Chef der Münchner Lokalbaukommission. Weiß seine Frau von deinen Ambitionen?“

Ilse lächelte sehr zufrieden. „Anne und ich waren zusammen in der Fastenwoche im Gesundheitshotel in Sankt Anton. Sowas schweißt zusammen, das sag ich dir. Nein, Fritz ist der perfekte Ansprechpartner. Wenn ich den normalen Behördenweg ginge, würd ich in zehn Jahren noch auf Antwort warten.“

„Da kann und will ich nicht widersprechen. Aber bitte sei vorsichtig. Wie gesagt, keine schlafenden Hunde wecken. Ich hätt so gerne einen ruhigen, friedlichen Herbst."

Ilse tippte Fitz' Nummer in das Telefon. „Ich werde einfühlsam und behutsam sein wie immer."

„Und genau das macht mir Angst …"

„Ich sag jetzt nix mehr. Unfassbar, diese angedeuteten Unterstellungen." Sie hielt sich das Telefon ans Ohr.

„Angedeutet??"

Dieses Mal enthielt sie sich einer Antwort, auch, da Fritz Meinerts angenehm tiefe Stimme aus dem Lautsprecher erklang.

„Fritz, Menschenskinder, ist das schön, deine Stimme zu hören. …Ja, stimmt, viel zu lang nichts voneinander gehört. …Ähm, Fritz, ich hätte eine dringende Frage, hast du mal ein Minütchen?"

Fritz hatte, er hatte sogar weit mehr als eine Minute, als er Ilses Schilderungen lauschte. Letztendlich verabredeten sie sich bereits für den kommenden Tag.

Marga schien darüber nicht ganz so glücklich zu sein. „Ilse, nochmal. Bitte keine Chaosmeldungen, in Ordnung?"

„Als ob ich unschuldiges Wesen jemals, auch nur ansatzweise, für wie auch immer geartetes Chaos gesorgt hätte."

Mit einem letzten, eindeutig sorgenvollen Blick auf Sorin und Marian griff nun auch Marga nach ihrer Handtasche. „Ist schon in Ordnung, wenn ich dazu nichts sage, gell?"

Unerwartete Entdeckungen

„Ilse, meine Liebe, endlich sehe ich dich wieder."

Sie umarmte den langjährigen Freund herzlich. „Würdest du, so wie deine Frau Gemahlin, dem Tennissport frönen, sähe man sich deutlich öfter."

Fritz, der in seinem dunkelgrauen Anzug, dem hellblauen Hemd und der silberfarbigen Krawatte heute wieder sehr eindrucksvoll wirkte, lächelte nur. „Noch ein halbes Jahr, meine Liebe, dann winkt die Pensionierung. Ein Umstand, der mir nicht nur angesichts der aktuellen Lage, sondern auch wegen der danach viel ansprechenderen Freizeitgestaltung ausnehmend erstrebenswert scheint."

„Du hast gerade mit sehr gewählten Worten gesagt, dass dir dein Job stinkt und du dich auf die Rente freust, hab ich das richtig verstanden?"

Fritz fuhr sich durch das volle, graue Haar und schmunzelte. „So kann man es auch ausdrücken. Aber nun setz dich bitte und erzähl mir, worum es bei deinen Recherchen genau geht."

„Also, das ging los mit einer Baustelle, die ein bisschen seltsam zu sein scheint ..." Ilse beschrieb Fritz die Sachlage in kurzen, prägnanten Worten, schilderte die vorgefundenen Umstände und die Gedanken, die sie sich zum Verbleib der einstigen Mieter machte. „Ich glaub, ich hab alles erzählt, hoffentlich, denn irgendwie hab ich ein blödes Gefühl bei dem Ganzen." Ilse lehnte sich in ihrem Ledersessel zurück und ergriff dankbar das Glas mit kühlem Mineralwasser, das Fritz ihr reichte.

Der schwieg eine Weile und schien das Gehörte zu überdenken. „Ist es der Bauherr, dein Landsmann oder alles zusammen?"

„Er selbst ist freundlich, hilfsbereit und zuvorkommend. Dass er ein Schlitzohr ist, sieht man an der Sache mit den Arbeitern. Aber das ist ja nun nichts Neues in unsrer Branche. Ist man das nicht, dann zieht man verdammt schnell den Kürzeren. Das weiß ich. Es ist das ganze Paket. Um nur einen Punkt zu nennen, warum wurden die Nachbarn nicht benachrichtig? Du kennst das Procedere am besten. Die benachbarten Eigentümer müssen ihre Zustimmung geben, oder haben sich da in den letzten Jahren die Gesetze geändert?"

Fritz schüttelte den Kopf. „Keineswegs. Vor allem geht mir was anderes durch den Kopf. Die Häuser da unten haben Fassaden, die geschützt sein könnten. Ich bin mir nicht sicher, aber ich könnte wetten, dass am Eisbach eine Sondergenehmigung für eine solch umfassende Sanierung erwirkt werden muss."

„Ha!"

„Halt, wart noch ein bisschen mit deinem *Ha*. Es könnte sein, dass es ein Fall von Gefahrensanierung war. Also, wenn da tatsächlich ewige Zeit nichts gemacht wurde, könnten Wände geschimmelt haben, Feuchtigkeit überall und so was, aber das müsste leicht in Erfahrung zu bringen sein. Dazu muss man sich den Fall genauer ansehen. Ach, meine Lady, ich sag es dir.

Es macht immer weniger Freude. Der Druck wächst jedes Jahr und wir haben hier eine Generation, der unsere Stadt schnurzegal ist – Hauptsache modern, Hauptsache Architektenpreise, Hauptsache Anerkennung." Er erhob sich aus seinem beeindruckenden Chefsessel und ging zur Tür, überprüfte offenbar, ob sie gut verschlossen war. Dann kam er zurück, setzte sich wieder und stützte beide Ellbogen auf dem Schreibtisch ab. „Ilse, ich rieche förmlich, dass du wieder einmal auf etwas gestoßen bist." Fritz sprach jetzt leise, aber sie verstand ihn sehr gut. „Mein designierter Nachfolger ist dermaßen karrieregeil, dass einem schlecht wird. Ich hatte auch gerne Erfolg, aber nicht um jeden Preis, weißt du, was ich meine?"

Sie nickte zustimmend. „Nur zu gut. Ich war lang genug in der Branche. Und was tu ich jetzt?"

Fritz überlegte kurz. „Du gehst zum Mieterverein und fragst nach dem Bauvorhaben. Wenn die Mieter da ordentlich ausziehen konnten und alles seine Richtigkeit hat, wirst du nichts erfahren. Wenn sie aber rausgeekelt wurden oder gar gewaltsam ‚entmietet', du weißt, wovon ich rede, dann wirst du mehr erfahren. Ich lasse mir in der Zwischenzeit die Unterlagen zu dem Projekt bringen. Sobald ich mir einen Überblick verschafft habe, rufe ich dich an. Einstweilen halten wir alle nur die Füße still, in Ordnung?"

„Vollkommen. Wie sagte Marga heute so schön? Keine schlafenden Hunde wecken."

Der Mieterverein. Warum war sie da nicht selbst draufgekommen? Ilse verließ das imposante Gebäude der Lokalbaukommission und eilte zielstrebig weiter Richtung Viktualienmarkt. Sie musste so rasch wie möglich herausfinden, ob bei dem Bauvorhaben alles mit rechten Dingen zugegangen war. Derzeit waberten in der Richtung vage Zweifel durch ihren Kopf. Also musste sie sich Sicherheit verschaffen, sie musste … jetzt erst einmal beim Schlemmermeier eine *scharfe Rote* in der Semmel essen. Dunnerlittchen, es ging halt einfach nicht, es war vollkommen unmöglich, am Kiosk der alten Münchner Traditionsmetzgerei vorbeizugehen und nicht stehenzubleiben und sich dieses unfassbar köstliche kulinarische Kleinod zu gönnen.

Sie trat an das Verkaufsfenster des kleinen, grün gestrichenen Holzhäuschens, das sich direkt an den Verkaufsbereich anschloss. Der köstliche Geruch nach guter Bratwurst stieg ihr in die Nase und ihr lief das Wasser im Mund zusammen.

„Was darf's denn sein, die Dame?" Der freundliche Mann in der weißen Schürze und dem niedlichen Häubchen auf dem Kopf strahlte sie an.

„Eine scharfe Rote in der Semmel, bittschön. Mei, die hab ich schon so lang nicht mehr gegessen." Sie strahlte zurück.

„Sehr gern, gnä' Frau. Aber wenn's so weiter geht, dann heißt das demnächst pikante Bratwurst in der länglichen Backware." Er grinste sie breit an.

„Das ist schon ein Scherz, bitte sagen Sie, dass es ein Scherz ist!"

Er schüttelte langsam den Kopf, während er die duftende Wurst liebevoll in dem langen, knusprigen Brötchen platzierte. „Nur zum Teil, gnä' Frau. Wir hatten vor einiger Zeit jemanden von den Frauenbeauftragten hier, die uns wissen hat lassen, dass das als sexuelle Anspielung verstanden werden könnte." Er sah wohl ihren verständnislosen Blick und setzte hinzu: „Das war ernst gemeint."

Sie legte ihr Geld auf das dafür vorgesehene Tellerchen und griff nach ihrem Imbiss. „Die Welt und ein wenig auch der Humor gehen vor die Hunde, ich sag's doch."

Er zuckte die Schultern. „Noch nicht, aber wir wissen ja auch noch nicht, was sonst noch alles kommt. Ketchup und Senf sind in den Behältern gleich um die Ecke."

„Weiß ich, danke. Ich muss das erst verdauen." Ilse lächelte.

Sie drückte sich jede Menge Senf auf die Wurst, schnappte sich eine Serviette, setzte sich an den Liesl-Karlstadt-Brunnen und biss herzhaft in die Bratwurstsemmel. Ihr Blick wanderte hinauf zu der wunderbaren Grand Dame der Kunst und Komik. „Mei, Liesl, sei froh, dass du den ganzen Schmarrn nimmer erleben hast müssen."

Bestens gestärkt stand sie eine halbe Stunde später in einem der Büros des Mietervereins. So knapp und gleichzeitig ausführlich wie möglich erklärte sie ihr Anliegen und ließ dabei elegant einfließen, dass man ihr in der Lokalbaukommission dazu geraten habe, sich hier zu informieren. Die Dame hörte ihr aufmerksam zu, bat sie an einen der Besprechungstische, holte zwei sehr dicke Hängeregister-Mappen und schob diese in ihre Richtung.

„Hier, liebe Frau von Karburg, finden Sie immerhin einen kleinen Teil der Informationen zu dem von Ihnen angesprochenen Objekt. Sie möchten wissen, ob alles ordentlich vonstattengegangen ist? Lesen Sie selbst, allerdings kann ich Ihnen, abgesehen von Namen, gerne ein paar grundlegende Informationen geben. Wie viel Zeit haben Sie mitgebracht?"

***

„Marga, die Mieter sind durch die Hölle gegangen." Ilse stand am Fenster ihres Wohnzimmers und blickte hinaus in den Garten. Es wurde schon früher dunkel und auf der Straße leuchteten bereits die Straßenlaternen. Sie drehte sich zu der Freundin um und hob die Arme. „Sie hatten keine Chance. Zuerst jahrelang keine Mieterhöhung, weil die alte Dame das wahrscheinlich nicht mehr umrissen hat und dann plötzlich zuerst die Ankündigung von Sanierungsarbeiten. Darauf folgte nur kurze Zeit später ein Schreiben, dass das Haus kernsaniert werden müsse und man den Mietern nahelegen möchte, sich eine neue Bleibe zu suchen. Auf die Frage nach den neuen Mieten kam die Antwort, dass eine Umgestaltung geplant sei und die Wohnungen nicht mehr in den Urzustand versetzt würden. Ferner würden die neu entstehenden Wohnungen zum Verkauf angeboten. Als die Mieter sich zur Wehr gesetzt haben, ging es los. Plötzlich kein Wasser mehr, dann Brände im Keller, immer wieder und in unterschiedlichen Abteilen, die Heizung wurde ausgebaut, Rohre schon herausgerissen und so weiter. Sie haben alle aufgegeben, Marga, alle. Anscheinend trieben sich zuletzt zwielichtige Gestalten am und im Haus herum, die alle in Angst und Schrecken versetzten. Das waren zu einem Teil ältere Menschen oder Leute mit Kindern, da

kann man schon mal Angst haben. Also, das war nichts
mit freiwillig und friedlich ausziehen. Das war blanker
Zwang und reine Schikanen. Lediglich die zwei anderen Eigentümer haben freiwillig verkauft. Laut Mieterverein hat die Erbengemeinschaft einen guten Deal gemacht. Ein Anwalt hat herausgefunden, dass der neue
Besitzer, der, der wahrscheinlich unseren Adligen beauftragt hat, irgendwo in Norddeutschland sitzt. Aber
es ist, so wie es ausschaut, alles genehmigt und abgesegnet. Dubios, verdammt dubios, das sag ich dir."

„Das muss ich erst mal verarbeiten. Die armen Leut,
die tun mir so leid. Wie schrecklich, so aus seinem Zuhause geekelt zu werden." Marga trank ein paar Schlu-
cke von dem nach Zimt duftenden Chai, der vor ihr
stand. „Also hat irgendwer das Haus aufgekauft, alle
rausgeätzt und dann den von Löwenberg eingestellt,
um das Anwesen so umzubauen, dass man eine viel
größere Summe herausholen kann, als eingesetzt
wurde."

Ilse nickte, noch immer zornig. „So und nicht anders.
Ich habe sofort Fritz Bescheid gegeben, damit er doppelt so genau hinschaut, wenn er sich die Unterlagen
kommen lässt. Der ist genauso fassungslos wie ich."

„Wie wir, so viel Zeit muss sein, meine liebe Lady, es
ist ein Trauerspiel, was in dieser Stadt passiert. Welt-
stadt mit Herz, von wegen."

„Die Stadt kann nichts dafür, Marga, es sind immer
die Menschen. Immer! Schneller, höher, weiter, immer
mehr Profit, immer noch moderner und noch schicker.
Aber solange die Leute für solche Hasenställe fast eine
Million bezahlen, die Spekulanten wären ja beinah
schon blöd, wenn sie es nicht machen würden."

***

„Phillip, das ist eine Riesenschweinerei, das ...“

„Nein! Um das gleich vorwegzunehmen, liebste Tante, schlicht und einfach *Nein*.“ Die Stimme ihres Neffen klang ein wenig verschnupft aus dem Lautsprecher des Mobiltelefons.

„Bist krank, Bub. Hast schlechte Laune?“

Er räusperte sich lautstark. „Nein, Tante Ilse, weder noch. Aber ich steck in einem Fall hier in Wien, einem ziemlich gefährlichen und so ganz nebenbei ist auch noch Manuela in München beruflich unabkömmlich. Ich vereinsame also hier und weg kann ich auch nicht.“

„Aber anhorchen könntest du es dir wenigstens, findest du nicht?“ Hoffnungsvoll lauschte sie auf seine Antwort.

„Nochmal zum Mitschreiben, Lieblingstante: Nein! Seit wann beschäftigt sich eine Wiener Sondereinheit mit Entmietung und Bausünden? Das ist Sache eines oder mehrerer Anwälte. Das ist meilenweit von meinem Einsatzgebiet entfernt. Und, ganz ehrlich. Halt dich doch bitte einfach raus. Langt‘s dir für dieses Jahr noch nicht? Erinner ich mich falsch oder wolltest du einen, Sekunde, wie war das: einen altersgerechten Herbst?“

„Ich kann überhaupt nichts dafür, dass das alles direkt neben Margas Haus passiert. Darum gerissen hab ich mich nicht gerade.“ Irgendwie fühlte sie sich gerade sehr missverstanden.

„Ach, und warum steckst du dann schon wieder deine Nase in die Probleme anderer, hm? Seid froh, dass der

Bauunternehmer euch die Arbeiter abtritt, sorgt dafür, dass die Wohnung rechtzeitig fertig ist, bis Toni einfliegt, bereitet ihm einen schönen Empfang und alle sind zufrieden. Mag ja sein, dass das Nachbarhaus nie wieder so aussieht wie zuvor, aber das ist nichts Neues, oder? Dinge verändern sich, ob uns das gefällt oder nicht."

Sie gab es ungern zu, aber da lag er richtig. Andererseits roch sie, dass hier einiges im Argen liegen musste. Ihr Gerechtigkeitssinn meldete sich dermaßen heftig, dass sie nicht weghören konnte. Zwar konnte sie den armen Mietern nicht mehr helfen, die samt und sonders mit Sack und Pack hatten verschwinden müssen, aber da war noch was. Sie wusste nur noch nicht genau was.

„Tante, so schweigsam auf einmal? Solltest du mir etwa zustimmen?" Sie hörte den spöttischen Unterton in seiner Stimme durchaus.

„Als ob du nicht wüsstest, dass ich ein ausgesprochen schweigsamer Mensch bin. Außerdem sehr zurückhaltend und diplomatisch."

Der plötzliche Hustenanfall ihres Neffen erschien ihr arg übertrieben zu sein, angesichts dieser ja schließlich wahren Feststellungen.

Mörderische Zustände

Der folgende Tag begann friedlich und mit Vogelgezwitscher. Ilse schmierte in ihrer Küche Butterbrote, die sie dick mit Schinken und Käse belegte. Dazu kamen Tomaten und Kekse in die Brotzeitboxen. Während sie noch einen Apfel in Spalten schnitt, musste sie lächeln. Sie fühlte sich um viele Jahre zurückversetzt, in die Zeit, als Phillip noch ein Kind war und sie und Franz-Josef ihn in den Ferien immer bei sich hatten. Sie konnte beim besten Willen die ganzen Brotzeiten, die sie in den Jahren vorbereitet hatte, nicht mehr zählen. Es waren schöne Erinnerungen, Erinnerungen, die sie kurzfristig wieder jung werden ließen.

Sie legte die Äpfel ordentlich in die Boxen, packte die Brote daneben und verschloss die Deckel. Sie hatte nicht vor, noch einmal die Mägen von Marian und Sorin knurren zu hören. Noch dazu, da die beiden Männer hervorragende Arbeit leisteten. Auch Marga war hochzufrieden mit dem Ergebnis der ersten drei Tage.

In dieser Zeit waren sie beide nicht umhingekommen, den Umgangston mitzubekommen, den der adlige Bauherr pflegte, sobald er mit seinen Arbeitern sprach. Gestern sah sie sich gar veranlasst, Marian und Sorin auf die Baustelle zu begleiten, nachdem sie für den Tag ihre

Arbeiten in der Wohnung fertig hatten. Da die Stimmung auf der Baustelle anscheinend auf einem Tiefpunkt war, ging sie kurzerhand mit, um zu vermeiden, dass auch die beiden noch von Löwenberg angeschnauzt würden. Und sieh einer an, kaum erblickte er sie, war er wieder die Freundlichkeit und Höflichkeit in Person. Als sie den Fleiß und die Professionalität der beiden Rumänen lobte, ließ er sich gar zu einer freundlichen Bemerkung samt Lob an die Zwei hinreißen. Ilse atmete innerlich auf und konnte nur hoffen, dass es auch so bleiben würde. Er kam ihr ein kleines Bisschen vor wie Dr. Jekyll und Mr. Hyde. Gewiss musste man sich auf einer Baustelle durchsetzen, aber der Ton machte die Musik. Und der Ton des Herrn von Löwenberg irritierte sie gehörig.

An diesem Mittag aber wollte sie sich ausnahmsweise darüber keine weiteren Gedanken machen. Nach anstrengenden und – schon wieder einmal – aufreibenden Tagen hatten sie und Marga beschlossen, dem Spa-Bereich des hochherrschaftlichen Hotels „Bayrischer Hof" endlich wieder einmal einen Besuch abzustatten und sich so richtig verwöhnen zu lassen.

„Immer wieder schön hier, findest du nicht auch?" Ilse kuschelte sich in ihren herrlich warmen, weißen Bademantel und schlüpfte in die „Wohlfühl-Pantoffeln" aus weichem Frottee.

Marga zuckte die Schultern. „Ja, schon. Aber mir gefällt's an deinem Pool auch."

„Du bist einfach zu bescheiden, Herzerl. Aber danke für die Blumen. Allerdings könnt des jetzt dann langsam a weng kühl werden. Da ist mir das warme Ambiente hier schon lieber."

Sie verließen den edlen Umkleidebereich mit seinen Holzvertäfelungen und Marmorböden und begaben sich in den Sauna- und Spa-Bereich. Heute, unter der Woche, noch dazu kurz vor Mittag, war die Zahl der Gäste überschaubar. Ein Umstand, den Ilse durchaus zu schätzen wusste. Sie liebte auch das Luxus-Liner-Ambiente des Spa-Bereiches. Der große Pool, in dem das Wasser azurblau glitzerte, die Teakholz-Liegen mit den dicken, weißen Auflagen, die warmen Holzbänke an den Wänden, die sanftes Licht spendenden Säulen rund um den Pool. An warmen Sommertagen wurde das Dach zurückgefahren, dafür war es heute leider zu frisch. Die zum Spa gehörende Dachterrasse mit Blick über die Münchner Altstadt konnte sich ebenso sehen lassen und sie hatte hier, in luftiger Höhe, schon so manchen Cocktail vernichtet.

„Na, komm, suchen wir uns zwei schöne Liegen. Wir haben noch Zeit, unsere Massage beginnt erst in einer Stunde. Konntest du sehen, was der heutige Beauty-Smoothie ist?“ Ilse sah sich suchend um.

„Karotte-Orange-Ingwer, meine Lady. Soll ich uns einen ordern?“ Marga kannte sie einfach zu gut.

Sie machte es sich auf einer der Liegen bequem und atmete tief ein und aus. Schön hier, und so ruhig.

„Ilseschatz, hach wie schön, dich hab ich ewig nicht mehr gesehen.“

Susanne von Sternheim! Hatte sie eben gedacht, es sei ruhig hier? Sie musste dringend an ihrem Gedankengut arbeiten.

„Susanne, na, wenn das kein Zufall ist. Da komm ich nach so langer Zeit her und wen treffe ich?“ Sie erhob sich von ihrer bequemen Liege und umarmte die schlanke, schwarzhaarige Dame herzlich. Susanne, Freifrau von Sternheim war einer jener Menschen, für die man schon mal aufstehen konnte. Im letzten Jahr achtundsechzig Jahre alt geworden, sah sie keinen Tag älter aus als fünfzig. Sportlich, fröhlich und – etwas, das Ilse sehr schätzte – ehrlich, hilfsbereit und sehr bodenständig. Auch heute funkelten die blauen Augen vergnügt.

„Gut schaust du aus, altes Haus. Ich hab das mit eurem Club-Manager in der Zeitung gelesen. Ilse, ich muss schon sagen, Respekt. Hätte nicht gedacht, dass du irgendwann als Detektivin endest."

Sie lächelte amüsiert. „Na, geendet bin ich ja Gott sei Dank nicht. Aber viel gefehlt hat nimmer. Mein Neffe sagt, ich würd zu viel Miss Marple sehen. Derweil bin ich eine von denen, die tatsächlich Bücher liest. Ansonsten geb ich das Kompliment zurück. Leistest du uns bei einem Beauty-Smoothie Gesellschaft?"

„Uns?"

„Ja, ihr und mir." Marga umrundete Susanne und umarmte sie herzlich. „Wobei, wenn ich mir dich ansehe, dann brauchst du den eigentlich gar nicht."

Susanne schmunzelte sichtlich erfreut. „Danke dir, Marga, aber glaub mir, hier ..." Sie deutete auf ihr Gesicht und danach auf den restlichen Körper. „... ist ein kleines Vermögen verbaut. Muss man durch. Wenn ich mir nicht *ebenholz-schwarz* aufs Haupt klatsche, sehe ich beinahe so alt aus, wie ich bin. Jetzt mal im Ernst, das braucht keiner. Dazu Körperpackungen, Aromamassagen und Akupunktur."

Die Getränke kamen samt einem sehr entzückend anzusehenden Mädel im Spa-Outfit.

Ilse orderte kurzerhand einen weiteren Obstsaft und wandte sich danach wieder Susanne zu, die sich mittlerweile gemütlich auf einer Ecke der Liege niedergelassen hatte. „Kennst du die Kleopatra-Packungen? Da bist du nachher durchgegart und hast grob fünf Liter Flüssigkeit verloren."

Susanne seufzte. „Kenn ich, aber ich präferiere Massagen, bei denen ich gleichzeitig atmen kann."

Plötzlich kam Ilse ein Gedanke, warum hatte sie nicht sofort daran gedacht? „Susanne, du kennst dich beim europäischen Adel super aus, dem ist schon noch so, oder?"

„Ja, ich organisiere genug Veranstaltungen, zu denen ich die Herrschaften einlade und in deren Verlauf ich dann unschuldig lächelnd Spenden abkassiere. Was möchtest du denn wissen?"

„Sagt dir der Name Arnold Freiherr von und zu Löwenberg etwas? Schon mal was von ihm gehört? Klingelt da was, irgendwo?" Ilse nippte an ihrem Smoothie und musterte Susanne neugierig.

Die zog eine ratlose Grimasse. „Nein, meine Liebe, da klingelt nichts. Auch wenn ich, so wie im Augenblick, wirklich angestrengt überlege, der ist mir noch nicht untergekommen. Klingt ein bisschen hochtrabend, also das *von und zu*, findest du nicht?"

„Sagt die Freifrau." Ilse konnte sich ein Grinsen nicht verkneifen, aber Susanne reagierte souverän wie immer.

„Beschwer dich bei meinem holden Gatten, das hab ich dem zu verdanken. So schnell wird aus der einfachen Susanne Schneider eine Freifrau, gell?"

Man musste sie einfach mögen.

„Aber ich kann mal elegant nachhaken, woher kommt das Adelswesen denn?"

„Aus Wien, also meiner alten Heimat." Ilse studierte nachdenklich den Inhalt ihres Glases. „Es geht mir nicht darum, dass ich in seinem Leben rumschnüffeln will, das ist mir tatsächlich wurscht. Ich hab halt so ein komisches ..."

„Bauchgefühl", kam es zeitgleich von Marga und Susanne.

Ilse seufzte lauthals. „Veräppelt mich ruhig, hab ich vielleicht sogar verdient. Aber so ist es. Es ist vollkommen egal, was er ist, schließlich soll er lediglich die Baustelle nebenan in den Griff bekommen, aber da ist irgendwas, das bei mir alle Alarmglocken läuten lässt. Darum wäre es lieb von dir, wenn du mal unauffällig nachforschen könntest."

Susanne nickte sofort. „Natürlich. Wenn ich auf etwas vertraue, meine Liebe, dann auf dein Bauchgefühl. Ich kümmere mich gleich morgen um den Wiener Hochadel, einverstanden?"

Ilse stimmte erfreut zu. „Das ist perfekt. Du bist ein Schatz, ehrlich. Kann ich mich dafür erkenntlich zeigen?"

Auf Susannes Gesicht erschien ein fröhlich-spitzbübisches Lächeln. „Das kannst du, oder vielmehr ihr. Kennt ihr die Arganöl-Kokos-Packung schon? Zaubert binnen einer Stunde satte fünf Jahre weg. Na, neugierig?"

Marga pfiff leise. „Klingt interessant, ich mach die dann zwei Mal und wehe das Ergebnis ist nicht zufriedenstellend."

„Du wirst begeistert sein. Ich mach die immer, aber zu dritt ist das ganz sicher viel lustiger." Sie blickte zu Ilse, sah offenbar deren zweifelnden Blick und setzte hinzu: „Geht ganz ohne Kochen, nur warmes Öl und sanfte Masseurhände, na?"

„Sanfte Masseurhände? Bin ich dabei." Ilse leerte lachend ihren Smoothie.

***

Der nächste Morgen begann mit unangenehmem Nieselregen. Ilse sah zweifelnd zum Himmel hoch. Eigentlich wäre sie gern daheim geblieben und hätte sich nach einer Runde auf dem Ergometer in ihrem Hobbykeller auf ihr bequemes Sofa verzogen. Dieser Tag versprach grau und kalt zu werden. Nutzte lediglich nichts, denn die Verpflegung für Marian und Sorin brachte sich nicht von selbst in Margas Wohnung. Ganz zu schweigen davon, dass sie ihre Bohrmaschine mitnehmen musste, da sie und Marga heute im frisch gestrichenen Wohnzimmer schon mal neue Vorhangstangen anbringen wollten.

So stieg sie, dezent unmotiviert, eine gute Stunde später die Treppe zur Wohnung der Freundin empor.

„Grässliches Wetter, nicht wahr? Perfekt, um drin zu arbeiten, mir tun die Jungs drüben echt leid." Marga sah es eindeutig positiver als sie.

Ilse schnupperte unsicher in der Küche herum. „Hier wurde gestern gestrichen, oder? Riecht noch arg feucht. Meinst du, dass Lüften helfen könnt?"

„Probieren kann man's ja, warte." Marga trat ans Fenster und kippte es. Sie hatte die Hand noch am Griff, als plötzlich von der Baustelle ein ohrenbetäubendes Krachen ertönte, gefolgt von einem markerschütternden Schrei. Leider war es damit nicht zu Ende. Etwas knirschte so laut und durchdringend, dass es in Ilses Ohren schmerzte. Es folgte ein weiterer Schrei – danach herrschte fast schon gespenstische Stille.

Sie und Marga standen sekundenlang wie erstarrt in der Küche.

„Was war das?", fragte Marga atemlos.

„Keine Ahnung, aber wir werden es gleich wissen." Entschlossen stapfte Ilse auf die Wohnungstür zu, an der es im selben Augenblick heftig klopfte. Sie riss die Tür auf und blickte in die weit aufgerissenen und sichtlich erschrockenen Augen von Sorin.

Ehe sie fragen konnte, erklang seine entsetzt klingende Stimme. „Marian wird heute nicht arbeiten. Schwer gefallen mit Gerüst. War nicht fest, Betonboden hat nachgegeben, alles zu nass, nicht hart geworden über Nacht. Bitte, helfen. Bitte!"

Sorin konnte gar nicht so schnell schauen, wie sie ihn an der Hand gepackt hatte, sich umdrehte und, ihn hinter sich herziehend, die Treppe hinunterlief. Gut, dass sie heute Chucks anhatte. Den aufgewühlten Arbeiter noch immer wie ein Kind an der Hand, rannte Ilse, so schnell es eben ging, über die Baustelle. Die Unfallstelle war exakt da, wo sie sie befürchtet hatte. An den neu ausgehobenen „Kellerabteilen". Sie entdeckte das eingestürzte Gerüst, das, so viel wusste sie über Gerüste, viel zu schwach auf der bautechnischen Brust war, um mehrere Arbeiter zeitgleich auszuhalten. Wie ein gespenstisches Gerippe ragten die Einzelteile in die Luft.

Sie entdeckte Marian, der von Kollegen auf einer ebenen Fläche abgelegt worden war, und sie hörte die Sirenen des Rettungsdienstes. So weit so gut. Eilig schob sie einige Arbeiter beiseite und ging neben Marian in die Knie. Er war kreidebleich, sein Bein stand in einem sehr ungesund wirkenden Winkel vom Körper ab und an Stirn und Nase blutete er aus Platzwunden. Immerhin lebte er!

„Marian, halt durch. Das wird wieder, schau, da kommt schon der Notarzt." Sie versuchte so gut wie eben möglich, das Zittern in ihrer Stimme zu verbergen, funktionierte nur nicht, das hörte sie selbst. Seine Hand war eisig kalt.

„Bitte lassen Sie uns zu dem Verunfallten." Sofort machte sie Platz, nicht ohne, hilflos wie sie im Moment war, noch einmal Marians Hand gedrückt zu haben. Erst, als sie sicher war, dass der Mann wirklich in guten Händen war, rappelte sie sich gänzlich auf und sah sich um.

Sie entdeckte Marga, die den weinenden Sorin tröstete, und sie erblickte von Löwenberg, der bewegungslos an der Unfallstelle stand und offenbar auf die Betondecke starrte. Wut stieg in ihr auf, rechtschaffene, ehrliche Wut. So etwas durfte auf einer deutschen Baustelle verdammt nochmal nicht passieren! Zornschnaubend stapfte sie auf den Mann und die anderen zu, die ebenfalls auf eine einzige Stelle vor sich zu starren schienen.

„Herr von Löwenberg, wie kann ..." Ihr Blick fiel nunmehr auch auf die Unfallstelle, das zerborstene Gerüst und die zu einem Teil unter dem Gewicht des Gerüstes eingebrochene Betondecke. Sie stockte mitten im Satz und Entsetzen kroch ihr wie ein eisiger Hauch den Rücken hinauf. Mitten aus dem Loch, das wohl entstanden sein musste, als die Ecke des Gerüstes auf die noch frische Betondecke gekracht war, ragte etwas, von dem sie erst auf den zweiten Blick begriff, was es war.

Eine menschliche Hand.

Ungläubig schüttelte sie den Kopf. Der Anblick veränderte sich jedoch in keiner Weise. Sie schluckte schwer. Das war ja noch schlimmer als gedacht. Langsam wandte sie den Kopf und sah von Löwenberg an. Erst da bemerkte sie, dass dem der Schreck ins Gesicht geschrieben stand.

Er war kreidebleich, starrte wie gebannt auf die Hand, während seine Lippen immer wieder das Wort „Nein" formten. „Nein, nein ..." Er zitterte.

War sie noch vor wenigen Augenblicken stinkwütend auf ihn gewesen, so siegte nun das Mitleid. Zuerst der schreckliche Unfall, nun ein Toter im Beton. Das war wie ein gruseliger Krimi, nur eben leider Realität. Sie hätte ihn gern getröstet, aber ihr fiel beim besten Willen nichts ein.

Als hinter ihnen plötzlich das vertraute Geräusch eines Betonmischers ertönte, drehte sie sich blitzartig um.

„Ausmachen, aber ein bisschen plötzlich!" Sie konnte richtig laut sein, wenn sie wollte. „Da liegt euer Kollege und wird versorgt und hier liegt einer, bei dem die Versorgung nichts mehr nützt. Hier wird heute nichts mehr gebaut! Verstanden?"

Offensichtlich war sie sehr überzeugend. Mit zerknirschter Miene schalteten zwei der Arbeiter die Maschine wieder ab und standen gemeinsam mit den anderen ratlos auf der Baustelle herum.

Endlich kam auch in den schockerstarrten Bauunternehmer ein bisschen Leben. „Das darf alles nicht wahr sein. Bitte sagen Sie mir, dass das nicht wahr ist.“

Ilse rümpfte die Nase und schüttelte dann sehr langsam den Kopf. „Würd ich wirklich gerne, das dürfen Sie mir glauben. Vor ein paar Minuten hätte ich Sie liebend gerne erwürgt, aber das hier, das ist echt ein bisserl viel.“

Ilse fühlte eine Hand auf ihrer Schulter. „Sagen Sie uns mal, wo Sie glauben, dass eine Versorgung nichts mehr nutzt? Wir würden uns gerne selbst davon überzeugen.“ Die Stimme des jungen Sanitäters klang auffordernd.

Ilse trat einen Schritt zur Seite und zeigte auf die Betondecke und das sich dort bietende Bild. „Na, dann überzeugen Sie sich mal, junger Mann.“

„Öha! Das könnt tatsächlich eng werden. Ist das echt das, was ich vermute?“ Der Sanitäter kniff sichtlich überrascht die Augen zusammen.

„Also, wenn Sie eine Hand sehen, die samt einem kleinen Teil des dazu gehörenden Unterarmes aus dem Betonloch ragt, dann sehen wir beide das gleiche.“

„Ich sehe es. Um Himmel willen, hat schon jemand die Polizei gerufen?“

„Ja, die wurde gerufen. Und ich bin relativ verwundert, einige vertraute Gesichter zu sehen.“ Manuela Bauers Stimme klang ein klein wenig spöttisch.

Ilse atmete auf. „Liebe Frau Bauer, ich hab mich schon lange nicht mehr so sehr über den Klang einer mir bekannten Stimme gefreut.“

„Tante Ilse, ich freu mich auch. Allerdings darf ich mir die Bemerkung erlauben, dass die Begleitumstände ein wenig ungewöhnlich sind, nicht wahr?“

„Hm, ungewöhnlich ist nett ausgedrückt.“ Ilse runzelte nachdenklich die Stirn. „Bitte, du musst mir glauben, das war so nicht geplant.“

Manuela schmunzelte, dann wurde sie ernst. „Das glaub ich dir unbesehen. Aber jetzt würde mich erst einmal interessieren, wer das zuerst entdeckt hat.“

Sie hörte, wie von Löwenberg tief Atem schöpfte. „Das waren mein Bauleiter und ich, da wir als erste an der Unfallstelle gewesen sind. Zuerst ist uns nur das Loch aufgefallen, das durch das Stahlgerüst verursacht worden ist, erst, als wir beinahe selbst durchgebrochen sind, nachdem wir Marian unter dem Rohr rausholen wollten, haben wir es gesehen. Ich habe, ehrlich gesagt, kurzfristig gar nicht verstanden, was ich da sah.“

„Hm, hat jemand etwas berührt? Also, hat jemand die Hand des augenscheinlich Toten angefasst?“

Einer der Männer, der ebenso wie sein Chef noch immer ungläubig auf die Stelle starrte, schüttelte deutlich entsetzt den Kopf. „Nein, da geht doch keiner von uns ran. Das ist unheimlich. Wer rechnet denn mit sowas?“

Manuela stieg sehr vorsichtig und auf jeden ihrer Schritte achtend auf die Betondecke. „Mit so einem Szenario kann man nicht rechnen. Trotzdem passiert es nicht das erste Mal.“ Ihr Kollege, der sie begleitete, reichte ihr die Hand. Sie trat neben Ilse, sah sich einmal suchend um und erteilte den näherkommenden zusätzlichen Polizisten Anweisungen. „Und keiner geht mir da ran, solange die Spusi nicht da ist, ist das klar?"

Einhelliges Nicken antwortete ihr und so drehte sie sich halb um sich selbst, ergriff Ilse am Arm und schob sie sanft etwas beiseite. „Ich befrage die Herren hier und nachher dich. Darf ich davon ausgehen, dass du in der Zwischenzeit weder das Land verlässt noch bei Phillip anrufst?"

Trotz der ganzen Katastrophen musste sie lachen. „Ich versprech es dir, aber eine Bitte hab ich. Könntest du zum Verhör der alten Ilse bitte in Margas Wohnung kommen? Ich bin inzwischen klatschnass."

Sofort trat Besorgnis in Manuelas Blick. „Nichts wie ab mit dir ins Trockene. Dein Neffe würde mir schön was erzählen, wenn du krank wirst."

Mit undurchsichtiger Miene blickte sie zu Manuela hinüber. „Aber der weiß es ja nicht, da die liebe Ilse ihn ganz sicher nicht anrufen wird, nicht wahr?"

Manuela seufzte leise auf. „Ilse, ich mag dich wirklich sehr, aber jetzt schleich dich und zwar flott. Wir sehen uns gleich. Gibst du mir bitte die Wohnungsnummer?"

***

„Ist das nicht schrecklich? Was für ein Tag!" Marga war ebenso wie sie sehr froh über den heißen Kaffee, den Marian und Sorin heute nicht gebraucht hatten.

„Furchtbar. Ich erkundige mach nachher sofort nach Marian. Im Augenblick tu ich aber lieber gar nichts außer wieder warm werden und Kaffee trinken. Nicht, dass ich das Mädel irgendwie verstimme."

„Ilse, hast du etwa Respekt vor der jungen Frau? Ich staune aufrichtig.“

„Jetzt stellt mich nicht alle als renitente alte Schachtel hin, die ihre Nase überall hineinhängen muss und nie das tut, was man ihr sagt. Also wirklich! Des kling ja nachad fast scho noch am echten Grantscheam.“

„Ilseschatz, das klingt nach *was*, bitte?“ Marga sah verstört aus.

Sie lächelte vielsagend. „Nach einer stets dezent übellaunigen Person.“

„Ui, das hast du jetzt aber schön gesagt.“ Marga nippte erneut an ihrem Kaffee. „Nein, das bist du sicher nicht, aber ein winziges Bisschen renitent, verzeih Ilse, aber das bist du nun mal.“

Eine Stunde später klopfte es an der Wohnungstür. Als Marga öffnete, standen Manuela und deren Kollege vor ihr.

„Wir wären drüben fertig, dürfen wir reinkommen?“

Sie durften und in Ermangelung von normalen Stühlen setzte man sich an die Küchentheke und auf die dazu gehörenden Barhocker.

Manuela musterte Ilse länger, als es der lieb war. Immerhin lächelte sie danach.

„Menschenskinder, Tante Ilse, ein Mordfall und wer steht prompt neben dem Hauptverdächtigen?“

Sie holte tief Luft. „Na, ich, aber ich kann's erklären.“

„Es wäre prima, denn derzeit weiß ich nicht, wie du, abgesehen von der Tatsache, dass ihr hier anscheinend die Wohnung renoviert, ins Bild passt.“ Manuela holte einen Block aus der Innentasche ihrer dunklen Lederjacke.

„Ach geh, hast du nicht so ein schickes Diktierdingens, das alles aufnimmt?" Ilse war erstaunt.

„Hab ich schon, aber ich bin altmodisch. Außerdem muss ich ein paar Aussagen abgleichen. Da ist es wichtig, dass ich mitschreibe, also Stichpunkte. Mir fallen Ungereimtheiten so viel schneller auf."

Ilse straffte ihre Schultern. „Na, dann zück mal den Bleistift. Was willst du denn alles wissen?"

„Alles. Wieso warst du auf der Baustelle, kennst du den Bauunternehmer, diesen von Löwendings, und warum fragt das Unfallopfer nach dir?"

„Jessas, das wird jetzt a bissl länger, aber du musst das wirklich alles wissen. Es ist wichtig. Also ..."

Und sie erzählte von Anfang an: dem Kennenlernen des adligen Bauunternehmers, über die Geschichte mit Marian und Sorin bis hin zum heutigen Vormittag.

„Ja, und darum waren Marga und ich da drüben. Marian ist ein sehr netter, lieber Mensch, der ist einer von den Guten, die arbeiten wie die Gestörten, um ihre Familien ernähren zu können. Wir waren furchtbar erschrocken, als Sorin hier vor der Tür stand und das mit Marian erzählt hat."

„Hast du den Unfall zufällig direkt gesehen?" Manuela schrieb immer wieder ein paar Punkte auf ihren Block.

„Eben nicht. Wir haben den Lärm gehört, die Schreie, aber ansonsten haben wir gerade erst damit angefangen, die Vorhangstange aufzuhängen." Ilse zuckte entschuldigend die Schultern.

„Mhm, ich kenne dein Gespür für Menschen, bitte sag mir ehrlich, was du von diesem Löwenberg hältst.

Traust du ihm?" Manuela musterte sie sichtlich nachdenklich.

„Er ist ein echtes Schlitzohr, daran besteht kein Zweifel. Das muss man auch sein, wenn man in der Branche arbeitet. Ist leider so. Was mich ein wenig stört, das ist, dass sowas wie der Unfall passieren kann. Ein Baugerüst darf nicht wie ein Streichholzhäusl einknicken. Das geht nicht."

Manuela hob interessiert die rechte Augenbraue. „Ah, ja, und wie stehst du zu einbetonierten Toten auf derartigen Baustellen?" Sie musterte Ilse sichtlich amüsiert. „Nur so rein interessehalber."

„Oha, halt, das ist ganz was anderes. Das eine ist mieses Material, das andere sind Mafiamethoden. Da sollte ich unterscheiden, findest du nicht?"

„Solltest du. Darum muss ich dich das jetzt fragen. Traust du dem Unternehmer zu, dass er jemanden im Beton versenkt?"

„Nein!" Hoppala, das war spontaner gekommen, als sie es selbst geglaubt hätte. „Nein, ich trau ihm so manche Sauerei zu, so manches Gemauschel oder so, aber keinen Mord. Im Ernst, Manuela, als ich ihn auf der Baustelle gesehen hab, bin ich wie Graf Blücher auf ihn zugestürmt, um ihm die Meinung zu geigen. Erst, als ich sein Gesicht gesehen habe, ist mein Zorn fast sofort verpufft. Er war weiß wie eine Wand, hat gezittert und war sichtlich fertig mit allem. Nein, ich bin mir sicher, so schaut kein Mörder aus. Ich denke da an den Herrn, der in Bad Tölz die Frau beseitigt hat. Der war nach dem Mord eiskalt und vollkommen ohne Reue. Der Herr von und zu dagegen, war ein Bild des Jammers, glaub es mir."

„Sagt dir das dein berühmtes Bauchgefühl?"

„Um ehrlich zu sein, sagt mir das mein waches Auge und meine Erfahrungswerte mit Menschen."

„Dein waches Auge, so so." Manuela grinste sie breit an.

„Aber sowas von wach." Ilse runzelte die Stirn.

Manuela hob abwehrend die Hände. „Das würde ich niemals bezweifeln."

„Darf ich im Gegenzug auch was fragen?" Neugierig war sie nun eben schon.

„Versuch's, wenn ich es beantworten darf, gerne."

„Das da drüben, war das jetzt a ganze Leich oder war das nur ... ähm ... also die Hand und so?"

Manuela schüttelte sich leicht. „Ilse, du fragst ja beinah schon so wie unser Gerichtsmediziner. Du und Mehmet würdet euch, glaub ich, richtig gut verstehen."

„Käme auf einen Versuch an. Wie alt ist denn dein Mehmet?"

„Ilse! Echt jetzt?" Gerade noch rechtzeitig sah Manuela ihr in die Augen und musste lachen. „Du bist unverbesserlich. Aber um deine Frage zu beantworten: Der Tote scheint ganz im Beton zu stecken. Endgültig sagen kann ich dir das aber erst, wenn besagter Mehmet ihn aus seinem Betongrab herausgepult hat."

„Ihn herausgepult?" Das klang abenteuerlich.

„Na, was denkst du, wie wir den Beton abkriegen? Der wird gerade großräumig herausgefräst und dann per Transporter in die Gerichtsmedizin verbracht. Da muss er dann vorsichtig herausgemeißelt werden. Quasi wie bei einer alten Ausgrabung, du verstehst?" Manuela nickte ihr zu. „Sowas dauert und verlangt Geduld."

„Einer der Gründe, warum ich keine Archäologin geworden bin. Geduld und so. Aber ich hab noch eine Frage. Gestern, als Marga und ich in Richtung Wellnesstag verschwunden sind, da waren die beiden vorderen Ausschachtungen noch nicht ausgegossen. Nur die hinteren. Wir sind so gegen halb elf hier los. Das bedeutet aber dann doch, dass die zwei Flächen tagsüber ausgegossen worden sein müssen? Kannst du mir erklären, wie da plötzlich ein Toter mit reingemischt werden kann? Schon komisch, oder?" War sie mit diesen Gedanken allein?

Manuela griff sofort nach ihrem Block. „Moment, das deckt sich, soweit ich mich erinnere, mit der Aussage des Unternehmers und des Bauleiters. Wart mal." Sie blätterte ein paar Seiten zurück, dann nickte sie zufrieden. „Da haben wir es. Also, die erste Ausschachtung wurde gegen drei Uhr am Nachmittag ausgegossen. Zuvor musste der Weg daneben eingeebnet werden, damit die Arbeiter anständig dort hinkonnten. Und jetzt kommt das Interessante. Eigentlich sollte der Betonmischer mit der zweiten Ladung für die vordere Verschalung um fünf Uhr kommen. Tat er aber nicht. Das Werk rief an, dass der Laster einen Unfall gehabt hat und man einen Ersatzwagen schicken würde. Der Chef, also Löwenberg, war zwar ärgerlich, stimmte aber zu, da er Zeiten einhalten muss. Er ist selbst zusammen mit einem Arbeiter auf der Baustelle geblieben und hat auf die Lieferung gewartet. Der Ersatzlaster traf um sechs Uhr fünfzehn hier ein. Von Löwenberg und sein Arbeiter haben, gemeinsam mit dem LKW-Fahrer, die letzte Verschalung befüllt. Das waren also drei Menschen, die da zugange waren. Folglich hätte keiner mal so heimlich eine Leiche in den Beton mogeln können." Manuela musterte sie so, als erhoffe sie sich von ihr eine Bestätigung des soeben Gesagten.

„Manuela, ich hab in Punkto Beton nicht ganz so viel Erfahrung. Lach jetzt nicht, aber ich mein die Frage ernst. Wie lange denkst du, kann man da etwas reinbaazen, ohne dass es nachher auffällt."

„*Reinbaazen*? Du meinst, hineindrücken, oder?"

Ilse verdrehte die Augen. „Ja, natürlich, kennst du meine verquere Ausdrucksweise noch immer nicht?"

Manuela hatte eindeutig Probleme damit, ernst zu bleiben, aber es gelang ihr letztendlich. „Also, das geht relativ zügig, hab ich mir erklären lassen, dass das anzieht, wie man sagt. Abgesehen davon, wie sollte bitte plötzlich der Tote so locker leicht ins Betongrab gleiten? Das hätte einer der jeweils beiden anderen gesehen. Über den Laster ging es sicher nicht. Der Schlauch ist …"

„Ach geh, das kapier ja sogar ich. Der Tote müsste ja die Figur eines Karl Valentin gehabt haben."

„Ähm, wie genau darf ich das verstehen?"

Jessas, sollte das Mädel gar Karl Valentin nicht kennen? „Lang und zaundürr wie eine Bohnenstange. Nicht mal der hätte durch den Schlauch gepasst. Und erinner mich demnächst, dass ich mit dir ins Karl-Valentin-Musäum geh."

Manuela grinste sie herausfordernd an. „Mache ich. Weiter im Text. Sie waren um halb acht Uhr fertig, der Laster ist abgefahren und der Löwenberg hat seinen Arbeiter noch bis zur Bushaltestelle gebracht. Danach ist er in seine Wohnung in Haidhausen gefahren. So zumindest seine Aussage, die ich eigentlich nicht anzweifle. Ilse, enttäusch mich nicht. Irgendeine Vermutung, wie der oder vielleicht ja die Tote da drin gelandet sein könnte?"

Ratlos schüttelte sie den Kopf. „Ich tät gerne helfen, aber derzeit hab ich nicht ansatzweise eine Idee."

„Du siehst aus, als würdest du nachdenken."

Sie musste schmunzeln. „Manuela, Frau Bauer, wenn ich aufhör nachzudenken, dann solltet *ihr* euch Gedanken machen. Nein, ernsthaft, das Einzige, was ich dir bieten kann, das ist, dass ich weiter nachfühle, wie das mit dem Hausverkauf gelaufen ist und wie unser Baulöwe an den Auftrag gekommen ist. Schließlich hat man da so seine Verbindungen."

„Das nehme ich gerne an, auch wenn ich eigentlich kein Freund von Vitamin B bin." Manuela klang ein klein wenig zögerlich.

„Ach, meine Liebe, gewöhn dir das ab, ehrlich. In einer Welt, in der man vor allem über die sogenannten Seilschaften, und die werden meist schon in der Uni gebildet, überhaupt vorankommt, darf man nicht so denken. Ich nutz niemanden aus, aber ich nutze Möglichkeiten. Vice versa, ich helf auch jedem der was braucht. Du weißt schon: eine Hand wäscht die andere." Ilse klopfte Manuela mütterlich liebevoll auf die Schulter.

Die lächelte zurück. „Ich werde es mir merken."

Offenbar war nicht nur ihr aufgefallen, dass vom anderen Ende der Küche fortwährend lauter werdendes angeregtes Gemurmel zu ihnen herüberklang. Manuela sah sich um und klopfte dann auffordernd auf die

Theke. „Leute, Kollege, was macht ihr da, wenn ich fragen darf?“

Der sehr nett wirkende Kollege mit dem gemütlichen Bauchansatz grinste, ebenso wie auch Marga, sehr entspannt zurück. „Kuchenrezepte, Recherchearbeit in Sachen Kulinaria, ihr wisst schon.“

Manuela seufzte lautstark. „Ich sag da jetzt nichts, in Ordnung? Aber, Ilse, es wäre wirklich gut, wenn du mir zu den genannten Punkten ein paar Infos zukommen lässt.“

Sie freute sich. „Sehr gerne, abgesehen davon könnten wir vielleicht nicht doch …“ Weiter kam sie nicht.

„Nein, liebe Tante Ilse, wir rufen Phillip nicht an. Das kannst du dir sparen.“ Manuela klang sehr ernst.

„Aber, warum denn?“

Manuela glitt von ihrem Hocker, stellte sich neben sie und legte ihr den Arm um die Schultern. „Weil du, ganz privat und darum vollkommen entspannt, am Freitag mit mir nach Wien fährst. Ich fahr gut Auto. Und Phillip freut sich, wenn du mitkommst.“

„Na, aber freilich, sicher doch, ich werd mich euch jungen Leuten aufdrängen und vielleicht zwischen euch in der Besuchsritze kuscheln, sonst noch was? Ich hab da nix verloren.“ Nicht, dass es sie nicht reizen würde, aber das ging nun mal gar nicht.

„Du bekommst das Sofa, liebe Ilse, und dass du mitkommst, ist beschlossene Sache. Es zerreißt dich schließlich fast vor Neugier, woher der wortgewaltige Adlige stammt, gib’s zu.“

So gern sie widersprochen hätte, aber hier siegte die Ehrlichkeit. „Ja, schon. Aber ihr wollt allein sein, so wie sich das für Frischverliebte gehört.“

Manuela schüttelte leicht den Kopf. „Ts ts ts, renitent wie immer. Wann soll ich am Freitag in der Früh da sein? Ich hab mir extra den Tag freigenommen, also? Sag schon."

„Seien Sie um Sieben bei ihr, das funktioniert, das weiß ich." Margas Stimme klang sehr fest. „Und du, Ilse, gibst sofort zu, dass du dich unglaublich darauf freust, Phillip zu sehen und wieder ein bisschen Miss Marple spielen zu können. Wenn man sich nicht um alles selbst kümmert. Unglaublich!"

Einmal Prater und zurück

Fritz Meinert hatte sie am Vorabend angerufen und er klang ausnehmend ärgerlich. „Ilse, ich habe noch immer nicht alle Unterlagen durch. Ich komme mir vor, als hätte ich es mit einer Art Schilda zu tun. Das ist unglaublich, gelebtes Schildbürgertum, wirklich. Ich möchte mich allerdings bis dato noch nicht festlegen. Wie gesagt, ich habe mir die Unterlagen mit nach Hause genommen und werde sie hier sehr genau studieren. Wie ist es dir ergangen?"

„Hier liegt offenbar einiges im Argen, so wie ich es sehe. Beim Mieterverein wusste man mit interessanten Neuigkeiten aufzuwarten. Von wegen freiwillig ausgezogen. Da war viel Zwang und Gewalt im Spiel. Der neue Eigentümer des Gesamtanwesens ist nicht bekannt. Alles wird von einer Anwaltskanzlei in Hamburg abgewickelt. So viel weiß ich immerhin. Ich fahre morgen mit dem Mä... ich fahre mit Frau Kommissarin Bauer nach Wien. Wenn ich ehrlich bin, dann platze ich schier vor Neugierde, etwas über den Bauherrn, also, ich meine den Bauunternehmer, zu erfahren. Er kommt aus Wien, da sollte sich etwas in Erfahrung bringen lassen, noch dazu bei dem wohlklingenden Titel."

„Ilse, ich bin beeindruckt. Du fährst mit der bayrischen Polizei nach Österreich, um zu ermitteln. Da müssen sie große Stücke auf dich halten."

Da musste sie wohl den Hauch zurückrudern. „Öchem, das klingt aufregender, als es ist. Mein Neffe Phillip und Frau Kommissarin Bauer sind seit geraumer Zeit ein Paar. Sie wäre sowieso zu ihm gefahren. Nun ist sie so lieb und nimmt mich mit, damit ich in Ruhe ein bisserl herumschnüffeln kann, du verstehst?"

„Verstehe. Eine gute Gelegenheit allemal. Fühl dem Herrn bitte ruhig ein wenig auf den Zahn. Ich weiß nicht, ob du die Möglichkeit dazu hast, aber wenn ja, dann versuche bitte herauszufinden, welchen Ruf Herr von Löwenberg in Wien in seiner Branche genießt, das wäre mir eine große Hilfe. Aber nur, wenn es dir keine Umstände macht."

Ein Schnüffelauftrag vom Direktor der Lokalbaukommission persönlich kam ihr sehr gelegen. „Das macht überhaupt keine Umstände, Fritz. Ich schau, was ich herausfinden kann. Wir kommen am Montag zurück, dann würde ich mich bei dir melden. Passt dir das?"

„Ein Anruf von dir, liebe Ilse, passt immer. Das weißt du, nicht wahr?"

Ilse atmete tief ein und wieder aus. Sowas tat einfach gut. „Ja, Fritz, jetzt weiß ich's wieder und ich danke dir dafür."

***

„Soll ich in Holzkirchen rausfahren?" Warum nur klang Manuelas Stimme leicht gepresst?

„Ich muss nicht aufs Klo, also zwengs mir nicht. Wie kommst du darauf?" Ilse warf ihr einen neugierigen Blick zu.

„Na, wegen der weltbesten belegten Brötchen und so. Nicht, dass du hungern musst."

Sie fasste es nicht. „Woher weißt du das denn, bitte?"

„Tante Ilse, ich bin bei der Polizei, schon vergessen? Also, was ist? Edelwurstsemmeln oder nicht?"

„Wenn du mich so fragst, selber schuld, also fahr raus." Ein dezent maliziöses Lächeln umspielte ihre Lippen, das wusste sie nur zu gut.

Drei Stunden später verputzten sie bei ihrer Rast auf einem schönen Picknickplatz in aller Ruhe zwei wundervolle Baguettesemmeln mit Roastbeef, gekochtem Ei, Salat und Remoulade.

„Ich muss zugeben, das war richtig gut. Schon wieder ein Punkt für Lady Ilse!" Manuela stand auf, warf das Papier weg und rüstete zur Weiterfahrt.

„Wie viele Punkte hab ich denn schon und was krieg ich dafür?"

„Um die zwanzig, bei hundert gibt's einen neuen Wäschetrockner." Die lachende junge Frau hielt ihr die Autotür auf.

„Vorsicht, ich komm auf sowas zurück." Kaum wieder im Wagen, läutete Ilses Telefon. Sie warf Manuela einen fragenden Blick zu. „Darf ich, oder magst du es nicht?"

„Ilse, ich bin's gewohnt, geh ran, vielleicht ist es was Wichtiges."

Recht hatte sie, die Gute. Freundin Susanne, die weltgewandte Freifrau, war am Telefon und sie wusste so einiges zu berichten.

„Liebe Ilse, dein Freiherr von und zu ist ein nicht allzu stilles, dafür aber recht tiefes Wasser. Ich konnte herausfinden, dass er tatsächlich kein echter Adel ist, sondern sich von einem gewissen Winfried, Freiherr von Löwenberg, hat adoptieren lassen, samt Schweigeverpflichtung. Dem alten Freiherrn stand nach Spielschulden das Wasser bis zum adligen Hals, wenn nicht gar höher. Das muss dein Arnold spitzgekriegt haben und so wurde eine Adoption eingefädelt, die aus einem Arnold Metzger, gelernter Maurermeister und Polier, über Nacht den Freiherrn von und zu Löwenberg machte. Der Neu-Freiherr ist ein Meister im Vertuschen und das wirklich gründlich. Ich konnte nicht herausfinden, woher er das Geld hatte. Was ich in Erfahrung bringen konnte, das ist, dass er sich fast zeitgleich mit seiner Erhebung in den Adelsstand eine Villa nahe Wien zugelegt hat. Ich schick dir nachher die Adresse auf WhatsApp. Das ist alles, was ich dir im Augenblick sagen kann. Sollte ich mehr herausfinden, dann melde ich mich sofort.“

Ilse bedankte sich herzlich für die Informationen, die ihr mehr halfen, als Susanne wahrscheinlich glaubte.

Während der Fahrt brachte sie Manuela auf den neuesten Stand der Dinge.

„Auffällig, aber nichts von alledem ist verboten oder kriminell. Sich adoptieren zu lassen, um an einen Adelstitel zu gelangen, das haben sich so manche Glücksritter oder Lottogewinner geleistet.“

„Ja, schon. Aber warum macht er um alles so ein Geheimnis?“

„Liebe Ilse, wenn du ein Vermögen hinblätterst, um in den Adelsstand aufzusteigen, möchtest du, dass jeder weiß, woher das Geld dafür kommt?"

Da hatte Manuela nun auch wieder recht. Trotzdem erschien ihr der Neu-Adlige zunehmend zwielichtiger.

Dank Manuelas flottem Fahrstil erreichten sie Wien-Hütteldorf schon kurz nach Mittag. Phillip war so lieb gewesen, ihnen die Tiefgarage in seinem Wohnhaus zu überlassen, er selbst parkte auf der Straße. Zwischendurch waren sie in einen regelrechten Wolkenbruch geraten, aber in dem Augenblick, in dem sie Wien erreichten, brach die Sonne durch die Wolken. Ein angenehmer Empfang. Phillips Wohnung lag im vierten Stock, ohne Aufzug. Ilse weigerte sich beharrlich, Manuelas Hilfsangebot anzunehmen, und wuchtete ihren Trolley über die Steintreppe des altehrwürdigen Hauses nach oben.

Es roch nach Reinigungsmitteln und die schmiedeeisernen Treppengeländer blitzten im durch die Fenster hereinfallenden Sonnenlicht. Ilse fühlte sich nicht nur um viele Jahre zurückversetzt, sie fühlte sich zu Hause. So hatte ihre Jugend gerochen.

„Da seid ihr ja. Schön, meine Mädels zu sehen. Gfrei mi!" Phillips fröhliche Stimme schallte durch das Treppenhaus und riss sie aus ihren nostalgisch angehauchten Gedanken.

Sie hielt sich zurück und erst, nachdem Manuela und Phillip sich gebührend begrüßt hatten, umarmte sie ihren Neffen. „Guad schaugst aus, Bua. Hast dich anständig erholt von deinem Mountainbike-Debakel?"

Phillip zog eine schmerzliche Grimasse. „Hör mir bloß auf, da hab ich noch eine Weile was davon. Ich fahr bald bloß noch Wasserski, Wasser hat keine Balken. So ein depperter Bänderriss versaut dir ein halbes Jahr."

„Also, bitte, jetzt leide nicht gar so dramatisch. Wer ist denn schon wieder dreimal die Woche in der Muckibude, na?" Manuela küsste ihn lächelnd auf die Wange.

Er grinste. „Ich, aber ich wär halt gerne in den Bergen zum Biken. Aber was soll's, so seh ich meine Lieblingsfrauen, das ist mir viel wert." Er schob sich die Ärmel seines dunkelgrünen Longsleeve zurück und fuhr sich mit beiden Händen durch die noch feuchten langen Haare. „Heute gehör ich nur euch. Im Fitness-Studio war ich vorhin schon und geduscht bin ich auch. Wo wollt ihr heute Abend essen?"

Ilse zauberte ein geheimnisvolles Lächeln auf ihre Lippen. „Also, ich lad euch ein, keinen Widerspruch und es wird eine Überraschung."

Ein gediegenes Abendessen im *Lebenbauer* in Wien Mitte. Sie freute sich unbeschreiblich. Hier hatte sie mit Franz-Josef gesessen. Damals war Phillip noch ein etwas aufmüpfiger, aber letztendlich sehr lieber Teenager gewesen und man hatte ihn für Franz-Josefs Sohn gehalten. Beide hatten sich nur angelächelt und ihr Mann hatte seine Hand auf die von Phillip gelegt. „Ich könnt kaum stolzer auf dich sein, wenn ich dein Vater wär." Nach diesem einfachen Satz war die Bindung der beiden wichtigsten Männer in ihrem Leben noch enger und liebevoller geworden. Auch an diesem Abend, wenn auch unter neuer Leitung, erfüllte das Restaurant ihre Erwartungen. Mochte Phillip angesichts der Preise die Stirn runzeln, Qualität hatte nun mal ihren Preis.

Apropos Preis, da war ja noch was. Zwischen einem feinen Fischsüppchen und einer knusprig gebratenen Dorade gelang ihr der gezielte, gut durchdachte Einwurf.

„Wo wir grad so gemütlich zusammensitzen, hat Manuela dir schon von unserem aktuellen Fall erzählt?"

Phillip schüttelte lediglich leicht den Kopf, schluckte zuerst einmal, tupfte sich den Mund mit der blütenweißen Serviette ab und ergriff dann ihre Hand. „Euer aktueller Fall? Ach, Lieblingstante, hatten wir das nicht schon geklärt? So von wegen, lass das mal die Polizei machen und so?"

Ilse suchte fieberhaft nach Worten, als das Wunder geschah. Halleluja!

„Schatz, sie liegt gar nicht falsch. Zum einen hat sie den Unfall auf der Baustelle beinahe hautnah miterlebt, zum anderen hat sie engen Kontakt zu diesem Baulöwen. Heute kam von ihrer Freundin die Nachricht, dass er sich vor geraumer Zeit hat adoptieren lassen. Also nichts von wegen alten Adels. Und ehe wir es vergessen: Da steckte eine Leiche im Beton der Ausschalung. Ich kann es selbst kaum glauben, dass ich das sage, aber Tante Ilse könnte uns in dem Fall tatsächlich weiterhelfen."

„Manuela? Du meinst das tatsächlich ernst, oder? I schmeiß mi weg. Hat sie dich endlich auch um den Finger gewickelt?"

Ilse setzte ein hoheitsvolles Lächeln auf. „Ich wickel hier nix und niemanden. Aber wenn ich den Löwenberg um meine Fingerchen wickel, dann wär des a gar ned so blöde Sach, glaub's mia."

Phillip betrachtete sichtlich nachdenklich das Brokkoliröschen auf seiner Gabel. „Hm, bleibt abzuwarten.

Wichtiger ist erst einmal, wer da im Beton vor sich hinseiert. Erst wenn wir ein Bild, oder, so wie die Leich wahrscheinlich ausschauen dürfte, eher eine Rekonstruktion vom Gsicht haben, dann wird's interessant."

Ilse nickte nachdrücklich. „Huift nix, müssma warten. Vom Originalgsicht dürft nimmer allzu viel übrig sein."

Leider zu spät erkannte sie den dezent grünlichen Hauch auf Manuelas Zügen. „Ui, is dir schlecht?"

Die blickte mit zweifelnder Miene auf ihr appetitlich angerichtetes Filetsteak. „Phillip, Ilse, alle beide, ihr wechselt jetzt sofort das Thema oder ich bestelle zwei neue Tischnachbarn, haben wir uns verstanden?"

Sie tauschte einen schuldbewussten Blick mit ihrem Neffen aus. „Entschuldige bitte, ich red ab sofort nur noch von schönen Dingen." Sie spießte das nächste Stück butterweicher Dorade auf und lächelte. „Darum fahr ich morgen zum Zentralfriedhof und besuch mal wieder das Grab vom hübschen Falco."

So wie beinahe immer hatte sie auch dieses Mal keinen Widerspruch gelten lassen. Zum einen brauchten die jungen Liebenden (Gott, das klang so romantisch) Zeit für sich und außerdem musste sie ihre Pläne umsetzen. Die beinhalteten heute eher nicht die letzte Ruhestätte des von ihr durchaus geschätzten Sangeskünstlers. Nein, heute stieg sie in die Straßenbahn nach Währing. Der schon seit langem als Nobelviertel bezeichnete Wiener Stadtteil barg nicht nur für Ilse viele, sehr persönliche, Erinnerungen, sondern war seit Neuestem auch der Wohnort eines bestimmten Herrn. Susannes Spürnase war immer wieder Gold wert. Sofern die Recherche der lieben Bekannten richtig war,

befand sich eine der herrlichen Villen Währings seit
etwa eineinhalb Jahren im Besitz des geheimnisvollen
Arnold, Freiherr von und zu Löwenberg. Dass Ilse vor
Neugier, wie der Freiherr hier logierte, schier platzte,
verstand sich von selbst.

Es war ein wolkiger Tag, aber es regnete nicht und so
stand einem netten Ausflug nichts im Wege. Susanne
hatte ihr die genaue Adresse samt Link auf Google
Maps geschickt, was sollte schon schiefgehen?

Sie war schwer zu begeistern, das, was sie heute sah,
das hingegen war verflixt beeindruckend. Dank der genauen Angaben war es leicht gewesen, das Anwesen
des Neuadligen zu finden. Hinter einer sehr schönen
Natursteinmauer und einem ausnehmend kunstvoll
gearbeiteten schmiedeeisernen Tor befand sich eines
der schönsten Häuser, das Ilse in ihrem bisherigen Leben gesehen hatte. Und sie hatte eine Menge gesehen.
Hier, bei diesem Bauwerk, fehlten ihr kurzfristig die
Worte. Das in „schönbrunn-gelb“ gestrichene Haus –
wobei Haus es hier nicht wirklich traf – lag in einem
parkähnlichen Anwesen. Eine leicht ansteigende Rasenfläche, umrandet von traumhaft schönen Blumen-
rabatten, führte zu der zweistöckigen Villa, deren
große Fenster von grauem, im Licht glänzendem Granit
umrahmt waren. Beeindruckende Säulen und hervorragend restaurierte Balkonbrüstungen verliehen dem
Gebäude beinahe schon einen römischen Touch. Vor
allem der terrassenähnliche Balkon mit den wunder-
voll geschmiedeten Möbeln im ersten Stockwerk beein-
druckte Ilse. Mit etwas Fantasie konnte sie die K&K Of-
fiziere in ihren schneidigen Uniformen sehen, wie sie

mit jungen Damen in eleganten Nachmittagsroben beim Tee flirteten.

Nur ungern rief Ilse ihre abschweifenden fantasievollen Gedanken zurück in die Gegenwart. Diese Gegenwart lautete von Löwenberg und nicht die kaiserlichen Tage. Sie wagte es zuerst nicht, zum Tor der Villa zu gehen. Wer konnte schon wissen, ob er nicht übers Wochenende nach Wien gefahren war. Sicherheitshalber wartete sie etwas, schlenderte die Straße hinauf, bestaunte weitere Villen und kam nicht umhin festzustellen, dass ihre alte Heimat außergewöhnlich schön war. Sehr langsam und so, als betrachte sie alle Häuser mit großem Interesse, lief sie, dieses Mal auf der anderen Straßenseite zurück. Nun wagte sie es auch, das Namensschild zu lesen. Während hier viele nur Abkürzungen oder gar lediglich eine Nummer auf den edlen Messing- oder Metallschildern hatten, prangte der Name des Freiherrn in großen Lettern neben dem Tor. Nun gut, zugegeben, auf das Anwesen konnte er aber auch stolz sein. Ob er es mit eigenen Händen renoviert hatte? Wenn nicht, dann dürften hier alles in allem gut drei bis vier Millionen drinstecken.

Noch in Gedanken versunken wollte Ilse soeben weitergehen, als sich unversehens das Tor öffnete und eine Frau mittleren Alters auf den Gehweg trat. Sie konnte es gerade noch so verhindern, in sie hineinzulaufen.

„Großer Gott, bitte entschuldigen Sie, ich hab Sie nicht gesehen. Vor lauter Begeisterung über die schönen Häuser hier achte ich nicht mehr auf den Weg." Zerknirscht sah Ilse der Frau ins Gesicht. Ein Gesicht, das sich sofort aufhellte. Offenbar sah sie nicht aus wie ein potenzieller Einbrecher oder sonstiger Ganove.

„Schon gut. Versteh ich bestens. Ich bin auch immer aufs Neue begeistert, wenn ich hierher komm.“

„Sie wohnen hier? Wie schön, jetzt bin ich ein bisserl neidisch, das verstehen Sie, nicht wahr?“ Ilse lächelte die Frau in ihrem dunkelgrauen Kostüm mit den flachen, schwarzen Halbschuhen entwaffnend an.

Die erwiderte das Lächeln. „Ich? Hier wohnen? Ja, schön wär's, aber so viel kann ich gar nicht in der Lotterie gewinnen. Nein, ich bin hier die Hausdame.“ Sie seufzte leise und sah sich vorsichtig um, ehe sie weitersprach. „Eigentlich hätte ich heut ja frei, aber der Herr ist beruflich unterwegs und die Dame des Hauses ist jetzt nicht so der Typ Hausfrau. Eh sie mir verhungert, hatte ich ein Einsehen.“

Ilse kannte ihre Landsleute, dass die Hausdame ihr das erzählte, war keine Besonderheit. Hatte man spontan Vertrauen gefasst, dann gab's da keine Geheimnisse. Daher nickte sie verständnisvoll. „Ja, wir mussten das alles noch lernen, die Kocherei und sowas. Das ist heut nicht mehr so. Schad eigentlich.“

„Wem sagen Sie das?“ Die Hausdame schloss sorgfältig das Tor, überprüfte noch einmal, ob es auch wirklich zu war, dann nickte sie zufrieden. „So, das war's aber wirklich für heut. Jetzt hab auch ich Wochenende. Sie tut mir schon leid, die Frau. Frisch verheiratet, verlässt dafür ihre Heimat und die Familie in Ungarn und dann ist sie so viel allein. Dabei ist sie so ein hübsches junges Mädel. Aber das soll nicht mein Problem sein. Viel Spaß noch bei Ihrem Spaziergang.“

Ilse dankte ihr, wünschte einen schönen Tag und machte sich, wenn auch sehr langsam, wieder auf den Weg. Nicht, dass sie noch Verdacht erregte.

Da schau her. Neuadliger, eine mit Sicherheit sauteure Villa im für Normalsterbliche unbezahlbaren Cottageviertel Wiens und dann auch noch eine junge Ungarin geehelicht? Der Freiherr ließ sich in Sachen Luxus und Lebensstil nicht eben lumpen. Da war viel Geld im Hintergrund. Sehr viel!

***

„Nur weil er offensichtlich zu einer Menge Geld gekommen ist, macht ihn das aber nicht verdächtig, soweit sind wir uns einig?" Phillip betrachtete sie mit sichtlichem Zweifel im Blick.

„Ja, das sag ich auch gar nicht. Ich würd halt einfach für mein Leben gerne wissen, was man tun muss, um sich so eine Villa leisten zu können." Ilse wand sich etwas. „Das ist echt interessant."

Ein dezent ironisches Lächeln erschien auf Phillips Lippen. „Das weiß ich eigentlich schon. Man verliebt sich in einen bodenständigen Adligen, der einen sein Leben lang auf Händen trägt. Stimmt so, oder?"

„Frecher Fratz, das war bei mir was anderes. Wir haben das alles gemeinsam aufgebaut. Und so ganz nebenbei ist mein Häuschen im Vergleich mit der Immobilie hier die reinste Villa Kunterbunt." Sie runzelte grübelnd die Stirn und trank einen Schluck vom dem leckeren Tee, den Manuela gekocht hatte.

Seit knapp zwei Stunden saßen sie in Phillips Wohnzimmer und genossen ausnehmend würzigen indischen Chai und dazu saftige Apfeltaschen. Das alles konnte sie aber nur unmaßgeblich davon ablenken, dass es sie brennend interessierte, woher man so viel Geld haben konnte wie der gute Arnold.

„Gut, in Ordnung, damit du wieder ruhiger schlafen kannst, lass ich den Herrn mal durch unser System laufen, immerhin gibt's eine Leiche und einen schweren Unfall auf einer Baustelle. Reicht dir das vorerst?"

Sie wusste, dass das Grinsen auf ihrem Gesicht unverschämt breit sein musste. „Phillip, mein Herz, gib's halt einfach zu, dass du selber neugierig bist. Ich könnt es ja beschwören, dass sich bei dir auch ein seltsames Gefühl meldet. Und um deine Frage zu beantworten: Ja, vorerst reicht mir das. In München schau ich dann weiter. Ich bin sehr gespannt, was Fritz zu erzählen hat, wenn er die Unterlagen alle durchgelesen hat."

„Was tut man nicht alles für die Verwandtschaft. Im Gegenzug bitte ich darum, dass du zur Nachspeise heute Abend deine Nockerln zauberst. Von nix kommt nix, weißt du schon, oder?"

Ilse erhob sich seufzend von dem bequemen Sofa. „Wos mach i ned ois für meine Kinder, gell?" Fröhlich das alte Lied „Salzburger Nockerl" trällernd marschierte sie in die Küche.

Am Sonntag unternahmen sie alle den längst überfälligen Spaziergang durch den Wiener Prater. Als sie an einem Kiosk mit Zeitungen und Magazinen vorbeiliefen, blieb Ilse abrupt stehen. Auf einem der Klatschblättchen, links unten, nicht zu klein, aber auch nicht zu groß, prangte tatsächlich das Konterfei des Herrn von Löwenberg.

„Des isser! Also, du, Manuela, kennst ihn eh, aber du, Phillip, da schau hin, das ist unser Bauunternehmer mit, wie ich annehme, mehrfachem Millionenvermögen." Sie bückte sich leicht und tippte mit dem Zeigefinger auf das Foto.

Phillip zögerte nicht, sondern zog das Magazin aus dem Aufsteller. „Aha, aber in unserem adelshörigen Land ist es kein Wunder, wenn der Herr von und zu auf einer Zeitschrift ist, oder täusch ich mich?"

Manuela zog eine amüsierte Grimasse. „Habe die Ehre, Herr Oberstudienrat. Wir kaufen das Blättchen jetzt und nehmen es mit. Dann sind wir wieder ein wenig klüger."

„Da schau her. Das ist also seine Angetraute. Ein wirklich sehr hübsches, äh, Kind." Ilse betrachtete das blonde Mädchen auf dem Bild genau. „Bezaubernd, aber ich hätte, stünde da nicht ganz deutlich *Ehefrau*, ja schon mal spontan auf die Tochter getippt."

In dem hellen gläsernen Wintergarten des Kaffeehauses, in dem sie sich einen feinen Kaffee und einen noch warmen Quarkstrudel gönnten, führte sich Ilse den Artikel über den adligen Baulöwen zu Gemüte. Während Phillip die langen Beine ausstreckte und mit Manuela schäkerte, widmete sie sich der Weiterbildung in Sachen Klatsch und Tratsch.

Es schüttelte sie ein bisschen, wenn sie die diversen Berichte las. So viel belangloser Schmarrn. Der Freiherr war abgelichtet worden, als er mit seiner attraktiven Ehefrau die Premiere eines neuen Kinofilmes besucht hatte.

Sie trank einen Schluck ihrer köstlichen Wiener Melange und las halblaut vor:

„Der in zweiter Ehe mit der ungarischen Jungschauspielerin Catinka Eszter verheiratete Freiherr von Löwenberg besuchte mit ihr die Premiere des neuen Disney-Filmes. Es ist kein Geheimnis, dass Eszter mit Hilfe ihres adligen Gatten versucht, im österreichischen sowie internationalen Filmgeschäft erneut Fuß zu fassen, nachdem sie in Ungarn bereits mit ihrer Rolle in einer romantischen Seifenoper auf sich aufmerksam machen konnte. Ui, unser Freiherr startet aber echt auf allen Ebenen durch, oder?" Ilse klappte das Blättchen zu und legte es auf den Tisch.

Manuela nickte. „Ich gebe dir recht, er scheint sich eindeutig zu Höherem berufen zu sehen. Hast du da eben etwas von zweiter Ehe vorgelesen?"

„So steht das da. Das junge Ding ist seine zweite Ehefrau. Also, er schaut schon gut aus, so ist es nicht. Ist ja nun nicht so, dass er so ein alter, verhutzelter Huachtl wäre wie …" Sie hielt inne und lächelte vielsagend. „Ich nenn lieber keine Namen, aber ihr wisst schon, wovon ich red, oder? Aber dass man dann immer gleich frische Neuware einführen muss."

„Ilse! Hörst du auf zu lästern. Du weißt nicht einmal, ob er vielleicht Witwer ist. Soll vorkommen, nicht wahr?" Phillip sah das offenbar wieder einmal sehr ernst und *pro Kerl*.

„Kann sein, glaub ich aber nicht. Wieder einer, der wie Phönix aus der Asche aufsteigt und hurtig die alte Angetraute entsorgt." Ilse war sich da sowas von sicher.

„Verzeihung", schaltete sich Manuela ein „zuerst einmal erfahre ich bitte was ein Huachtl ist, und dann wüsste ich gerne, was der Familienstatus des Herrn mit unserem Fall zu tun haben könnte."

Ilse kicherte leise. „Oiso, a Huachtl is so a schiacha Oida. So oana mit de hengadn Foitn am Oasch.“

Manuela schüttelte den Kopf. „Ilse. Bitte übersetzen, so wird das nichts.“

„Immer diese Dialektverweigerer. Aber bitte schön: Ein *Huachtl* ist ein alter Mann, dem bereits die Falten vom Arsch hängen, der aber denkt, er sei ein Geschenk der Götter an die holde Weiblichkeit. Weißt, was ich meine?“

Manuela lachte so heftig, dass ihr die Tränen über die Wangen liefen. „Oh, Ilse, du bist so ein Unikat.“

„Das will ich aber auch stark hoffen. Zwei von meinem Format verkraftet diese Gesellschaft nicht.“

Langsam kam Manuela wieder zu Atem. „Trotzdem würde mich brennend interessieren, wie du das in Zusammenhang mit unserem Fall zu bringen gedenkst.“

„Forderst du sie allen Ernstes auch noch heraus?“ Phillip bedachte seine Freundin mit einem eindeutig zweifelnden Blick.

„Warum nicht? Mehr als schiefgehen kann es nicht und, seien wir ehrlich, es wäre nicht das erste Mal, dass sie ins Schwarze trifft.“

Liebevoll tätschelte sie Manuelas Hand. „Du warst mir von der ersten Sekunde an sympathisch.“

Die Kommissarin musterte sie schmunzelnd. „Das ist geschwindelt und das wissen wir beide. Nochmal, was hat seine Frau mit allem zu tun?“

„Mit ziemlicher Sicherheit gar nichts. Die junge Dame schon gar nicht. Die sonnt sich im gleißenden Licht der Wiener Gesellschaft. Mir geht es um Ehefrau Nummer eins. Ich könnt wetten, dass die uns, wenn wir es richtig anstellen, eine ganze Menge zu erzählen wüsste.“

Phillip verzog ungläubig das Gesicht. „Ich weiß nicht, ob du bedacht hast, dass die erste Frau eventuell einen Ehevertrag oder aber eine Vereinbarung unterschrieben hat, die ihr verbietet, über die Vergangenheit ihres Ex zu schwadronieren."

„Dazu müsste ich sie finden, nicht wahr, Lieblingsneffe?"

Er musterte sie unter gefährlich zusammengezogenen Brauen. „Was willst du damit andeuten, Tante?"

Sie lehnte sich entspannt zurück, griff nach ihrer Tasse und nahm erneut einen großen Schluck. „Als ob du das nicht wüsstest. Enttäusch mich nicht, Bub."

Der abgehobene

Überflieger

Es war zwar erst Mittag, aber am heutigen Tag machte sich eine Regenfront über München breit, die wahre Wolkenberge mit sich brachte. Ohne Licht war es düster in Margas Wohnung, aus der sich soeben die Handwerker verabschiedet hatten.

„Das heißt, dass Phillip den Löwenberg durchleuchtet und du, wenn alles gut geht, den Namen von seiner Exfrau von ihm bekommst?" Marga versuchte eindeutig noch, Licht ins Dunkel der vielen Informationen zu bringen.

„Ja, also beinahe. Er informiert Manuela, die Frau Kommissarin und, rein zufällig, sehe ich die Unterlagen auf ihrem Schreibtisch." Ilse versuchte sich an einem unschuldigen Lächeln.

„Menschenskinder, das ist ja eine richtige Strategie, die ihr da ausgebrütet habt." Marga schien beeindruckt. „Für den Fall, dass du sie findest und sie mit dir redet, dann erfährst du sicher einige interessante Dinge."

„Hoffen wir es." Ilse wrang ein letztes Mal den Wischmopp aus, mit dem sie gerade Margas komplettes

Schlafzimmer in der beinahe fertig renovierten Wohnung geputzt hatte, und stellte Eimer und Mopp beiseite. Sie blickte sich prüfend um. „Ich muss zugeben, dass der Löwenberg hier schon mal Wort gehalten hat. Es sieht richtig gut aus, die Jungs haben sehr sauber gearbeitet. Der Neue scheint ebenso fleißig zu sein wie Marian. Hast du von dem in der Zwischenzeit was gehört?"

„Sorin meinte, es gehe ihm schon besser. Das Bein war zwei Mal gebrochen, darum sah das auch so grauselig aus. Allerdings wird's mit der Arbeit auf der Baustelle wohl nichts mehr. So, wie es sich angehört hat, leider nicht nur auf dieser. Wenn Marian das Bein nicht mehr richtig bewegen kann, dann wird er wohl auch nicht mehr auf einer anderen Baustelle arbeiten können."

Ilse schob nachdenklich die Unterlippe vor. „Hm, daran hab ich auch schon gedacht, aber da finden wir eine Lösung. Wir lassen den Kerl nicht hängen, oder?"

Marga kam nicht mehr zu einer Antwort. Ilses Telefon röhrte los und die beeilte sich, das Gespräch anzunehmen.

„Herr von Löwenberg, das ist aber eine nette Überraschung. Wie komm ich zu der Ehre?"

Marga konnte die Antwort nicht verstehen, dafür sah sie wohl das Lächeln auf Ilses Lippen, denn automatisch lächelte auch sie.

„Sie haben Glück, bei dem Wetter findet unser Tennismatch nicht statt und somit hätte ich Zeit ... In der *Osteria Blu Notte*, um neunzehn Uhr? Sehr gerne. Bis morgen dann."

Ilse beendete das Telefonat und blickte beinahe ungläubig auf das Telefon. „Seltsam, sehr seltsam. Der Herr von und zu lädt mich zum Abendessen ein. Ich darf zitieren: *Nach den aufwühlenden Ereignissen der vergangenen Woche.* Marga, ich könnte schwören, da steckt mehr dahinter."

„Vielleicht steht er ja auf dich?"

„Des kannst getrost vergessen. Der hat ein bildschönes und blutjunges Starlet zu Hause in Wien sitzen. Der braucht mich alte Schabracke nicht. Da ist was anderes am Köcheln und ich find's raus, darauf kannst du Gift nehmen."

Marga gelang ein schiefes Lächeln. „Na, Hauptsache du nimmst nicht nochmal welches."

Ilse schüttelte sich bei der bloßen Erinnerung daran. „Danke, einmal Kettenviper reicht mir vollauf. Ich achte sehr genau darauf, was ich ess."

„Gut, aber du sagst Manuela und Phillip Bescheid, dass du mit ihm ausgehst."

„Du hörst dich an wie meine Mutter, Gott hab sie absolut selig. Ich kann auf mich Acht geben. Versprochen." Ilse musterte die besorgte Freundin sehr amüsiert. „Ich bin über achtzehn, weißt du?"

Letztendlich siegte die Vernunft oder vielleicht ja auch Margas Beharrlichkeit und sie rief bei Manuela an. Sie berichtete von der Einladung zum Abendessen und wo sie sich treffen würden.

„Ilse, ich bin mir sicher, dass der Löwenberg kein fieser Mörder ist, und ich weiß auch, dass du gut auf dich aufpassen kannst." Manuela klang seltsam verhalten. „Trotzdem bitte ich dich darum, Vorsicht walten zu lassen. Es ist erstaunlich, dass er dieses Essen möchte und

das Gespräch sucht. Finde bitte auf diplomatische Art
heraus, was ihn umtreibt. Mehmet hat es geschafft, den
Toten, es ist tatsächlich wie erwartet ein Mann, aus
dem Betongrab zu befreien. Bis dato haben sich keine
Hinweise auf seine Identität gefunden. Es könnte sein,
dass du etwas aufschnappst, ob unser Baulöwe in irgendeiner Art und Weise besorgt klingt. Lass uns bitte
telefonieren, wenn du zu Hause bist, in Ordnung?"

Ilse stimmte sofort zu. Das, was die junge Frau sagte,
klang nachvollziehbar und sehr vernünftig. So ganz nebenbei rührte sie der Ausdruck von Sorge, den sie in
Manuelas Stimme hören konnte.

***

Das Glück war ihr hold und sie ergatterte am Folgetag
einen Parkplatz, nur wenige Schritte vom Restaurant
entfernt. Sie kannte und mochte das Lokal, auch wenn
sie lieber wieder einmal bei *Giannis* gespeist hätte. Ilse
schloss ihr Auto ab und klopfte zum Abschied wie immer auf Schnuckis Dach. „Mach's gut, bis später. Brav
sein." Die verwirrten Blicke der Passanten fand sie stets
aufs Neue herrlich.

Sie zupfte sich ihren dunkelroten Kurzblazer zurecht,
überprüfte, ob die Schnürsenkel ihrer schwarzen
Chucks auch wirklich gut gebunden waren und der
Kragen ihres schwarzen Seidenrollis richtig saß. Nur
nicht wieder, wie bereits geschehen, über die eigenen
Schnürsenkel stolpern. Heute passte alles und so
hängte sie sich ihre Umhängetasche über die Schulter
und strebte auf das italienische Lokal zu. Einer der

freundlichen Kellner brachte sie an einen gut gewählten Tisch am Fenster, von wo aus ihr der adlige Tischherr bereits entgegenstrahlte.

„Frau von Karburg, sie sehen blendend aus wie immer und allzeit pünktlich. Ich freue mich, dass sie kommen konnten." Er rückte ihren Stuhl zurecht und setzte sich wieder. „Ein kleiner Aperitif vor dem Essen?"

Ilse wählte einen Campari pur auf Eis, er bestellte sich den Aperitif des Hauses, Prosecco mit sizilianischem Zitronenlikör. Kaum war der Kellner weg, räusperte er sich und suchte eindeutig nach Worten.

„Ich weiß gar nicht, wo ich beginnen soll. Die letzte Woche war, um es vorsichtig zu sagen, eine Katastrophe. Kaum denke ich, die Baustelle richtig im Griff zu haben, bricht ein Gerüst ein." Anscheinend sah er ihren kritischen Blick, denn er reagierte sofort. „Ich bin mir dessen bewusst, dass das nicht hätte passieren dürfen. Das Gerüst war für die vorherrschenden Zwecke ungeeignet. Außerdem hatte ich ausdrücklich ein Gerüst anderer Bauart und Rohrstärke geordert. Ich kann Ihnen den Auftrag zeigen. Das verflixte Unglücksgerüst war für den Innenraum gedacht. Wer auch immer das draußen aufgebaut hat, der hatte keine Ahnung, was er tat. Dazu noch der Schock, als sich im wahrsten Sinne des Wortes dieses Loch im Boden aufgetan hat. Das war wie in einem Horrorfilm, einfach unfassbar. Haben Sie sich denn etwas von diesem Schreck erholen können?"

Sie musterte ihn kurz schweigend. Noch verstand sie nicht, worauf er hinauswollte. „Da sorgen Sie sich um die Falsche. Das war nicht mein erster Toter in diesem Jahr. Aber haben Sie schon eine Idee, wer er sein könnte und warum er ausgerechnet auf Ihrer Baustelle entsorgt wurde? Verzeihen Sie das harte Wort, aber so schaut's nun einmal aus."

Er hob in einer ratlosen Geste beide Arme. „Nicht die geringste. Ich habe auch noch keine Nachricht von der Polizei, ob man seine Identität herausfinden konnte. So langsam glaube ich, dass dieses Bauvorhaben unter einem ganz schlechten Stern steht."

„Jetzt kippen Sie mal nicht gleich das Kind mit dem Bad aus. Der Unfall war schrecklich, aber Marian lebt und das zählt. Dass der andere eher nicht mehr ganz so lebendig ist, macht mir schon eher Gedanken. Haben Sie schon daran gedacht, dass Ihre Baustelle vollkommen willkürlich ausgewählt wurde? So zum Beispiel, weil jemand beobachtet hat, wie die Betonmischer gekommen sind? Oder eine andere Möglichkeit wäre, dass derjenige, der das Betongrab gewählt hat, über die Auftragserteilung in der Firma Bescheid wusste und alles von langer Hand geplant war? Ist es denn nicht arg auffällig, dass der zweite Laster einen Unfall hat, später kommt, eilig die Verschalung befüllt wird und dann alle nur noch wegwollen? Wäre das für einen Helfershelfer nicht die perfekte Voraussetzung gewesen?"

Er musterte sie aus nachdenklich zusammengekniffenen Augen. „Frau von Karburg, waren Sie mal bei der Polizei? Das hört sich für mich beinahe schon nach Profiling an."

Verdammt noch eins. Sie und ihr schnelles, spontanes Mundwerk. Konnte sie nicht einfach einmal die Klappe halten und den anderen mit der Sprache herausrücken lassen? Zefix, so viel hatte sie sicher nicht sagen wollen. Ilse hätte sich in diesem Augenblick gern selbst in den Hintern gebissen, wobei diese Aktion wahrscheinlich eher für überdurchschnittliches Erstaunen bei allen Anwesenden gesorgt hätte. Folglich verzichtete sie lieber darauf. Jetzt mal flott zurückgerudert.

„Gesunder Menschenverstand einer alten Frau mit diversen Erfahrungswerten und viele knifflige Krimis, wissen Sie."

Er schien kurz zu überlegen. „Ah ja, natürlich, ich hatte nur am Unfallort das Gefühl, dass Sie sich gut mit der Kommissarin, die den Fall untersucht, verstanden haben."

Na, da hat der Herr aber gut aufgepasst. Und sie dachte noch, er sei so sehr schockiert, dass er ihr kurzes Gespräch mit Manuela gar nicht mitbekommen hätte.

„Ach, die nette junge Frau von der Polizei? Ja, die war sehr freundlich zu mir. Sie wollte mich befragen, aber weil ich schon ganz durchnässt war, durfte ich zu Marga in die Wohnung und sie ist später mit ihrem Kollegen gekommen und hat uns dort befragt. Das ist so ein Vorteil des Alters, wissen Sie?"

Sie konnte es ihm an der Nasenspitze ablesen, dass er zweifelte.

Immerhin ließ er sich zu einer Antwort bewegen. „Ja, das war sehr freundlich von ihr. Mit mir hatte sie weniger Geduld und Einsehen. Sie ist eine sehr gewissenhafte Ermittlerin."

„Da würd ich ja wirklich gern mehr dazu sagen, aber sie hatte reine Routinefragen. Sollten Sie sich Gedanken machen wegen der ‚Ausleiharbeiter', das war kein Thema mehr, nachdem ich ihr gesagt habe, sie werden ganz korrekt mit Rechnung abgerechnet. Und ich hab ihr auch gesagt, dass beide versichert sind. War doch richtig, oder?" Sie setzte ihren Unschuldsblick auf und machte zeitgleich für die Aperitif-Gläser Platz, die der umsichtige Kellner soeben abstellte.

„Das war perfekt, darüber habe ich mir auch keine Sorgen gemacht. Ich wusste, dass Sie das managen. Lassen Sie uns erst einmal auf den heutigen Abend anstoßen. Auf Ihr Wohl, liebe Frau von Karburg."

Sie prostete ihm lächelnd zu und überlegte gleichzeitig fieberhaft. Was trieb ihn um? Worauf wollte er letztendlich hinaus? Die gedanklichen Nebel lichteten sich geringfügig, als er den Faden wiederaufnahm.

„Den Rest jenes Tages kennen Sie noch gar nicht. Es war für mich mit dem Unfall und dem unbekannten Toten ja noch nicht zu Ende."

„Sagen Sie bloß, da lag noch einer drin?"

Er verneinte lächelnd. „Das nicht, aber ich erhielt ein Einschreiben eines Anwaltes. Er vertritt zwei Parteien in jenem Haus, in dem auch Ihre Freundin Eigentümerin ist. Die Kläger sind der Auffassung, dass die kompletten Bauarbeiten an der Grundstücksgrenze rückgängig gemacht werden müssen, da laut der Bayrischen Bauordnung ein Mindestabstand eingehalten werden muss."

Ilse trank noch einen Schluck und stellte dann betont langsam ihr Glas ab. „Darf ich ehrlich sein? So ist es auch. Das hat schon seine Richtigkeit. Vor Beginn der Bauarbeiten war da ein schöner, breiter Grünstreifen mit Rasen, Büschen und einem dicken Haselnussstrauch. Jetzt sind da vier dicke Ausschalungen, die mit Beton ausgegossen werden und bei denen grad mal ein paar Handbreit zum Nachbarhaus fehlen. Es wurde den Leuten nie erklärt, was da geschieht. Stellen Sie sich mal vor, Sie würden da wohnen. Wär Ihnen das recht?"

„Nein, wäre es nicht. Aber wie schon erwähnt sind die Kellerabteile ja nur aus Platzgründen entstanden. Die Fläche über den Abteilen wird wieder begrünt. Die Anwohner bekommen ihren Rasen zurück. So wurde das Bauvorhaben auch genehmigt. Ich hab das alles mit Schrift und Siegel, warum jetzt die Aufregung?"

Sie atmete tief ein. „Weil fehlende Informationen noch nie ein Nährboden für gute Zusammenarbeit waren. Und, lassen Sie uns aufrichtig sein, das wird, wenn's begrünt wird, kein Grünstreifen, sondern *Gärten* für die neu konzipierten Zwei-Zimmer-Gartenwohnungen, stimmt, oder? Ich meine, sofern man bei den zwei Handtuchflächen von Garten reden will."

„Richtig, gut, zugegeben, mir wäre das auch als Garten etwas zu klein, aber es gibt Menschen, die freuen sich über jeden Quadratzentimeter Grün, auf den sie ihre Gartenmöbel stellen können und die frische Luft genießen."

Spontan erschien der Park rund um seine Villa im Cottageviertel vor ihren Augen. *Etwas zu klein*, aha.

Aber er fuhr bereits fort. „Ich bin einfach so wagemutig und spreche Sie darauf an. Ihre Freundin hat die Wohnung schon eine längere Zeit, nicht wahr? Vielleicht könnte sie bei der nächsten Eigentümerversammlung schlichtend eingreifen. Zwar steht mein Kontakt im Lokalbaureferat felsenfest hinter mir und das Bauvorhaben ist absolut legal, aber ich würde sehr gerne Misstöne mit den Nachbarn vermeiden. Dass nun, anstatt einer Anfrage, gleich eine Klage auf Rückbau kommt, ist für mich überraschend. Ich hätte sehr gehofft, man könnte zuerst zusammen sprechen, sich meine Erklärungen anhören und gemeinsam mit dem Eigentümer des Anwesens zu einer Lösung kommen."

„Da denken Sie in die richtige Richtung. Allerdings wäre es Sache des neuen Eigentümers gewesen, vorab für vernünftige Informationen zu sorgen. Überhaupt ist dieser Eigentümer anscheinend ein Phantom, denn wenn ich die Bautafel richtig interpretiere, und glauben Sie mir, das kann ich, dann lässt er sich bei allem von einer Anwaltskanzlei in Hamburg vertreten. Ich kenne ihn oder sie ja nun nicht, aber es wäre sicher keine schlechte Idee, wenn Sie mal mit ihm reden könnten. Ich befürchte, dass er sich mit seiner Art des, ich nenne es jetzt mal *Hauskaufes*, keine Freunde gemacht hat."

Löwenberg wirkte von ihrer Ansage überrumpelt. „Verzeihung, aber wie kommen Sie darauf? Abgesehen davon, dass die Nachbarn sich ärgern und dass die Baustelle nicht anständig angekündigt worden ist, wer hat sich denn noch beschwert?"

Ilse, du Labertasche! Schon wieder. Natürlich lag er richtig. Woher sollte sie, wenn sie keine eigenen Nachforschungen angestellt hatte, wissen, wie es bei der Entmietung und dem ganzen Drohgehabe drum herum abgelaufen war. Notlüge, und zwar zackig!

„Einer der Eigentümer in Margas Wohnhaus war mit einem der Mieter von nebenan befreundet. Was der berichtete, ehe er fortgezogen ist, klang nicht nach einem problemlos ablaufenden Hausverkauf. Anscheinend wollten viele der Mieter nicht ausziehen und sogar die restlichen Eigentümer nur ungern verkaufen. Uns kam zu Ohren, dass die alte Dame, der viele der Wohnungen im Haus gehörten, ein erbtechnisches Chaos hinterlassen hat, das die Erben quasi zum Verkauf gezwungen hat. So wurde es zumindest erzählt."

Er atmete tief ein und sie konnte es an seinem Mienenspiel erkennen, dass er angestrengt nachdachte.

„Frau von Karburg, da wissen Sie um einiges mehr als ich, ich bin hier lediglich der Bauunternehmer. Ich habe die Ausschreibung zugeschickt bekommen und daraufhin ein Angebot abgegeben. Ich sagte Ihnen schon, dass es nicht einmal das günstigste war. Darum habe ich auch gar nicht mit dem Zuschlag gerechnet. Was zuvor abgelaufen ist, was der neue Eigentümer getan hat, um in den Besitz der Immobilie zu gelangen, entzieht sich meiner Kenntnis. Mir geht es lediglich ums Geschäft. Mein Unternehmen steht gut da, im Vergleich zu diversen anderen. Dafür habe ich hart gearbeitet, das dürfen Sie mir glauben. Dieses Projekt bedeutet für mich, aber auch für meine Arbeiter, ebenso wie für die kleineren Zulieferfirmen, eine gute Einnahmequelle. Es bin nicht nur ich, der hier verdient, das verspreche ich Ihnen."

Warum wurde sie das vage Gefühl nicht los, dass in seinem letzten Satz eine Drohung versteckt war?

Bei sehr feinem Vitello Tonnato und der Edelpizza des Hauses wurde in der Folge eher über alltägliche Dinge, so wie das gute alte Wien gesprochen. Dieses Mal achtete Ilse peinlich genau auf ihre Worte. Sie war sich sehr sicher, dass der Neuadlige nicht wissen sollte, dass sie vor seinem Anwesen gestanden hatte.

„Ich habe meine Geschäfte lange nur auf Österreich beschränkt, aber das Geld liegt überall und hin und wieder muss man etwas wagen, um voranzukommen. Daher ist dieses Objekt jetzt das dritte hier in Bayern.“

„Aha, trauen Sie sich nicht in den Norden?“

„Den Norden mag ich sogar sehr gerne, nur wurde in der Gegend noch keines meiner Angebote angenommen. Dagegen habe ich hier in München und Umgebung wohl ein gutes Händchen bewiesen.“

Ilse dachte fieberhaft nach. Gutes Händchen? Sie wusste, wie schwer es war, an ein Projekt wie das im Nachbargrundstück zu gelangen. Und dieses Kunststück war ihm schon drei Mal gelungen? Wenn das mal kein komischer Zufall war.

„Meinen Glückwunsch, Herr von Löwenberg, ehrlich, das freut mich für Sie. Da war das Glück Ihnen tatsächlich hold.“

Er verzog schmerzhaft das Gesicht. „Von Glück will ich derzeit nicht unbedingt reden. Die Baustelle – und damit auch ich – scheint mir im Moment vom Unglück verfolgt zu sein. Zuerst das mit Marian, dann zeitgleich ein unbekannter Toter im Beton und jetzt ein Antrag auf Rückbau. Da hapert es gewaltig mit dem Glück.“ Er rutschte auf seinem Stuhl herum. Jemand anderes hätte sein Verhalten vielleicht unter *überarbeitet* abgehakt, nicht so Ilse. Sie konnte förmlich riechen, dass er nervös war. Als er weitersprach, bekam sie, zumindest ansatzweise, eine Erklärung.

„Sie müssen das verstehen. In dieses Vorhaben habe ich, nachdem ich den Zuschlag erhielt, viel Geld gesteckt. Wenn jetzt etwas schiefgeht, dann stecke nicht nur ich im Schlamassel.“

„Das habe ich verstanden, was ich nicht verstehe, das ist, was ich tun kann?" Langsam wollte sie nun doch wissen, worauf er abzielte.

„Gar nichts, liebe Frau von Karburg, bitte glauben Sie mir. Die einzige Kleinigkeit wäre wirklich, dass Sie aufklärend eingreifen, wenn weitere Spekulationen über die Baumaßnahme laut werden sollten. Um aufrichtig zu sein, verstehe ich die ganze Aufregung auch nicht. Niemand im Nachbarhaus hat einen Nachteil aufgrund der Veränderungen, die durchgeführt werden. Ich bin derzeit damit beschäftigt, mir einen vernünftigen Ruf in der Branche zu erarbeiten. Das ist schwer, trotzdem ließ es sich gut an. Und nun das alles. Haben denn die Eigentümer nebenan keine eigenen Sorgen?"

Ilse lächelte höflich. „Da hat ein jeder seine Sorgen. Und gerade in Schwabing finden Sie ein kapriziöses Völkchen, das nur so am Rande. Ein Miteinander ist hier immer wünschenswert, und das gilt für alle Parteien, Sie verstehen?"

„Durchaus. Trotzdem habe ich, warum auch immer, das Gefühl der Hand im Hintergrund. Sollte es die geben, würden mich deren Beweggründe stark interessieren."

Yessas, was schusterte sich der neue Adel denn da für ein Gedankenkonstrukt zusammen? „Ach geh, jetzt schießen Sie aber übers Ziel hinaus. Hin und wieder scheint eben alles schief zu laufen, was schiefgehen kann. Davon sollte man sich nicht entmutigen lassen."

Er griff nach seinem Weinglas, prostete ihr lächelnd zu und trank einen Schluck. Danach stellte er das Glas ab und betrachtete, scheinbar nachdenklich, wie ein winziger Tropfen Wasser am Glas nach unten perlte.

„Keine Angst, entmutigen lasse ich mich nicht. Ich weiß nur einfach gerne, womit ich es zu tun habe. Anders ausgedrückt, mir ist wichtig, alles im Griff zu haben. Im Augenblick scheint mir das nur ansatzweise zu gelingen."

Ilse hob den Blick und sah ihm in die Augen. Er hatte seine leicht zusammengekniffen und betrachtete sie eindeutig prüfend. Fast schien es ihr, als traue er ihr nicht. Blöd, dass er da gar nicht so falsch lag. Allerdings fühlte sie sich in diesem Moment nicht wohl in ihrer Haut. Klang er denn nun wie ein gieriger Baulöwe oder wollte er sich und seine Arbeiter schützen? Wenn sie alles Revue passieren ließ, was er gesagt hatte, dann kam sie zu dem Schluss, dass er nach einer Antwort auf eine Frage suchte, die er ihr noch gar nicht gestellt hatte. Oder hatte er das schon und es war ihr entgangen?

Auf dem Nachhauseweg ging sie akribisch in Gedanken alle Einzelheiten ein weiteres Mal durch. Sie übersah etwas, aber was, Kruzinäsn no amoi!

Ilse parkte soeben ihr Auto in der Garage, als das Handy losdudelte. „Manuela, da freu ich mich aber. Was gibt's denn?"

Als die Kommissarin antwortete, wurde Ilse sofort ernst.

„Gut, ich komm morgen gleich in der Früh zu dir in die Dienstelle. Halb neun? Schaffe ich, keine Sorge, in meinem Alter dominiert die senile Bettflucht eh den Morgen. Bis dann, meine Liebe." Nachdenklich starrte sie auf das Telefon. Langsam wurde es interessant.

***

„Hier entlang, Frau von Karburg. Frau Bauer erwartet
Sie bereits."

Ui, das klang alles so hochoffiziell, beinahe schon
nach Verhör. Wollte sie das denn eigentlich?

Manuela empfing sie an der Tür zu ihrem Büro, das
sie sich mit Stefan Marquart teilte. Dass der nicht anwesend war, fand Ilse gar nicht so dumm.

„Guten Morgen, Tante Ilse, komm rein." Manuela
schloss die Tür hinter ihr und wandte sich um. Ein
freundliches Lächeln erschien auf ihren Lippen. „Das
war der offizielle Teil. Jetzt wird's eher inoffiziell. Dein
Lieblingsneffe war erfolgreich, zumindest gibt's einen
ersten Teilerfolg. Er hat die Exfrau unseres Baulöwen
gefunden."

Das waren gute Neuigkeiten. „Prima, und wo find ich
sie?"

Manuela zog eine seltsam anmutende Grimasse. „Ich
modifiziere, wo finden *wir* sie. Kleine Planänderung,
da wir den Toten im Beton identifiziert haben."

Spätestens jetzt war Ilse hellwach. „Sag bloß? Wer ist
es denn? Kennen wir ihn?"

Manuela schüttelte lächelnd den Kopf. „Nein, wir
kennen ihn nicht, Tante Ilse. Phillip und Stefan gehen
aber davon aus, dass Herr von Löwenberg ihn kennen
dürfte."

„Warum das denn?"

„Weil es sich um einen gewissen Rudi Munser han-
delt. Einen Polier, der bislang in Österreich auf zahlrei-
chen Baustellen tätig war. Unter anderem in Zusammenarbeit mit einem Herrn Arnold Metzger, seinerzeit

als Bauleiter auf eben jenen Baustellen zuständig. Magst raten?"

Sie hob elegant die rechte Augenbraue. „Glaubst echt, ich muss da raten? Komm, du kennst mich besser. Das ist unser adliger Neuzugang, der Herr von Löwenberg. Metzger hat er also vorher geheißen, interessant."

Manuela drehte sich um und ging zur Kaffeemaschine. „Espresso?"

„Cappuccino?"

„Gern, setz dich bitte, da kommt noch einiges mehr." Manuela braute ihr den Cappu und stellte ihn mit Löffel und einer Zuckerdose vor ihr auf den Tisch.

Sie kippte zwei Löffel Zucker in die Tasse, rührte um und trank genussvoll. „Feiner Kaffee!"

„Haben wir Stefan zu verdanken. Aber zurück zu unserem oder wohl eher zu deinem Wiener. Wir wissen, dass er und Munser oft zusammengearbeitet haben. Seit Löwenberg seine eigene Firma und den wohlklingenden Namen hat, ist Munser aber nie wieder in dessen Umfeld aufgetaucht. Bis gestern."

Ilse hob die Hand, um Manuelas Redefluss zu stoppen. „Halt, wart mal. Weiß das schon jemand, also, weiß schon jemand, dass ihr wisst, wer der Tote ist?"

Manuela war eindeutig verwirrt. „Ähm, nö, aber sobald wir den Löwenberg verhören …"

„Ja, also, nein, also eben nicht. Wie erklär ich das jetzt? Sekunde. Folgendes: Wie würdet ihr vorgehen, wenn ihr nicht wüsstet, wer der Tote ist?"

„Wir würden ein Foto an die Presse geben und die Öffentlichkeit um Mithilfe bitten."

„Und genau das tut ihr!"

„Ich versteh dich nicht. Wir wissen schon, wer er ist. Er war in Österreich aktenkundig. Betrug, Schlägereien, schwere Körperverletzung, Unterschlagung und so weiter."

Ilse nickte. „Ja, und? Weiß das hier schon jemand? Also, zum Beispiel der von Löwenberg."

„Noch nicht. Außer dir, Stefan und Phillip weiß das noch niemand."

„So soll es auch bleiben. Ihr tut jetzt so, als ob ihr keine Ahnung hättet, wer der Tote ist. Schickt sein Bild an die Zeitung."

Langsam veränderte sich Manuelas kurzfristig verstörter Gesichtsausdruck. „Ilse, du Fuchs! Du willst sehen, ob der Löwenberg reagiert, wenn er seinen alten Spezl in der Zeitung sieht."

Sie nickte und setzte hinzu. „Nicht nur das, du kennst mein Bauchgefühl? Das hat gestern bei dem gemeinsamen Essen mit dem Baulöwen angeschlagen. Um ehrlich zu sein, bin ich mir gar nicht sicher, dass er was verbockt hat, aber in seinem Umfeld stimmt was nicht und das sollten wir rausfinden."

Manuela lächelte sie sehr zufrieden an. „Ja, das sollten wir."

Die Vergangenheit kehrt

zurück

Sie holte soeben frisch gebackene Apfeltaschen aus dem Ofen, als es läutete. Erstaunt stellte Ilse das Blech auf der Steinplatte der Küchentheke ab. Wer mochte das denn sein? Als aus der Gegensprechanlage die Stimme von Fitz Meinert erklang, war sie erst recht überrascht.

„Ilse, bitte verzeih den Überfall, aber kann ich reinkommen?"

Selbstverständlich konnte er und so saß Fitz keine zehn Minuten später gemütlich an ihrem Esstisch bei noch warmen Apfeltaschen und einer großen Tasse Milchkaffee.

„Es tut mir leid, dass ich dich so überfalle." Er schielte auf das duftende Gebäck. „Wobei, wenn ich ehrlich bin, so leid tut's mir gar nicht. Das riecht unverschämt gut."

„Freut mich. Ist nicht das erste Mal, dass du die Dinger von mir bekommst." Sie musterte Fritz eingehend. Er wirkte ruhig und überlegt wie immer, aber sie hätte schwören können, dass er einiges auf dem Herzen hatte. „Guten Appetit, lass es dir schmecken und danach will ich wissen, was dich so umtreibt, mein Lieber.“

Fritz schmunzelte und biss herzhaft in das buttrige Gebäck. Er kaute mit geschlossenen Augen. „Ein Gedicht, wie immer, liebe Ilse.“ Nachdem er einen großen Schluck seines Kaffees getrunken hatte, stellte er betont langsam seine Tasse zurück. „Wenn du dich fragst, warum wir uns nicht bei mir im Büro treffen, dann kann ich dir das gerne erläutern. Ich befürchte seit einiger Zeit, dass die Wände dort Ohren haben.“

„Ach geh, Fritz, ich bitte dich. In eurem scheisskonservativen Laden.“ Sie stockte und lachte. „Entschuldige, das ist mir so rausgerutscht. Das ändert aber gar nix an der Tatsache, dass das so ist.“

„Immer raus damit, Lady.“ Fritz lachte genau wie sie. „Stimmt schon, im Prinzip. Du weißt, dass das so sein muss. Sonst wär die Hölle los. Andererseits, das gebe ich gerne zu, ein wenig mehr Farbe würde diesem Land nicht schaden. Bunte Häuser oder wenigstens Dächer tun nun ja mal nicht weh. Was mich nicht minder ärgert, das ist der Sparwahn. Alles muss billig sein. Dass das später minderwertige Endergebnisse und Gebäude, die schon nach drei Jahren wieder saniert werden müssen, zur Folge hat, scheint niemanden zu kratzen. Ab und an denke ich, dass das Wort Qualität im Wortschatz von vielen Menschen gar nicht mehr existiert. Traurig ist das alles. Aber, ernsthaft, Ilse, das hab ich hinter mir. Damit sollen sich ab dem nächsten Jahr andere herumschlagen. Es macht keinen Spaß mehr, obwohl es das mal hat. Nein, es gibt da etwas, das mich beunruhigt und das ich noch vor meinem Abgang in die wohlverdiente Pension zu regeln gedenke." Er hielt inne und warf ihr einen unsicheren Blick zu. „Du musst versprechen, dass du das, zumindest vorerst, für dich behältst, ja?"

„Fritz, ich bin die Verschwiegenheit in Person."

„Du? Lady Ilse, ich hab dich lieb, aber ..." Fritz schwieg schmunzelnd.

Sie lehnte sich seufzend in ihrem bequemen Stuhl zurück. „Ja, ist ja schon gut. Meist platzt es im Sinne der Gerechtigkeit aus mir raus. Allerdings magst du es auch anzweifeln, mein Lieber, ich kann schweigen, wenn ich wirklich will."

„Na gut." Die tiefe Sorgenfalte auf Fritz Stirn entspannte sich geringfügig. „Dann erzähl ich dir mal, was mir den Schlaf raubt. Seit zwei Jahren steht bereits mein Nachfolger fest. Ralf Heimbach hat sich bei uns im Haus recht schnell nach oben gearbeitet. Bei flüchtiger Betrachtung sieht man einen erfolgreichen jungen Kerl, der kommunikativ, aufgeschlossen und offensichtlich fleißig ist."

„Hm, und bei näherer Betrachtung?"

Fritz verzog den Mund zu einem sarkastischen Lächeln. „Einen geld- und erfolgssüchtigen Narzissten, einen Menschen, der über Leichen gehen würde, um dahin zu gelangen, wohin er will. Seit einiger Zeit schon beobachte ich, was er da so tut. Er winkt nach scheinbar gründlicher Prüfung höchst zweifelhafte Bauvorhaben durch. Projekte, die ich zum Beispiel nie genehmigt hätte. Nicht, weil ich ein verknöcherter Spießer bin, sondern weil ich immer zum Wohl der Allgemeinheit entschieden habe. Wenn zum Beispiel in einer schmalen Straße in einem Viertel mit viel alter Wohnbebauung, du weißt, was ich meine, ein altes Ehepaar aus seinem Häusl rausstirbt und die Erben verkaufen, dann habe ich mit Argusaugen darauf geachtet, dass genug Tiefgaragenplätze eingeplant waren. Es war auch wichtig, dass nach Fertigstellung eine anständige Begrünung durchgeführt werden musste. Ich kann den Anwohnern nicht zumuten, dass da plötzlich fünfzehn Autos mehr parken als zuvor, von Gästen und so ganz abgesehen. Tja, Herr Heimbach schwadroniert zwar etwas von ‚allgemeinverträglich‘, kümmert sich letztendlich aber einen feuchten Kehricht um die Park- und Wohnsituation. Wo zuvor ein kleines Nachkriegshaus stand, gibt es schon einmal einen Nobelwohnblock mit sechzehn Wohnungen.“

Ilse hob die Rechte und unterbrach ihn. „Merk dir bitte diese Passage, da würd ich nachher gern kurz einhaken. Aber jetzt red erst mal weiter.“

„Mache ich. Also hagelt es seit längerer Zeit die seltsamsten Baugenehmigungen. Damit ist es aber nicht getan. Du kennst mich, ich gehe eigentlich immer vom Guten im Menschen aus. Bei Heimbach kann ich das nicht mehr. Ilse, du kennst so ungefähr unseren Salär, nicht wahr?“

Ilse nickte. „Schon, kann man passabel davon leben.“ Sie grinste. „Um eure Berghütte bei Garmisch und den schönen Campingbus beneide ich euch ab und an.“

Fritz lächelte zurück. „Du sagst es. Berghütte, Campingbus, eine schöne Dachterrassenwohnung in Harlaching und zwei sichere Autos. Dazu die Mitgliedschaft im Golfclub und einmal im Jahr für drei Wochen nach Madeira. Ein netter Notgroschen auf der Bank, das war es. Aber, und jetzt bitte gut zuhören, eine Villa mit zehn Zimmern, vier Bädern und einem Riesenpool direkt am Comer See, ein Zweimast-Segelschiff mit vier Kajüten und einer Masterkabine im Hafen von San Remo und ein komplett renoviertes Strandhaus auf Rügen, dazu zwei Porsche Cayenne. Kannst du mir sagen, wie das zu einer Anstellung in der Münchner Lokalbaukommission passt? Ich freu mich über jede vernünftige Erklärung." Fritz atmete tief ein und aus, griff sich das letzte Stück seiner Apfeltasche und steckte es sich in den Mund. Dann erst wandte er sich wieder an sie. „Sag mir, dass das alles leicht erschwinglich ist, ohne Problem. Und ehe du fragst, nein, keine Millionenerbschaft. Er kommt aus kleinen Verhältnissen, Mutter und Vater haben bei Bosch gearbeitet und sein Vater nach der Pensionierung noch im Gartenbauamt. Sie lebten in einer hübschen Wohnung in Giesing und seine Mutter lebt dort noch immer. Der Vater ist vor einem Jahr leider verstorben. Bei einem Weihnachtsfest konnte ich hören, wie er sich bei anderen Pseudo-Hipstern über das jämmerliche Giesing ausließ. Ilse, ehrlich, was ist an unseren alten Stadtvierteln gar so schlimm? Und darum habe ich verstärkt darauf geachtet, was er so treibt. Ich habe mir seine Projekte und seine Genehmigungsverfahren sehr genau angesehen. Dazu gehört eben auch das bei euch am Eisbach. Es ist nicht zu fassen, wie man solch eine Wucherbude erlauben kann."

Ilse machte große Augen. „Fritz, erleuchte mich. Was ist eine Wucherbude?"

Er zuckte die Schultern. „Na, eben ein Haus, das einmal vernünftig große, schöne und gut geschnittene Wohnungen hatte. Das aber irgendwann luxussaniert wird, bei dem aus zwei Wohnungen mal rasch vier werden oder noch schlimmer. Diese Winzlings-Wohnungen werden danach zu einem horrenden Preis verkauft. Hier in München haben wir so viele Neureiche, dass jeder Hasenstall einen Käufer findet, der dann auch noch stolz auf sein München-Eigentum ist. Ich hab zusammen mit einem Kollegen, der genauso fassungslos ist wie ich, vorsichtig überschlagen, was der neue Eigentümer, nach Sanierung wohlgemerkt, daran verdient. Ilse, der geht gemütlich mit drei Millionen Gewinn da heraus. Wohlgemerkt nach allen Abzügen, das ist Wahnsinn."

Sie dachte eine Weile nach, ehe sie antwortete. „Oida! Das, und ich denke darin sind wir uns einig, sind Summen, für die man schon mal ins Illegale abtauchen kann. Ich gehe recht in der Annahme, dass du deinen Nachfolger für korrupt hältst und der sich seit längerer Zeit bestechen lässt? Ich bin absolut deiner Meinung, das, was du vorhin aufgezählt hast, das kauft man sich nicht von einem normalen Gehalt. Es sei denn, er hat im Lotto gewonnen."

Fritz schüttelte abwehrend den Kopf. „Hat er nicht, da bin ich mir sicher."

„Seh ich das richtig, dass er wahrscheinlich auch am Eisbach die Hand aufgehalten hat und – wie ich annehme – nicht zu gering für seine Unterschrift entlohnt wurde?"

Wieder nickte Fritz. „Sehr sicher. Das Objekt hätte niemals so zerstückelt werden dürfen. Ich habe inzwischen in Erfahrung bringen können, dass die alten Wohnungen mit echtem Stuck ausgestattet waren, dass edelstes Parkett verbaut worden war. Eine behutsame Renovierung, das wäre es gewesen. Aber nicht das, was jetzt da passiert.“

Sie zögerte kurz, ehe sie ihm die Frage stellte. „Fritz, du weißt von dem Toten im Beton. Lohnt sich für all das auch mal rasch ein Mord?“

„Ilse, wer so skrupellos entmietet, wer mit solchen fiesen Schikanen alte Menschen aus ihrem Zuhause verjagt oder auch Familien mit Kindern, denkst du, der schreckt davor zurück, wenn ihm jemand in die Quere kommt?“

Sie verneinte und dachte angestrengt nach. „Wir sollten also herausfinden, wer der ominöse neue Eigentümer ist?“

Fritz schien irritiert. „Frag halt deinen Bauunternehmer, diesen Löwenberg. Der hat mit dem schließlich einen Vertrag.“

„Er sagt, er habe alles mit der Kanzlei, die den Eigentümer vertritt, abgesprochen und die hätten auch den Vertrag unterzeichnet.“

„Ilse, keine Baufirma lässt sich auf ein so großes Projekt ein, wenn sie nicht weiß, wer für die Rechnungen geradesteht. Da bin ich mir vollkommen sicher.“

Sie runzelte die Stirn. „Du denkst, der Löwenberg lügt?“

Fritz nickte. „Das, oder er hat im Voraus eine dermaßen unverschämte Summe bekommen, dass es ihm egal ist.“

„Er sagt, er wurde von der Zusage überrascht.“

Jetzt lachte Fritz. „Lady, ich appelliere an deinen schlauen Kopf. Wie lange arbeitet man ein solches Objekt aus? Wie lange kalkuliert man? Der wusste, dass er den Zuschlag eh bekommt. Das schwöre ich dir! Der hat gar nicht so knapp kalkuliert. Zwei andere hatten ihn unterboten und das, ohne die Originalwohnungen zu zerstückeln. Trotzdem hat Heimbach seinen Antrag durchgewunken. Der neue Besitzer muss das im Vorhinein schließlich abgesegnet haben. Da machen mehrere Beteiligte gemeinsame Sache, das riech ich.“

„So schaut's aus. Darf ich höflichst nachforschen, ich bin sehr diskret.“ Ilse strahlte ihn herausfordernd an.

„Ja, meine Liebe. Ich werde ebenfalls forschen, wenn auch etwas offener. Du darfst es gerne wissen. Ich werde nächste Woche die Bauaufsicht auf die Baustelle schicken. Ich will wissen, was da abläuft. Ich will vor allem wissen, ob tatsächlich die in der Ausschreibung angegebenen Materialien verbaut werden.“

Ilse nickte grimmig. „Ich werd versuchen, mit der Exfrau von unserem Bau-Löwenberg zu plaudern. So ganz entspannt, von Frau zu Frau.“

***

„Er hat in Österreich Klagen am Hals?“ Ilse verschluckte sich um ein Haar an ihrem Morgenkaffee.

Phillip, den sie im Videochat auf dem Handy hatte, nickte. „Ja, hat er. Nichts wirklich Böses, aber Klagen, die mich nachdenklich stimmen. Falsches Material abgerechnet, Arbeiter nicht ausbezahlt, Absprachen nicht eingehalten und so weiter. Interessant ist, dass alle Klagen auf seinen alten Namen laufen. Also, Arnold Metzger, anstatt deinen Freiherrn, der scheint tatsächlich seit seinem Wechsel in den Adelsstand sauber zu sein.“

„Sauber ist relativ, Phillip, das muss ich grad dir nicht erzählen. Wisst ihr inzwischen mehr über diesen Munser?“

Phillip schüttelte den Kopf. „Ich weiß nur, dass du und Manuela einen Plan ausgeheckt haben. Hab ich das richtig verstanden, dass ihr den Löwenberg auflaufen lassen wollt?“

Ilse zögerte kurz. „Ähm, na ja, auflaufen klingt hart. Ich tät halt gern wissen, ob er irgendwie reagiert, wenn die Personensuche in der Zeitung und so erscheint. Weißt du, ich bekomm den Gedanken nicht aus dem Kopf, dass der Löwenberg hinter der schönen Fassade etwas versteckt. Abgesehen davon, ich hab dir vorhin die Geschichte von diesem Heimbach erzählt. Da auch das noch nicht bewiesen ist, möchte ich, ja, schon gut, möchten wir, also Manuela und ich, die Ex von unserem Baustellendompteur befragen. Manuela denkt sogar, ich sollt das allein machen, weil ich so ungefährlich ausschau.“

Sie wusste nicht genau, ob sie Phillips Lachen übelnehmen sollte oder ob es lieb gemeint war.

„Ungefährlich ist sehr charmant ausgedrückt, Tanterl. Ich hab mit Andreas darüber geredet und er ist einverstanden, da dir von der Ex wohl kaum Gefahr droht. Aber versprich mir, dass du von der Heimbachsache die Finger lässt.“

„Ja, aber, Bub, der Fritz hat mich explizit mit weitergehenden Ermittlungen beauftragt.“

„Tante Ilse!“

„Jaaa, schon gut. Ich soll die Ohren offenhalten, kommt aber aufs Gleiche raus. Jetzt geht es eh erst mal um die Frau Metzger. Manuela hat ihre Meldeadresse in Stockerau. Ganz in der Nähe vom Bezirksmuseum, du weißt schon, im Belvedereschlössl."

„Ah geh, die Dame residiert im Schloss?" Das breite Grinsen ihres Neffen war eine Frechheit.

„Gspinnerter Uhu! Ich red von dem Kulturzentrum. Da in der Nähe müsst eine Bäckerei sein und dort ist die Alina Metzger gemeldet. Dahin fahr ich mit deiner Manuela. Ich hoff bloß, sie redet mit mir." Ilse runzelte nachdenklich die Stirn, unterließ das aber wegen der drohenden Sorgenfalten umgehend wieder.

„Wo liegt dein Problem? Die Manuela redet doch immer mit dir, also, zumindest, seit du sie nimmer dauernd *das Mädel* nennst." Phillip grinste noch immer.

„Ja, Kreizkruzitürkn, hörst du Bangert jetzt glei damit auf, deine alte Tante zu sekkieren? Du weißt genau, was ich meine. Wünsch dir lieber, dass sie sehr gesprächig ist, vielleicht sind wir nachher gescheiter und können den Löwenberg einordnen. Host mi?" Sie reckte herausfordernd ihr Kinn in Richtung des feixenden Neffen.

„Hob di scho oiwei. Lass mi di hoid a bissl ärgern, damit du nicht zu übermütig wirst, du Miss Marple." Jetzt lächelte er wieder so liebevoll, wie sie es mochte. „Fahrt ihr Zwei und bringt die ganze Vergangenheit des Herrn von Löwenberg ans Tageslicht. Du hast ja recht, die Frau ist die beste Möglichkeit – wenn sie spricht."

***

„Und sei bitte trotz allem vorsichtig. Wenn du mich brauchst, du hast mich auf Kurzwahl. Ich bin in wenigen Sekunden da."

Sie standen mit Manuelas Wagen etwa dreißig Meter von der Bäckerei *Stummbichler* im Ort Stockerau im Weinviertel entfernt, wo laut Melderegister Löwenbergs Ex Alina wohnen sollte. Es war eine von außen hübsch anzusehende kleine Bäckerei, mit einer weiß-rosa gestrichenen Fassade und ein schönes antik aussehendes Schild über der Auslage verkündete „Café Stummbichler".

Ilse zeigte auf das Schild. „Ich pack das. Das wäre das erste Café, in dem ich Probleme bekäme."

„Na gut und merk dir alles gut, ja?"

Sie musterte Manuela eine Weile schweigend, dann schüttelte sie nachsichtig den Kopf. „Liebe Manuela, noch hat das Greisenalter nicht zugeschlagen, hab Vertrauen in meine Fähigkeiten."

„Hab ich, tut mir leid, du kennst mich ja langsam, immer doppelt nachhaken."

Sie tätschelte Manuela liebevoll den Arm. „Bist halt eine gute Polizistin. Ist schon in Ordnung und ich geh jetzt. Drück mir die Daumen."

Ilse ging langsam auf das einladend wirkende Gebäude zu. Ihre Strategie, so musste sie sich eingestehen, war recht einfach gestrickt. Ehrlichkeit. Sie hoffte darauf, dass sie damit am besten fahren und sich auch nicht irgendwie inhaltlich in Widersprüche verheddern würde. Langsam ging sie die drei Stufen zum Eingang hoch und drückte die schwere Messingklinke nach unten.

Im Innern erwartete sie ein liebevoll gestalteter Verkaufsraum mit Ecktheke, hinter der an den weiß gestrichenen Wänden hohe Holzregale mit viereckigen Körben standen, in denen sorgsam die Backwaren aufgeschichtet lagen. Brote, und derer sehr viele, Baguette, Semmeln, Brezeln und Laugenstangen warteten auf Käufer. In der Theke standen gläserne Platten mit Torten, Bleche mit Kuchen und mit Kleingebäck. Es duftete himmlisch nach frischem Brot, Vanille und Schokolade, ein Duftbouquet, in das sich dezent eine angenehme Kaffeenote mischte.

Zwei Verkäuferinnen bedienten gerade noch Kunden, von denen einer bereits seine Tüte ergriff und sich freundlich verabschiedete.

Die Angestellte wandte sich sofort an Ilse. „Gnä' Frau, was darf es denn sein?" Sie war in etwa so groß wie Ilse, allerdings ein wenig fülliger, trug ihr dunkelblondes Haar zu einem dicken Knoten gezwirbelt, hatte volle Wangen und ein freundliches Gesicht.

Ilse atmete einmal kräftig durch. „Grüß Gott, ich hätt gern einen Milchkaffee und ..." Sie betrachtete die Leckereien in der Auslage. „ ... einen gedeckten Apfelkuchen, bitte. Außerdem, mag das jetzt auch seltsam klingen, ein kurzes Gespräch mit Frau Alina Metzger, wenn sie da wär."

Die Züge der Frau ihr gegenüber veränderten sich etwas. Ein misstrauischer Ausdruck erschien auf deren Gesicht. „Kaffee und Kuchen sehr gerne, gnä' Frau, das Gespräch, na ja, da müsst ich erst mal wissen, worum es geht."

Ilse nickte und lächelte sie an. „Aber sicher, das ist natürlich verständlich. Mein Name ist Ilse von Karburg, ich komme den ganzen Weg aus München und müsste mit Frau Metzger über einen Herrn von Löwenberg sprechen. Also, das würd ich gern, wenn ich sie finden kann. Mir läge da einiges auf der Seele."

Die Frau sah sie eine kleine Weile nachdenklich an, ehe sie antwortete. „Gut. Sie schauen jetzt nicht aus wie ein Gläubiger oder ein wütender Bauherr. Aber wenn Sie mit mir reden wollen, dann bitte am Ecktisch im Café, in Ordnung? Ich bringe Ihnen ihre Bestellung und dann reden wir. Wobei ich mir vorbehalte, auf gewisse Fragen nicht zu antworten, ist das für Sie in Ordnung?"

Ilse atmete erleichtert auf. „Voll und ganz, Frau Metzger."

Zehn Minuten später saß sie in einer schönen, gemütlich mit rosa Kissen ausgelegten Holzeckbank an dem ihr von Frau Metzger zugewiesenen Vierertisch und hatte eine Tasse mit köstlich duftendem Kaffee und einen Teller mit einem reichhaltig großen Kuchenstück vor sich.

Die Frau hatte ihre rote Verkaufsschürze ausgezogen und saß ihr mit neugierigem Blick gegenüber. „Lassen Sie es sich schmecken, Frau von Karburg. Und dann würde mich brennend interessieren, wie ich Ihnen in Sachen meines geschiedenen Mannes weiterhelfen kann."

Ilse trank einen Schluck Kaffee, probierte den – so ganz nebenbei – köstlichen Kuchen und begann zu erzählen.

Sie erzählte einfach der Reihe nach. Von ihrer ersten Begegnung mit dem smarten Adligen auf der Baustelle, von dem schlimmen Unfall, dem Toten im Beton, den Vorgängen auf der Baustelle, den vielen Fragen im Zusammenhang mit eben dieser Baustelle. Sie ließ auch die Zweifel, die sie und Marga hatten, nicht aus. Den Namen des Toten behielt sie jedoch für sich.

„Wissen Sie, ich kann ihn nicht einordnen, ich mach mir eben große Sorgen um die Bauarbeiter, dazu kommt, dass das ganze Projekt gigantomanische Ausmaße annimmt. Das ist ein fieses Spekulationsobjekt geworden, mit den schönen Wohnungen von einst hat das nichts mehr zu tun." Sie blickte Alina offen in die Augen. „Wir fühlen uns mit den Zuständen überfahren und uns ist dabei nicht wohl. Er ist wie Dr. Jekyll und Mr. Hyde. Wissen Sie, ich bin Witwe, mein Mann war vom Fach, auch der verstorbene Mann meiner Freundin, darum wüsste ich einfach gern, wen ich hier vor mir habe. Auf die Gefahr hin, dass Sie mir jetzt nichts erzählen, aber ich weiß einfach nicht, ob ich ihm vertrauen kann."

„Hm, hätten Sie da nicht auch in seinem adligen Umfeld ein bisschen herumfragen können? Sicher hat er da inzwischen einen Freundeskreis, oder täusch ich mich?"

Ilse zog eine bedauernde Grimasse. „Er ist nicht zu greifen. In Deutschland kennt ihn kaum jemand und in Österreich ..." Sie stockte.

„Hier haben Sie seine Vergangenheit ausgegraben, stimmt's? Ach, was soll's." Alina sah aus dem Fenster. „Arnold war mal ein ganz anderer. Er hat damals im Betrieb meines Vaters gelernt."

„Bäcker?"

Jetzt lachte die Frau. „Schmarrn, Maurer. Er war fleißig und zielstrebig. Sehr zielstrebig, wenn ich es mir recht überleg. Er schaut nun mal gut aus, er macht schon was her, der Arnold. Wir haben uns gut verstanden und mir hat gefallen, dass er es zu etwas hat bringen wollen. Ich war neunzehn, als wir geheiratet haben. Zwei Jahre später hat es angefangen. Zuerst hat mein Vater es gar nicht mitbekommen, dann aber kam immer mehr raus. Arnold hatte einen Vorarbeiter eingestellt und der war eindeutig ein Betrüger. Es sind Sachen abgerechnet worden, die niemals die Baustellen gesehen haben. Es sind Unfälle passiert, zwei davon schlimm, mit Schwerverletzten, darum bin ich vorhin hellhörig geworden. Auf den Baustellen wurde plötzlich an allem gespart, vor allem an der Sicherheit der Arbeiter. Sowas kam für meinen Vater nicht infrage. Er hat Arnold zur Rede gestellt, der hat alles abgestritten und auf seinen Mitarbeiter geschoben. Lange Rede kurzer Sinn, wir haben unsere Gewinne verdoppelt, aber dafür diverse ärgerliche Kunden gehabt, die uns Pfusch vorgeworfen haben." Sie schwieg und spielte mit dem vor ihr liegenden Tischset aus weißem Stoff mit rosa Blümchen. „Arnold wollte immer mehr und das zu schnell. Gesundes Wachstum einer Firma, so wie mein Vater das gehandhabt hat, das war ihm zu altmodisch. Anerkennung war ihm so verdammt wichtig, etwas zu gelten, jemand zu sein. Herrschaftszeiten, er wollte unbedingt ganz nach oben. Dass mein Vater ihn als seinen Nachfolger aufgebaut hat, ging ihm zu langsam und war offenbar zu wenig. Wir waren auf Festen, auf denen ich mich nicht wohl gefühlt habe. Wissen Sie, solche Benefizveranstaltungen, auf denen ich mich aufbrezeln musste zu jemandem, der ich einfach nicht war."

Ilse nickte bedächtig. „Ja, da kenn ich auch so ein paar."

Alina rollte mit den Augen. „Ja, ich dann leider auch. Ganz schlimm wurde es, als seine Tante in Argentinien gestorben ist."

„Argentinien? Jetzt machen Sie mich aber neugierig."

„Tja, der Bruder seines Vaters ist damals ausgewandert. Wissen Sie, Arnold kommt aus kleinen Verhältnissen. Sein Vater war Gärtner in Wien, seine Mutter hat mit Schneiderarbeiten was dazu verdient. Alles gut und in Ordnung, nicht für ihn. Der Onkel, der wie ein Blöder spekuliert hat, Menschen um ihr Geld betrogen hat und dann ausgewandert ist, der war ein Held. Leider hat der tatsächlich mit seinen krummen Machenschaften ein Riesenvermögen gemacht. Glücklich geworden ist er nicht. Sein einziger Sohn wurde von der Drogenmafia erschossen und er ist an Lungenkrebs gestorben. Als seine Frau gestorben ist, war da nur Arnold übrig. Dass sein alter, bucklig gearbeiteter Vater vor ihm gekommen wäre, das hat ihn nicht interessiert. Der arme alte Mann hat alles, was sein feiner Sohn ihm vorgelegt hat, unterschrieben, auf alles verzichtet. Sein Vater ist erst vor ein paar Wochen in einem billigen Altenheim gestorben, müssen Sie wissen. Sein feiner Sohn hat eine lächerliche Beerdigung bezahlt, die knapp an einem Armengrab vorbeigeschrammt ist. Nicht mal auf der Beerdigung war er. Klar, der Herr von und zu Löwenberg geht doch nicht auf die Beerdigung vom alten Gärtner Metzger." Alina war sichtlich wütend. „Das dicke Vermögen aus Übersee hat ihm in Sachen Charakter den Rest gegeben. Endlich war er da, wo er immer hat sein wollen. Ganz oben, bei den Reichen und Schönen. Da hab halt auch ich nicht mehr hingepasst. Aber, ganz ehrlich, ich wollt da auch nicht sein. Das war und ist nicht meine Welt. Bei der Scheidung hab ich eine passable Abfindung bekommen, mit Schweigeverpflichtung." Sie lächelte. „Bei Ihnen gilt die nicht, weil Sie eh alles wissen, oder?"

Ilse nickte stoisch. „Alles!"

„Ja, seither ist er als Adliger unterwegs und investiert die restlichen Millionen. Sein Titel war nicht teuer, müssen Sie wissen. Er hat den alten Löwenberg, der total überschuldet und kurz vor dem Verhungern war, gnadenlos über den Tisch gezogen. Danach hat er, wahrscheinlich, weil mit Titel alles leichter geht, ein denkmalgeschütztes, großes Haus nahe Wien aufgekauft, es irgendwie geschafft, dass der Denkmalschutz aufgehoben wird. Danach hat er es saniert und in Wohnungen unterteilt. Man munkelt, dass er mit zwei Millionen Gewinn aus der Sache raus ist."

„Respekt, das muss man erst mal schaffen." Ilse war tatsächlich beeindruckt, da sie Preise und Steuern in Österreich kannte.

„Unter uns, wenn der nicht jemanden bestochen hat, dann beiß ich mir mein Monogramm in den Allerwertesten. Aber mir ist das letztendlich egal. Ich hab ein paar Monate nach der Scheidung den Otto kennengelernt, also Otto Stummbichler, dem gehört die Bäckerei. Ich hab hier ein bisschen von meiner Abfindung investiert und ich bin sehr glücklich mit meiner Entscheidung. Hier darf ich nur ich selbst sein, wissen Sie?"

Ilse schmunzelte. „Kann ich gut verstehen. Darf ich Sie was fragen, Sie müssen auch nicht antworten, aber hat ihr Exmann jemals gewalttätige Züge erkennen lassen?"

Alina runzelte grübelnd die Stirn. „Ob er mich geschlagen hat oder so? Nein, aber so, wie ich Sie einschätze, wissen Sie sehr wohl, dass Worte schmerzhafter sein können als Schläge. Er war ein Meister der Worte und ich glaube, dass er das noch perfektioniert hat. Wie schon gesagt, er ist da, wo er hinwollte. Vor einiger Zeit hat er nun noch eine junge ungarische Schauspielerin geheiratet. Mit ihr kann er sich sehen lassen."

„Das hätte er mit Ihnen auch. Sie sind eine hübsche, kluge und kompetente Frau. Und in der Beziehung ist er dann halt einfach ein Depp." Ilse fand schnell die richtigen Worte.

„Das auch, danke für die Blumen. Aber Arnold ist machthungrig und süchtig nach Ansehen und Anerkennung. Ich glaube, dafür würde er über Leichen gehen."

Das war Ilses Stichwort. „Ganz kurz noch, Sie haben zuvor einen Angestellten erwähnt, der offenbar betrügerisch auf den Baustellen unterwegs war. Glauben Sie, dass er mit dem noch zusammenarbeitet?"

Alina schüttelte energisch den Kopf. „Mit dem Munser? Das glaube ich eher nicht. Der Munser wurde vor längerer Zeit für seine Betrügereien verurteilt. Dank eines teuren Anwaltes, den Arnold ihm bezahlt hat, nur zu einer Bewährungsstrafe. Wir haben alle nicht verstanden, warum er dem schmierigen Kerl geholfen hat. Otto denkt, dass der Munser ihn mit irgendwas in der Hand hatte. Also, dass der seinen Kopf hingehalten hat für ihn und dann aber eben gefordert hat, dass er ihn raushaut. Hat er dann auch."

Sie und Alina plauderten noch eine gute halbe Stunde, Ilse genoss den Rest des Kuchens und kaufte noch ein paar der leckeren Teilchen für Manuela. Sie war sehr zufrieden, vor allem war sie sich nun vollkommen darüber im Klaren, dass sie es hier mit einem nicht zu verkennenden Gegner zu tun hatte. Egal, ob er etwas mit dem Toten im Beton zu tun hatte, oder das ein dummer Zufall war.

Lügen haben kurze Beine

Manuela biss genüsslich in ihr Nusshörnchen. „Das schmeckt verflixt gut. Danke dir." Sie kaute gründlich und Ilse konnte die berühmte Denkerfalte zwischen Manuelas Brauen gut erkennen. „Seine Ex würde ihm also einen Mord zutrauen?"

Ilse wand sich etwas. „So direkt hat sie das nicht gesagt, aber andeutungsweise schon."

„Weißt du was, wir fahren zu Phillip. Ich will eine zweite Meinung und außerdem muss er etwas für mich nachsehen."

Ilse lehnte sich zufrieden in ihrem Sitz zurück. „Wenn's unbedingt sein muss, dann müssen wir das wohl machen."

„Gib wenigstens zu, dass du dich freust. Du strahlst wie ein goldenes Fuchzzgerl." Manuela startete schmunzelnd den Motor.

„Verstanden, ich muss eindeutig an meiner geheimnisvollen Ausstrahlung arbeiten."

Phillip stand am Fenster und blickte hinaus auf die, jetzt am Abend, besonders belebte Straße. Er hatte sich alles angehört und wirkte unschlüssig. „Tanterl, du hast mir erzählt, dass du nicht glaubst, der Löwenberg wäre ein Mörder. Was hat sich da geändert?"

„Nix, Bua, ich hab bloß berichtet, was seine Exfrau gesagt hat. Um ehrlich zu sein, ich glaub nach wie vor nicht, dass er kaltblütig jemanden umbringen könnt." Sie hörte selbst, wie zweifelnd sie klang.

„Ich hab mir nach eurem Anruf heute Nachmittag, nochmal alle Akten angesehen. Dieser Rudi Munser war jemand, der nach dem Krieg wahrscheinlich Zigaretten verscherbelt hätte und alten Damen den Familienschmuck abgezogen. Der Kerl hatte einfach kein Schuldbewusstsein und ich vermute, dass sich unser Baulöwe das zu Nutzen gemacht hat. Der Metzger hatte die Ideen und sein Helferlein hat es durchgezogen. Darum hat er ihm wahrscheinlich auch den Anwalt bezahlt. Nachdem wir jetzt von der Erbschaft wissen, ist auch klar, wo das ganze Geld herkam."

Ilse nickte. „Is scho komisch, oda? Oda, wia da Wimmer Dammerl sogn dad: Da Deife scheißt oiwei aufn grässtn Haufa."

„Verzeihung? Ich bin sprachtechnisch wirklich überfordert und welcher ... Wimmer?" Manuela hob sichtlich ratlos die Schultern.

Ilse lachte. „Das war einer unserer Altbürgermeister und der war sehr geradeheraus. Der Spruch lautet: Der Teufel kackt immer auf den größten Haufen. Oder so. Du musst zugeben, anders klingt's besser."

„Stimmt, aber so kapier auch ich es." Manuela wandte sich an Phillip. „Schatz, was mir wichtig wäre, das ist, ob der Tote in letzter Zeit in irgendeiner Form auffällig geworden ist. Hast du etwas gefunden?"

Phillip nickte. „Ja, der war kurz in Untersuchungshaft wegen Körperverletzung. Und ehe du fragst, der Grund war eine Schlägerei, weil er Spielschulden nicht zahlen konnte. Du weißt, Spielschulden sind Ehrenschulden."

„Ehre? Da darf ich leise hüsteln, oder?" Manuela hob fragend die rechte Braue, wie sie es oft tat, wenn sie etwas sehr infrage stellte.

„Darfst du, Liebes, er hatte ordentliche Schulden bei den Jungs gemacht. Dass die Herrschaften aus der Szene nicht lange fackeln, sollte jedem klar sein."

„Ihm war's das anscheinend nicht", warf Ilse ein. „Oder er hat geglaubt, dass sein alter Kumpan ihn wieder raushaut."

Phillip legte ihr einen Arm um die Schultern. „Ein Punkt für dich. Genau das dachte ich auch."

Manuela räusperte sich dezent. „Allerdings können wir den Löwenberg das derzeit noch immer nicht fragen."

„Äh, und warum bitte?" Phillip konnte offenbar nicht folgen.

„Weil wir, also deine Tante und ich, derzeit ein Experiment am Laufen haben. Wir wollen herausfinden, ob der gute Löwenberg zu seiner Vergangenheit steht und zugibt, dass er den Munser gekannt hat. Wir haben einen Aufruf veröffentlicht mit dem sehr gut rekonstruierten Gesicht des Toten. Ich hab keine Ahnung, ob der gute Arnold sich mittlerweile bei der Polizei gemeldet hat, aber das finde ich schnell heraus."

Keine zehn Minuten später stand fest, dass bis auf einige Hinweise aus der Bevölkerung, die glaubten, den Gesuchten irgendwo in und um München gesehen zu haben, noch nichts vorlag. Eine Frau schwor Stein und Bein, den Mann beim Rückflug aus Bombay neben sich gesehen zu haben, und eine andere behauptete felsenfest, dass er der Vater ihrer vier Kinder sei und sie auf die Unterhaltszahlungen wartete.

„Womit wir, wüssten wir nicht dank deiner längst, wer er ist, noch immer am Anfang stünden." Manuela klang müde. „Wäre echt schön gewesen, wenn der Löwenberg den Mund aufgemacht hätte."

Phillip seufzte laut. „Ach, komm, der hält selbigen feinsäuberlich, allein schon, um sich selbst nicht zu belasten. Da tut er alles, um seine Vergangenheit hinter sich zu lassen, und dann holt sie ihn mit fliegenden Fahnen ein. Der will seine Baustelle durchziehen und endlich das Jetset-Leben genießen, von dem er schon ewig träumt."

„Aber lügen bringt ihm auf Dauer auch nichts, so ist es doch, oder?" Ilse blickte fragend von einem zum anderen.

„Er lügt ja nicht, er sagt nur nix. Das ist ein kleiner, feiner Unterschied." Phillip zog eine ärgerliche Grimasse.

Ilse wollte antworten, als ihr Handy losdudelte.

„Nanu, der Fritz. Wartet, ihr Lieben, da geh ich ran."

„Okay, dann fahr ich morgen mit euch nach München. Ich bin echt neugierig, was Fritz Meinert ausgegraben hat. Wenn er unbedingt will, dass ich auch dabei bin, und er am Telefon nicht darüber reden will, dürfte es was Ernstes sein." Phillip warf einen Blick auf die Uhr. „Und ehe wir vorher verhungern, gehen wir in die *Fischerhüttn*, ich brech gleich zam und es wäre wirklich schade um mich, nicht wahr?" Er trat hinter Manuela und umarmte sie. „Gib's zu!"

Die wand sich lachend aus seiner Umarmung. „Haben wir heute einen Selbstbewusstseins-Schub, Herr Vancura? Aber, bitte, ich will nicht so sein. Ein bisschen schade wär's schon um dich."

Ilse schlüpfte in ihre Wildlederjacke, hängte sich lächelnd ihre Tasche über die Schulter und musterte die beiden liebevoll. „Ach mei, noch einmal so jung und verliebt sein. Das wär schön."

***

‚Es war bereits früher Nachmittag, als sie alle bei Fritz in München eintrafen. Er empfing sie in seinem Büro und wies die beiden Sekretärinnen an, ihn unter keinen Umständen zu stören.

„Fritz, du machst mich sehr neugierig, ich hoffe, das ist dir klar?" Ilse setzte sich in den ihr angebotenen Sessel in Fritz' Besprechungsecke.

Manuela schälte sich aus ihrer Jacke. „Da schließe ich mich nahtlos an, Herr Meinert."

Der nickte, holte dann tief Luft und wandte sich an Phillip. „Es tut mir leid, dass ich dich so einfach mit herbeordert habe, Phillip, aber ich darf in dieser Angelegenheit nichts falsch machen. Darum wollte ich euch alle hier haben."

Er bot ihnen eilig Getränke an, setzte sich und schien zu überlegen.

„Fritz??" Ilse zog eine Grimasse. „Sorry, ich wieder, die personifizierte Geduld."

Fritz lächelte, wenn auch sichtlich unsicher. „So kenn ich dich, meine Liebe. Ich fang einfach an. Seit gestern, also, zumindest hab ich es gestern gesehen, ist ein

Fahndungsbild der hiesigen Polizei in der Zeitung. Der Tote von dieser Baustelle, die wir derzeit im Visier haben. Ich hatte das Gefühl, als habe ich den Kerl schon einmal gesehen. Dass man sich da gewaltig täuschen kann, ist klar. Aber ich hab mir das Hirn zermartert, wo es gewesen sein könnte. Bis dann mein Sicherheitchef angerufen hat und mich zu sich holte. Das ist in meiner Laufbahn nur zwei Mal passiert. Das erste Mal kam der Ude zu Besuch, also unser Bürgermeister und beim zweiten Mal war es eine Geburtstagsüberraschung meiner lieben Frau. Gestern war es ernst, sehr ernst. Ihr werdet sehen, warum, wenn er gleich herkommt, ich habe ihm schon Bescheid gesagt."

„Na, super. Jetzt bin ich noch neugieriger." Ilse lehnte sich stöhnend in ihrem Sessel zurück.

„Gemach, meine Liebe, gleich erfährst du alles." Da es im selben Augenblick klopfte, erhob sich Fritz und öffnete eigenhändig die Tür. Das war auch nötig, denn der Mann, der draußen stand, schleppte einen recht großen Laptop mit sich.

„Darf ich euch Herrn Moser vorstellen, unseren Leiter der Sicherheitsabteilung."

Die Vorstellungsrunde war schnell absolviert und Herr Moser setzte sich, stellte den Laptop auf den Besprechungstisch und drückte ein paar Knöpfe. Er hob den Kopf und sah Manuela und Phillip an.

„Das, was wir hier haben, dürfte Sie ganz besonders interessieren. Sie suchen nach dem Unbekannten, der in einem Betongrab wieder aufgetaucht ist? Bitte sehr, Sie haben ihn gefunden."

Er drehte den Laptop leicht, sodass alle etwas erkennen konnten. Die Videoaufzeichnung, die sie sahen, datierte von vor zehn Tagen. Zuerst erkannte man nur einen gut erleuchteten Flur. Plötzlich tauchte am hinteren Ende eine Gestalt auf, die rasch näherkam. Moser wechselte den Blickwinkel und nun konnte man den Mann im rechten Seitenprofil sehen. Er lief zügig zum entgegengesetzten Ende des Flures, klopfte scheinbar an einer Tür, sah sich um und verschwand in einem Zimmer.

„Das war doch …“ Phillip drehte sich zu Fritz und wollte noch etwas hinzusetzen.

Fritz unterbrach ihn höflich, aber bestimmt. „Bitte warte kurz, Phillip, das wird noch besser, glaub mir.“ Er nickte dem Sicherheitsmann zu und der ließ die Aufnahme weiterlaufen.

„Ich mach Schnelldurchlauf, bis der Besucher wieder aus dem Zimmer kommt. Es hat genau achtundzwanzig Minuten gedauert. So lange war er da drin. Aufpassen, es geht weiter.“

Alle starrten gebannt auf den Bildschirm. Die Tür von vorhin öffnete sich und der Fremde trat heraus. Direkt gefolgt von einem anderen Mann. Der Fremde hielt jetzt eine Mappe in der Rechten, augenscheinlich mit gefalteten Bauplänen. Beide eilten zielstrebig in die Richtung, aus welcher der Besucher zuvor gekommen war. Herr Moser stoppte die Aufzeichnung exakt in dem Augenblick, als die beiden Männer mit lächelnden Gesichtern direkt an der Kamera vorbeiliefen.

Fritz beugte sich nach vorn und zeigte auf den einen Mann. „Der hier, das ist mein designierter Nachfolger Ralf Heimbach.“ Er sah kurz zu Phillip und Manuela.

„Und der da, bitte korrigiert mich, wenn ich fantasiere, aber der Fremde, der da bei ihm ist, das ist euer Toter aus dem Beton, oder?“

Manuela nickte. „Eindeutig, das ist er.“ Sie wandte sich an Fritz. „Haben Sie schon mit Ihrem Kollegen gesprochen?“

Fritz schüttelte den Kopf. „Ich dachte, ich spreche zuerst mit Ihnen und Phillip. Denn es geht ja noch weiter. Das war nur die erste Hälfte.“

„Da bin ich gespannt.“ Phillip nickte Fritz Meinert und Herrn Moser zu. „Jetzt will ich aber wirklich alles wissen.“

Moser nickte. „Sehr gerne, Herr Vancura.“

Erneut tippte er auf seinem Laptop herum und wieder startete eine Videoaufzeichnung. Dieses Mal datierte sie auf zwei Tage vor Auffinden der Leiche.

Es begann mit einer Aufzeichnung aus dem Eingangsbereich, auf der ein sichtlich angespannter, wenn nicht verärgerter Rudi Munser zu sehen war. Er sprach nur kurz mit dem Empfang und verschwand sodann in einem der Aufzüge. Im Obergeschoss übernahm erneut die Kamera im Flur. Deutlich sah man Munser, wie er, in eine dunkle Lederjacke und Jeans gekleidet, mit einer Ledermappe unter dem linken Arm in Richtung des gleichen Zimmers lief. Wieder verschwand er darin.

„Dieses Mal waren es nur dreizehn Minuten. Danach kam er wieder raus. Allerdings weit weniger glücklich als beim letzten Mal. Schauen Sie sich das an.“ Moser ließ die Aufnahme weiterlaufen.

Tatsächlich kam Munser aus dem Raum, dicht gefolgt von Heimbach, der sich hektisch umblickte. Munser hob den rechten Arm und es sah ganz danach aus, als würde er Heimbach drohen. Danach drehte er sich um und rannte regelrecht in Richtung Aufzüge. Wieder stoppte Moser die Aufzeichnung, als er direkt neben der Kamera war. Munser war eindeutig wütend, das Gesicht angespannt und die Lippen zusammengekniffen.

Moser ließ das Band erneut weiterlaufen. Man sah, wie Heimbach, der sich schon im Laufen sein Jackett überstreifte, mit ebenso zornigem Gesichtsausdruck vorüberrannte.

„Und jetzt kommt der interessanteste Part, Achtung." Der Security Mann schaltete auf eine andere Kameraeinstellung um. „*Tiefgarage*", erläuterte er.

Sie sahen Heimbach, wie er zu einem Porsche Cayenne sprintete, hineinsprang und in überhöhtem Tempo geradezu aus dem Parkplatz schoss. Die nächste Einstellung zeigte die Straße neben der Tiefgaragenausfahrt. Der Porsche schlitterte auf die Straße, um nach etwa zwanzig Metern plötzlich langsamer zu werden.

„Was tut er da, um Himmels Willen? Wenn jemand oben vorbeigegangen wäre, den hätte der Idiot glatt niedergemäht und jetzt schleicht er auf einmal?" Phillip rutschte näher und kniff angestrengt die Augen zusammen.

Es war Manuela, die mit dem Zeigefinger sachte auf den Bildschirm tippte. „Natürlich, da musste er auch nicht mehr rasen, da hatte er das gefunden, was er gesucht hat."

Phillip zuckte eindeutig ratlos die Schultern. „Manuela, wovon redest du bitte? Ich seh nichts."

Die schüttelte mit leichtem Lächeln den Kopf. „Komm, Phillip, enttäusch mich nicht, bitte. Sieh noch einmal genau hin. Ganz genau."

Das tat er dann auch und eine Sekunde später schlug er sich die flache Hand vor die Stirn. „Ich Blindfisch! Tatsache. Er ist ihm gefolgt." Phillip zeigte auf einen dunkelroten BMW älteren Baujahres. „Herr Moser, können sie das Kennzeichen vergrößern?"

Der nickte und vergrößerte den Ausschnitt des Standbildes.

„A-SW 005A. Der BMW ist in Wien Schwechat zugelassen. Ich glaub es nicht." Phillip ließ sich in seinem Sessel zurückfallen. „Eigentlich müsst ich das gar nicht mehr tun, aber ich könnt ja schwören, die Karre ist auf unsere Betonleich gemeldet."

Manuela nickte mit grimmigem Gesichtsausdruck. „Tu es trotzdem, damit wir es schwarz auf weiß haben. Das ist eine interessante Entwicklung, Herr Meinert. An dem Tag ist der Kerl zwar sichtlich angesäuert, aber noch quicklebendig, wird von Ihrem Kollegen verfolgt und liegt zwei Tage später in einer Betonverschalung. Jetzt wird's richtig interessant."

Meinert nickte. „Allerdings. Vor allem erinnerte ich mich, als Herr Moser mit den Aufzeichnungen ankam, dann auch daran, dass ich den Mann gesehen habe. Das war beim ersten Mal, ihr wisst schon, an dem Tag, an dem er noch glücklich aussah. Ich habe mir noch einmal die Unterlagen durchgesehen. Dabei habe ich sehr genau auf die Unterschriften geachtet. Alle Dokumente wurden von Herrn von Löwenberg unterzeichnet. Neugierig, wie ich halt so bin, haben Herr Moser und ich uns hingesetzt und die Aufzeichnungen der letzten vier

Wochen angesehen. Entweder hab ich's auf den Augen oder dieser Löwenberg, dessen Konterfei ich ja nun aus der österreichischen Klatschpresse kenne, war in der Zeit nicht hier. Wäre es möglich, also, ich spinn mal so drauf los, dass der Betonmann die Verhandlungen geführt hat? Und noch einmal gesponnen, könnte es sein, dass der Löwenberg tatsächlich nur ein Bauunternehmer mit seltsamen Methoden ist und dieser Munser und unser Herr Heimbach etwas ausgeheckt haben?"

Phillip reagierte gewohnt schnell. „Ein graphologisches Gutachten und wir wissen es. Laut seiner eigenen Aussage war Löwenberg von dem Zuschlag für das Bauvorhaben überrascht." Er wandte sich an Ilse. „Hab ich richtig in Erinnerung, oder?"

Sie nickte. „Ja, darum herrschte ja auch, so behauptet er zumindest, zu Beginn solch ein Chaos auf der Baustelle."

Phillip stand auf und begann, langsam im Raum auf und ab zu gehen. Ilse kannte das zur Genüge. Das tat er immer, wenn er im Kopf Puzzleteile zusammensetzte.

„Fakten bisher sind also: Löwenberg bekommt Wind von einer großen Ausschreibung im sechsstelligen Bereich. Obwohl er in Wien noch ein eigenes Projekt saniert, gibt er ein Gebot ab, kalkuliert sogar hoch. Er rechnet, laut eigener Angaben nicht damit, tatsächlich den Zuschlag zu bekommen. Überraschenderweise ist genau das der Fall. Sehr kurzfristig erhält er die Zusage. Sofort beginnt er oder eher sein Bautrupp damit, das Gebäude zu entkernen. Gehe ich Recht in der Annahme, dass das Haus zu diesem Zeitpunkt bereits komplett geräumt war? Wenn ich das richtig verstanden habe, waren die Methoden des neuen Besitzers nicht zimperlich, als es darum ging, sich der alten Mieter zu entledigen. In der selben Zeit schleicht urplötzlich dieser Munser hier herum, mit dem Löwenberg angeblich schon lange nichts mehr am Hut hat. Ilse, Manuela, stimmt bis dahin, nicht wahr?"

Sie und Manuela nickten quasi stereo.

„Gut, weiter im Text. Angeblich ist der Löwenberg zu Beginn der Baustelle gar nicht in München. Finde es denn nur ich seltsam, dass da bereits *tabula rasa* auf der Baustelle oder vielmehr mit dem Haus gemacht wird und weder ein Vertreter des Bauherrn noch der Bauunternehmer anwesend ist? Leute, bitte denkt mal nach. Bei so einem großen Projekt ist das dermaßen unlogisch. Stellt euch nur vor, die Arbeiter bauen Mist und reißen was ab, von dem der Eigentümer gar nicht mehr möchte, dass es wegkommt? Hätt ja sein können, dass der mit Blick auf das schöne alte Haus urplötzlich einen Anfall von Wehmut bekommt und meinetwegen die wertvollen alten Holztüren erhalten will. Das ist jetzt nur so ein Gedanke. Ganz ehrlich, bei sowas gehe ich doch, ständig Hand in Hand arbeitend, strategisch vernünftig vor. Dazu der Unfall oder wohl eher die Unfälle und so weiter. Das stinkt zum Himmel, dazu brauch ich keine Sonderermittler-Fähigkeiten."

Fritz Meinert nickte nachdrücklich. „Richtig. Du hast mir die Worte aus dem Mund genommen. Der einzige, den wir zu Gesicht bekommen haben, ist dieser Munser. Die wichtigsten Leute bleiben im Hintergrund? Das ist nicht möglich. Wie Phillip schon sagt, das stinkt zum Himmel und ich wüsste gerne, was am meisten stinkt, die neuen Besitzer oder unser Bauherr oder aber, und das argwöhne ich leider, mein raffgieriger Herr Kollege. Irgendjemand lügt hier wie gedruckt."

Phillip setzte sich wieder und warf einen fragenden Blick in die Runde. „Darf ich was vorschlagen, ohne den dicken Macker raushängen zu lassen?" Er grinste Manuela entwaffnend an.

Die verzog amüsiert den Mund. „Polizeikalendermodelmethoden, oder wie?"

Phillip lachte lauthals. „Ich erinnere mich und muss zugeben, dass ich damals ein winziges Bisschen stolz darauf war. Nein, ernsthaft, es würde Sinn ergeben, wenn du, Fritz, mir die Unterlagen überlässt und wir vergleichen die Unterschriften, geht das?"

„Aber natürlich, jederzeit."

„In Ordnung, als Nächstes finden wir bitte heraus, wer der neue Besitzer des Anwesens ist. Es kann nicht angehen, sich hinter einer Anwaltskanzlei zu verstecken. Damit ist auf Dauer noch niemand durchgekommen. Da der Unternehmer aus Österreich ist, wir sogar eine Leiche haben, könnte ich anbieten, dass wir das angehen. Einverstanden?"

Dieses Mal nickte Manuela. „Ja, einverstanden. Nur der guten Ordnung halber, kannst du dann auch gleich das Autokennzeichen prüfen lassen. Wir sind uns zwar alle ziemlich einig darüber, dass es der BMW von diesem Munser gewesen sein muss, aber dann haben wir es schriftlich. Danach möge uns Herr Heimbach bitte erläutern, warum er jemanden verfolgt, mit dem er zehn Tage zuvor noch freundschaftlich geplaudert hat."

Ilse rümpfte die Nase. „Yessas, wenn dein Nachfolger jetzt Dreck am Stecken hat, dann müsst ihr jemanden

Neuen suchen, gell? Dann wird's vielleicht noch gar nix mit dem Ruhestand. Des wär ja richtig deppat."

Fritz sah sie zuerst verwirrt an, dann lachte er lauthals. „Lady Ilse, du hast nicht zufällig Interesse an einem Jobangebot in Altersteilzeit?"

Ihr entglitten kurzfristig die Gesichtszüge, aber die fing sie schnell wieder ein. „Ja, freilich. Spinnst, i bin so froh, dass i aus dem G'schäftsleben raus bin. I brauch des gwiss nimmer. Geh ma hoam."

Manuela legte ihr mit ernster Miene die Rechte auf den Arm. „Kaffeekränzchen und Kuchenbacken?"

Ilse kniff das rechte Auge zu und musterte die junge Frau lächelnd. „Nur, wenn du mitmachst, mein Mädel."

Wenn's mal wieder knapp

wird

Nur drei Tage später stand sie gemeinsam mit der Freundin in ihrer Küche und buk Kuchen für den Krankenbesuch bei Marian. Seit einer Stunde sprachen sie über die Ereignisse der vergangenen Tage.

Marga wirkte verunsichert. „Das klingt schon wieder nach einem richtigen Kriminalfall. Ilse, das gefällt mir nicht. Wollten wir denn nicht aus dem Polizeidienst aussteigen?"

Sie grinste breit. „Im Prinzip, aber wenn ich doch quasi mitten in dem Fall drin steck, was soll ich denn tun?"

„Nicht ganz so unschuldig schauen, das glaubt dir eh keiner. Abgesehen davon habe ich gerade ein richtiges Problem."

Sofort wurde Ilse hellhörig. So etwas sagte Marga nicht ohne Grund. „Ist was mit Toni?"

„Nein, dem geht's gut. Die packen schon ihre Koffer und er freut sich auf München. Ganz was anderes. Erinnerst du dich daran, dass vor vier Jahren unser Keller in dem Haus am Eisbach saniert wurde? Alles geplant, abgesegnet, mit einer alteingesessenen Firma durchgeführt und korrekt abgenommen. Allein mich hat der Spaß knapp dreitausend Euro gekostet. Das war es uns allen aber wert, weil es hervorragend ausgeführt worden ist und wir alle davon ausgegangen sind, dass wir jetzt wieder auf viele Jahre hinaus unsere Ruhe haben werden.“

„Soweit kann ich folgen. Und jetzt? Schon wieder etwas im Argen?“

Marga schüttelte heftig den Kopf. „Nein, eben nicht. Unsere Keller sind perfekt. Knochentrocken, schimmelfrei, kein Putz, der bröckelt, kein Boden, der reißt – nichts! Und jetzt kommt gestern ein Schreiben von einem Gutachter, den, nebenbei erwähnt, keiner im Haus beauftragt hat, der behauptet, dass der Keller sanierungsbedürftig sei, da die Verrohrung nicht normgemäß sei. Da, schau es dir an.“ Marga fischte ein Kuvert aus ihrer Umhängetasche, die neben ihr am Boden stand, und reichte es ihr.

Ilse kannte weder den Namen des Gutachters noch konnte sie dessen verschwurbelter und sinnentfremdeter Argumentationsweise folgen. Aneinandergehängte DIN-Normen und Qualitätsmanagement-Vorgaben bildeten ein ebenso amtlich klingendes wie letztendlich vollkommen sinnloses Schriftstück.

„Marga, das ist Blödsinn. Da will jemand auf Teufel komm raus einen Schadensfall konstruieren. Ich hab in meinem Leben mit Franz-Josef zahllose Gutachten gelesen und sie wahlweise dann auch widerlegt. Das hier, vertrau mir, ist reines Geschwurbel. Die Normen mögen ja existieren, aber zum Beispiel die DIN-Norm zur Abwasserverrohrung hat da drin nichts verloren.

Klingt halt gefährlich, ist aber unsinnig. Da hat jemand einen Gutachter beauftragt, der sich selber ein bissl beweihräuchert, mit Normen um sich schmeißt, letztendlich aber keinen Schimmer vom Haus hat. Hast du eine offizielle Mitteilung zu Tag und Zeit der Begehung erhalten?"

„Gar nichts. Keiner von uns im Haus wusste davon etwas. Nicht einmal der Verwalter und der ist stinksauer. Den hat man offenbar angelogen. Letzte Woche hat sich ein Sanitärinstallateur gemeldet, dass er in einem der Kellerabteile ein Dreiwegeventil im Heizungsvorlauf auswechseln müsste. Der Verwalter war da auf einer Versammlung und hat einen Helfer gebeten, die Firma reinzulassen und sich den Zugang bestätigen zu lassen. Die sind anscheinend mit drei Mann angerückt, einer davon im Straßenanzug. Der arme Kerl war von dessen seltsamen Fragen total überfahren und im Nachhinein konnte niemand die Unterschrift, und unterschrieben hat eben der Mann im Anzug, entziffern. Das muss aber der Gutachter gewesen sein. Die Sanitärfirma war genauso verärgert, denn das Ventil war vollkommen in Ordnung und sie haben gar nichts ausgetauscht. Die Rechnung, die sie an die E-Mail-Adresse schickten, von der aus sie beauftragt worden waren, wurde sofort bezahlt."

„Und wer hat das bezahlt?"

„Eine Anwalts- und Notarkanzlei in Hamburg. Jetzt bist du dran."

Da Phillip wieder in Wien war, blieb nur Manuela. Ilse rief sie an und bat um ein Treffen. Manuela stimmte sofort zu und Ilse lud sie zu sich zum Abendessen ein.

„Es ist etwas Seltsames passiert und ich will ab sofort Pippi Langstrumpf heißen, wenn das mit rechten Dingen zuginge.“

„Allein dafür würde es sich schon rentieren.“ Manuela spießte ein Stück ihres gegrillten Lachsfilets auf und steckte es sich in den Mund.

„Das könnte dir so passen. Nein, ernsthaft. Das ist jetzt einfach zu auffällig, komm, wir denken mal gemeinsam.“

„Ich hoffe, ich kann dir folgen.“

„Manuela, veräppeln kann ich mich selbst. Also sei mal ernst, Frau Kommissarin.“

„Zu Befehl, Tante Ilse.“

Zugegeben, sie mochte das liebevolle Geplänkel mit der jungen Frau. Aber jetzt hieß es: Ermittlung starten.

„Hör dir das einfach mal an und dann sagst du mir, was du denkst.“ Sie berichtete von den Vorkommnissen in Margas Haus und den seltsamen Randbedingungen. Als sie endete, betrachtete sie Manuelas Mienenspiel. „Na?“

„Da will jemand ablenken. Das klingt so, als würde man leise drohen. Als kämen wir etwas zu nahe und dieses etwas wehrt ab. Weißt du, was ich meine? Aber lass uns hier bitte mit Herrn Meinert sprechen. Der Vorgang ist hiermit aktenkundig, denn ich nehme das als offizielle Aussage deinerseits, ist das in Ordnung für dich?“

Sie atmete erleichtert auf. „Genau darauf habe ich, ehrlich gesagt, gehofft. Ich war lange in der Baubranche und das hier, das ist eine Farce. Klar, dass irgendwelche sich selbst überschätzenden Gutachter sich in die Sache einbringen, ich weiß ja, was die für so ein lapidares, in keiner Weise aussagekräftiges Gutachten verlangen. Den kratzt das nicht. Aber irgendjemand, und ich habe da so ein Gefühl, als wüsste ich, wer das ist, denkt, er könne damit ablenken oder gar vage andeuten, man möge sich aus gewissen Dingen heraushalten. Treffe ich damit deinen Gedankengang?"

Manuela nickte. „Auf den Punkt, liebe Ilse. Wir informieren Herrn Meinert und sobald hier ein Antrag genehmigt wird, fangen die Mühlen der Justiz gemächlich an zu mahlen. Keine Bange, in Margas Keller wird nichts saniert. Dafür sorgen wir."

***

Fritz sah heute müde aus. Er lehnte sich stöhnend in seinem Bürosessel zurück und fuhr sich mit beiden Händen über das Gesicht. „Wenn ich mich schon mal auf einen reibungslosen Abschied in den Ruhestand freue … Aber soll ich euch etwas sagen?" Er beugte sich nach vorn und musterte sie und Manuela lange. „Ich bin fast schon froh darüber, denn mein Lebenswerk, mag es auch kein eigenes Unternehmen sein, möchte ich in vertrauenswürdigen Händen wissen. Das, was hier abgeht, das hat mit Vertrauen nichts mehr zu tun. Gleich nach deinem Anruf, liebe Ilse, habe ich meine Damen mit der Recherche beauftragt. Wollt ihr raten, wo der Sanierungsplan für den Keller am Eisbach liegt?"

Manuela zog eine seltsame Grimasse. „Bei Ihrem prädestinierten Nachfolger, diesem Ralf Heimbach?"

155

„Gewiss, ich kann jetzt schon ahnen, wie die Entscheidung ausfallen wird. Und ich weiß auch, dass ein gewisser Herr Arnold von und zu Löwenberg ein Angebot dazu eingereicht hat. Nach zwei Tagen! Das ist unmöglich. Wisst ihr, was mich am meisten ärgert? Dass offenbar einige Menschen einer gewissen Generation denken, dass man die Menschen hier in der Kommission ungestraft als Deppen hinstellen darf. Für wie blöd halten die einen eigentlich?“

Manuela sog zischend die Luft zwischen den Zähnen ein. „Ich denke, wenn man so lange Zeit mit allem ungestraft durchgekommen ist, dann verliert man das Gefühl dafür, wo die Grenzen tatsächlich liegen. Wissen Sie, was ich sagen will?“

Fritz nickte. „Ich glaub schon. Aber damit ist jetzt endgültig Schluss.“ Er wandte sich an Ilse und tätschelte ihr den Arm. „Liebe Lady, bitte sag Marga, dass sie sich keine Sorgen machen muss. Allerdings müssen die anderen im Haus noch etwas bangen, denn ich fürchte, dass etwas unserer kleinen ‚Verschwörung‘ hier durchsickern könnte.“

Ilse teilte seine Meinung. „Alles klar, ich bin diplomatisch.“

„Gut.“ Fritz nickte mit ärgerlicher Miene. „Dann warte ich jetzt noch darauf, dass Heimbach diese Farce an Sanierung durchwinkt, die Hausverwaltung habt ihr eingeweiht, nicht wahr?“

„Haben wir, die sind eh auf Hundertachtzig. So wurden sie schon lange nicht mehr auf den Arm genommen.“ Manuela stand auf und streckte sich. „Seid mir nicht böse, aber ich muss zurück ins Präsidium. Stefan, also Herr Markwart, hat Neuigkeiten zu unserer Betonleiche, also zu Rudi Munser. Die Kollegen in Österreich haben eine Durchsuchung in dessen Wohnung durchgeführt. Es scheint, als seien ein paar interessante Dinge dabei aufgetaucht. Der Typ war alles andere als gesetzeskonform. Ich melde mich, sobald ich klüger bin.“

Die Kommissarin verabschiedete sich und auch Ilse rüstete zum Aufbruch.

„Da hat sich Phillip eine prima Frau ausgesucht. Die versteht etwas von dem, was sie tut.“

Ilse schmunzelte. „Richtig! Sie hat sogar mich bekehrt, was, wie wir alle wissen, gar nicht so leicht ist.“

Jetzt lachte ihr langjähriger Freund. „Ach geh, Ilse, du willst aber nicht sagen, du seist ein kleines bisschen dickköpfig?“

Sie griff nach ihrer Umhängetasche. „So würde ich das nicht ausdrücken. Ich tät mal sagen, ich bin argumentationsintensiv, das klingt charmanter.“

***

Es wurde mittlerweile früher dunkel und so fuhr Ilse am frühen Abend langsamer als gewohnt in ihre Einfahrt. Nach dem Termin bei Fritz hatte sie sich entschlossen, Marian im Krankenhaus zu besuchen, wo der arme Kerl noch immer bewegungsunfähig in seinem Bett ausharren musste. Er machte sich große Sorgen um seine Familie, um seine Zukunft, da die Ärzte bereits angedeutet hatten, dass er sein Bein wahrscheinlich nie wieder normal würde bewegen können. Das Häufchen Elend in diesem Krankenhausbett hatte ihr unendlich leidgetan. Also rasierte sie ihn erst einmal, mochte er ihr auch tausend Mal versichern, dass das nicht nötig sei. Tatsache war einfach, dass sie bei solchen Aufgaben die besten Ideen hatte.

Auch dieses Mal war dem so. Zwar wollte sie ihm noch nichts von ihren Plänen offenbaren, denn wenn es schiefging, dann würde er umsonst hoffen, aber immerhin hatte sie eine Idee. Es durfte nicht sein, dass der Ärmste als Kollateralschaden hintenüberfallen sollte.

Sie fuhr Schnucki in seine Garage, streichelte wie immer sein Dach, verschloss von innen und ging durch den Verbindungsgang ins Haus. Sie mochte es nicht besonders, wenn es schon so früh finster war, nutzte nur nichts. Seufzend knipste sie in Flur und Küche die Lichter an. Von gestern stand noch ein Topf mit Kürbissuppe im Kühlschrank, die kam gerade recht. Sie stellte den Topf auf den Herd und schaltete selbigen an. Während sie bedächtig darin rührte, sah sie sich nachdenklich um. Je näher die dunkle Jahreszeit rückte, umso mehr wünschte sie sich in den Süden. Nur war das Wunschdenken, denn ohne die Freundinnen, ohne ihre Hobbys, ihren Sport und nun auch noch Manuela erschien ihr auch der Süden nicht ganz so erstrebenswert wie zu Franz-Josefs Zeiten.

„Des schmeckt aber a weng lätschert." Sie kippte etwas Chili in den Topf. „Schon besser!" Jetzt noch Brot getoastet, die heiße Suppe in eine bunte Keramikschüssel gekippt und dann war es an der Zeit für ein Telefonat mit Marga. Ilse setzte ich an ihre Küchentheke mit Blick in den dunklen Garten und tippte die Nummer der Freundin ein.

„Schön, ich dachte schon, du hast mich vergessen." Marga klang angespannt.

„Schmarrn, als ob ich dich vergessen würde. Jetzt hör mir zu und wunder dich nicht, wenn's ab und an ein bisserl dumpf klingt, aber ich muss nebenbei was essen. Ich war den ganzen Tag unterwegs." So ausführlich wie möglich erzählte sie Marga von dem Termin bei Fritz und den Ergebnissen, woraufhin diese sofort um einiges entspannter klang.

„Da bin ich froh. Es wäre schon eine Sauerei gewesen, wenn wir schon wieder hätten sanieren müssen. Aber es war eigentlich klar, dass da was anderes dahintersteckt."

„Richtig, aber ich hab noch einen anderen Punkt, wo wir etwas unternehmen müssen. Hilf mir bitte geistig auf die Sprünge. Ist unser Gärtner und Hausmeister im Club nicht schon letzten Winter mit der Arbeit nicht mehr nachgekommen, vom Frühling will ich gar nicht erst reden?"

„Ja, der wollte eigentlich aufhören, aber Severin hat ihn bekniet, noch zu bleiben. Klar, der kennt sich aus und kennt auch uns alle."

Ilse räusperte sich umständlich. „Ähm, ja, ich hätte da eventuell einen Lösungsvorschlag. Marian wird nie mehr auf dem Bau arbeiten können. Wir wissen aber, dass er ein fleißiger, zuverlässiger Arbeiter ist, oder?"

„Ja, schon." Marga klang recht überzeugt.

„Wenn der nach der Reha bei uns im Club anfängt, vorerst als Assistent vom Hausmeister, damit der sich nicht überfahren fühlt und er Marian einarbeiten kann, dann wär das eine schöne Lösung, also, find ich zumindest."

„Wenn Marian das kann.“

Ilse pustete auf ihre noch immer heiße Suppe und schob sich dann den Löffel in den Mund. „Kann er, sicher. Ich hab vorsichtig nachgefühlt, ob er schon mal Hausmeister war. Hat er in Rumänien mal gemacht, aber bei dem Gehalt verhungert seine Familie. Hier schaut das anders aus. Was meinst, soll ich Severin mal höflich fragen?“

Sie hörte Marga lachen. „Na, dann frag mal *höflich*. Ich unterstütz dich da gerne. Marian ist ein sehr netter Mensch.“

Ilse freute sich. „Des hod a Klass! Sehr gut. Und jetzt erzähl, wie war dein Tag?“

Während Marga berichtete, löffelte Ilse genussvoll weiter ihre Suppe und sah dabei ab und an in den Garten. Heute schien es verkehrstechnisch in ihrer Straße nicht so ruhig zu sein, wie sie es sonst gewohnt war. Zwar konnte man wegen der Mauer nicht so viel sehen, aber das Gittertor gab den Blick auf die Straße weitestgehend frei. Bildete sie sich das ein, oder fuhr immer wieder dasselbe Auto die Straße entlang? Wahrscheinlich hatte sie schon Wahnvorstellungen. Sie wischte die Schüssel mit dem letzten Stück Toast aus und steckte es sich in den Mund. Während Marga gerade von Marcus Massage schwärmte, kaute sie, weiterhin mit Blick auf die Straße. Da, schon wieder. Immer die gleiche Höhe bei den Scheinwerfern und immer, so glaubte sie zumindest, verringerte der Wagen an ihrem Tor die Geschwindigkeit. Beim fünften Mal wurde ihr mulmig zumute.

„Marga, ich glaub, da spioniert mich jemand aus oder beobachtet zumindest das Haus.“

„Wart ab, ob er nochmal kommt, und dann rufst du Manuela an, und zwar sofort. Wer weiß, was da wieder dahintersteckt. Zuerst dieses seltsame Gutachten bei mir im Haus und jetzt wirst du beobachtet. Da stimmt was nicht."

Tatsächlich kam der Wagen ein sechstes Mal, zumindest glaubte sie es, gut möglich, dass sie die ersten Male gar nicht mitbekommen hatte.

„Ruf Manuela an, jetzt gleich." Marga kannte da kein Pardon mehr.

Es war ihr einigermaßen unangenehm. „Ich kann aber nicht jedes Mal gleich die Mordkommission auf den Plan rufen. Das ist peinlich. Stell dir vor, da sucht einer nur was."

„Und dann schleicht er sechs Mal oder öfter die Straße rauf und runter? Du rufst bitte jetzt die Mordkommission an und zwar, bevor es einen Mord gibt, verstanden? Danach will ich einen Anruf oder ich komm vorbei."

„Du bleibst fein daheim. Ich ruf schon an." Sie gab sich geschlagen und wählte Manuelas Nummer.

Die war zwar gerade im Einsatz, versprach aber, sofort einen Streifenwagen zu schicken und später zu ihr zu kommen. Tatsächlich entdeckte Ilse schon wenige Minuten später das Einsatzfahrzeug der Polizei, die direkt vor ihrem Tor hielten und klingelten.

Sie ließ die beiden Beamten herein und einer durchsuchte sicherheitshalber erst einmal den Garten.

„Da draußen ist niemand, Frau von Karburg, also, im Garten. Allerdings hatten sie mit dem Auto wohl recht. Als wir in die Straße eingebogen sind, hat kurz vor uns ein dunkler Geländewagen gewendet und fuhr soeben wieder in Ihre Straße. Er wurde ziemlich flott, als wir hinter ihm waren. Schon als wir bei Ihnen angehalten haben, ist er vorne links abgebogen." Der ältere der Beamten, der bei ihr im Haus geblieben war, musterte sie besorgt. „Frau von Karburg, alles in Ordnung? Sie sind etwas blass."

Ilse stieß prustend die Luft aus. „Na ja, ich bin an und für sich recht unempfindlich, aber das sind gerade ein paar viele Zufälle." Sie berichtete kurz von den Vorkommnissen bei Marga.

Der jüngere Polizist zuckte leicht die Schultern. „Könnte es sein, dass Sie jemandem in die Suppe gespuckt haben?"

„Heute Abend hab ich nur in meine eigene Suppe gespuckt. Kürbis, sehr lecker, leider nichts mehr übrig. Aber ansonsten könnte es tatsächlich sein, dass ich mit meiner Beharrlichkeit jemandem in die Quere kommen könnte. Ich bin mir nur nicht so ganz darüber im Klaren, wer das ist."

„Hm, also mehrere Baustellen?" Der ältere Beamte musterte sie sichtlich amüsiert.

„Ach mei, Herr Polizeiobermeister, es stimmt schon. Ich patsch in so manches Fettnäpfchen, weil ich Ungerechtigkeit auf den Tod nicht verknusen kann. Aber jetzt mal unter uns, ich bin einfach zu alt, um daran noch was zu ändern."

Jetzt lächelte der Beamte. „Ändern Sie bitte gar nichts. Eine leise Stimme in meinem Kopf sagt mir, dass Sie genauso bleiben sollten, wie Sie sind."

Da in diesem Moment auch Manuela eintraf, fühlte sich Ilse gleich um einiges besser.

Die Kommissarin erkundigte sich zuerst danach, wie es ihr ging, wandte sich dann sofort an ihre Kollegen. „Ihr habt den Wagen gesehen? Habt ihr das Kennzeichen erkennen können?"

„Ja, Frau Bauer, haben wir." Der jüngere der beiden zückte sein Diensthandy. „Wir wissen sogar, wer der Halter ist."

Manuela nickte auffordernd. „Sagt schon, wer ist es? Kennen wir ihn oder sie?"

„Wenn Sie wissen möchten, ob er Dutzende von Verwarnungen und Strafen wegen überhöhter Geschwindigkeit hat oder gerne auch auf Behindertenparkplätzen parkt, dann kennen wir ihn. Der Halter ist ein gewisser Ralf Heimbach."

„Jetzt wird's interessant." Manuela wandte sich zu ihr um. „Ilse, ab sofort weiß ich bitte immer, wo du bist. Das wird langsam unheimlich."

Sie drehte sich wortlos um und ging in Richtung Wohnzimmer. Manuelas Stimme klang etwas unsicher. „Tante Ilse, alles in Ordnung?"

„Scho, aber i brauch jetz dringend an Schnaps!"

***

Phillip hatte den Wolkenbruch kommen sehen, konnte aber rein gar nichts daran ändern. Die Wassermassen prasselten in solcher Heftigkeit auf seine Windschutzscheibe, dass selbst seine Spezialscheibenwischer fürs Gelände kaum mehr etwas nützten.

„Verdammt, muss denn das sein?" Ärgerlich drosselte er das Tempo und reihte sich ganz rechts auf der Autobahn ein. Wenn er nicht falschlag, dann kam in knapp einem Kilometer ein Rastplatz. Er beschloss, dass es kaum Sinn machte, ohne Sicht weiterzufahren. In letzter Sekunde entdeckte er die Ausfahrt und atmete erleichtert auf. Arche Noah spielen musste nicht unbedingt sein. Er reihte sich in eine längere Schlange von Autos ein, die ebenfalls abgefahren waren, fand eine freie Stelle für sein Gefährt und parkte ein. Just, als er den Motor abstellte, läutete sein Telefon.

„Öha, Punktlandung." Er sah, dass es Andreas war, und nahm das Gespräch sofort an. „Servas, is bei euch das Wetter auch so hervorragend?"

„Na gut, es regnet nur nicht so wild wie angekündigt. Soll aber noch was kommen. Ich ruf allerdings nicht an, um mit dir gehobene Konversation übers Wetter zu führen. Du kennst mich, wenn ich meine Nase einmal in einen Fall gesteckt habe, will ich alles wissen. Hör gut zu! Dein Fall von Löwenberg wird immer verworrener. Ich habe diesem Rudi Munser noch einmal gründlich auf den einbetonierten Eckzahn gefühlt. Was ich herausgefunden habe, ist wenig erfreulich. Halt dich fest, der Kerl hat, wie du schon weißt, früher mit diesem Arnold Metzger jetzt von Löwenberg gearbeitet. In dieser Zeit liefen gegen Munser mehrere Verhandlungen. Darunter waren Diebstahl, Körperverletzung, Unterschlagung und eine Frau hat ihn angezeigt, weil er angeblich ihren Mann entführt haben soll."

„Er hat was?" Das war ihm neu.

„Du hast richtig gehört. Die Frau hat bei der Polizei ausgesagt, dass Munser ihren Mann mehrmals bedroht habe. Angeblich haben Munser und der Polier der Baustelle ihren Mann dazu aufgefordert, Material von einem Baumarkt abzuholen und zur Baustelle zu bringen. Es sei alles schon bezahlt, er müsse es nur noch holen. Es hat sich am nächsten Tag bei einer Überprüfung herausgestellt, dass es nicht das Material war, das hätte verbaut werden müssen. Mindere Qualität, falsche Rohre und so weiter. Alles Billigware und nicht das teure Zeug, das im Angebot stand und das abgesegnet worden war. Bei einer genauen Prüfung hat sich herausgestellt, dass das in Summe alles in allem fast hunderttausend Euro waren. Die beiden Helden vom Bau konnten die – angeblich – bezahlten Rechnungen für das Originalmaterial vorlegen und bezichtigten den armen LKW-Fahrer, das Material vertauscht und verschoben zu haben. Nun sagte seine Frau aber aus, dass der Lieferscheine hatte, die das Gegenteil bewiesen haben. Am nächsten Abend hätte Munser bei Ihnen vor dem Haus gestanden und ihrem Mann böse gedroht, für den Fall, dass er weiterhin seine Behauptungen aufrecht hielte. Sie hat leider nicht alles gehört, was geredet wurde, was sie verstanden hat, war, dass ihr Mann nicht nur diesen Deal beweisen konnte, sondern noch diverse andere. Er sagte Munser auf den Kopf zu, dass er genug Beweise hätte, um ihn in den Knast zu schicken. Tja, und am nächsten Morgen verschwindet der Mann auf dem Weg zum Bauhof spurlos. Sei mir nicht böse, aber das stinkt zum Himmel und die Frau sieht es genauso."

Phillip trommelte den Rhythmus von *We will rock you* auf dem Lenkrad, so wie er es immer tat, wenn er angestrengt nachdachte. „Ist der Mann wiederaufgetaucht?"

„Eben nicht. Es ist einer unserer ungelösten Vermisstenfälle und wenn der Munser dahintergesteckt hat,
dann könnte er auf ewig ungelöst bleiben. Tote können
halt nicht mehr aussagen."

„Hat die Frau irgendwelche Unterlagen gefunden?"

Andreas verneinte. „Und das, obwohl sie lange gesucht hat. Sie ist sehr verzweifelt. Als kleines I-Tüpfelchen obendrauf hat von einem Tag auf den anderen ein
Mitarbeiter des Kieswerkes gekündigt, in dem ein Teil
der falschen Ware abgeholt wurde. Der Gute ist auf
Nimmerwiedersehen in Polen verschwunden."

„Shit, das heißt, man konnte nichts beweisen?" Er
hasste solche Situationen wie die Pest.

„Nichts, nada, nothing. Die beiden Herren waren aus
der Nummer raus. Und Munser hatte für den Tag des
Verschwindens des Mannes ein Alibi." Andreas'
Stimme klang ebenso angefressen, wie er sich fühlte.

„Lass mich raten. Der Polier und die ganze restliche
Baustelle?"

„Gewonnen. Aber ein winziges Häppchen hab ich da
noch. Unsere Betonleich wurde in München geblitzt.
Und das schon, ehe die Baustelle da bei deiner Tante
eingerichtet wurde. Das bedeutet, dass der nicht erst
kurz, bevor er sein Leben ausgehaucht hat, in München
war, sondern schon eine ganze Weile zuvor."

Er horchte auf. „Weiß man, ob der von Löwenberg bei
ihm war?"

„Der war eindeutig in Wien, der hat, so wie er erzählt
hat, noch ein Objekt hier fertiggestellt und abnehmen
lassen. Das haben wir überprüft. Nein, da ist er raus.
Der gute Rudi war allein in München. Und soll ich dir

was sagen? Ich würde verflucht gerne wissen, was er da wollte."

„Täusch ich mich, oder wird das immer seltsamer? Zuerst verschwindet der LKW-Fahrer spurlos, dann erwischt es den mutmaßlich Verdächtigen selber. Andi, ich könnt ja schwören, dass es da um mehr als nur diese Baustelle in Schwabing geht."

„Da sind wir schon zu zweit. Ich hab so ein Gefühl, so, als wären wir ganz knapp an was dran."

„Andi, sei so gut und schick mir die Adresse von der Frau des Vermissten rüber. Ich muss unbedingt mit ihr reden."

„Sicher. Vielleicht führt dein legendärer Spürsinn dich auf die richtige Spur."

Phillip beendete das Gespräch und starrte in den noch immer infernalischen Regen. Er sah derzeit nur lose Enden, aber er war sich vollkommen sicher, dass er die zusammenführen konnte. Es war so ein bisschen wie Puzzeln, nur am Ende wesentlich befriedigender.

***

Die Wohnung sah aus wie geleckt. Die Wände strahlten in Weiß und Apricot, so wie Toni es sich gewünscht hatte. Der Holzboden war abgeschliffen und neu lackiert worden, was Sorin ebenso gut konnte wie streichen. Die Duschkabine im Bad passte perfekt und war hervorragend abgedichtet worden.

„Das ist sehr schön geworden. Ich bin mit eurer Arbeit mehr als zufrieden." Marga sah Sorin überglücklich an. „Und eben, weil ich so zufrieden bin, möchte ich mich erkenntlich zeigen." Sie reichte Sorin einen Umschlag.

Als der ablehnen wollte, schüttelte Marga energisch den Kopf. „Kommt gar nicht infrage. Ihr nehmt das, basta. Ich weiß sehr wohl, dass euer Chef über die Hälfte von dem, was ich euch offiziell bezahle, einbehält. Dieser Raffke sollte sich schämen. Andererseits hätte ich dich oder vielmehr euch ohne ihn nie gefunden, also bin ich ihm sogar zu Dank verpflichtet. Darum nehmt ihr das Geld an und danach reden wir nicht mehr darüber. Einverstanden?" Marga drückte ihm den Umschlag in die Hand. „Noch was. Ich möchte es erfahren, falls ihr den Lohn für eure Arbeit hier nicht erhalten solltet, ja? Da bin ich nämlich sehr eigen."

Ilse lächelte wissend. „Jungs, das kann ich bestätigen. Da ist sie mehr als eigen. Aber ernsthaft, ihr habt hervorragend gearbeitet." Da sie ahnte, welche Gedanken Sorin plagten, fügte sie hinzu: „Und mach dir keine Sorgen um Marian. Um den kümmern wir uns schon, vertrau uns."

Ganz langsam und zaghaft erschien ein Lächeln auf dem gutmütigen Gesicht des Rumänen. „Wirklich? Ihr beide kümmert euch? Das ist so nett."

Ilse glitt höchst elegant von dem Barhocker, auf dem sie sich drapiert hatte. „Aber sicher, wir sind sowas von nett, wenn man auch zu uns nett ist. So wie sich das gehört. Ist eigentlich euer Boss heute auf der Baustelle?"

Sorin nickte. „Ja, Chef ist da, hat Ärger mit Fensterlieferung. Heute kamen Leute von Polizei, haben alles angeschaut. Haben auch alles aufgeschrieben. Nummern von Paletten, Aufschrift von Zementsäcke und sagen dem Chef, dass Fenster nicht richtig. Im Angebot Isolierglas, das, was auf Baustelle ist, aber wohl Normalglas."

„Ha, unser Sparfuchs. Gibt mal wieder Angebote ab und verbaut dann irgendwelchen Schund. Das ist die Inspektion von der Bauaufsicht, die Fritz angeordnet hat. Da bin ich mal gespannt, was noch alles rauskommt." Ilse rümpfte anklagend die Nase. „Und Manuela ist mindestens genauso neugierig."

Marga verzog beinahe schon schmerzvoll das Gesicht. „Darf ich mir etwas wünschen? Keine weiteren Katastrophen, keine weiteren Probleme, nur einfach einmal Ruhe. Ist das zu viel verlangt?"

***

Phillip saß seit ein paar Minuten in einer dieser Küchen, die tatsächlich genutzt wurden und bei denen man nicht so sehr auf Ästhetik geachtet hatte. Ein Tisch mit bunter Plastikdecke darüber, ein riesiger Gasherd mit Töpfen darauf, ein Backofen, in dem auch jetzt eine Auflaufform stand und aus dem es sehr appetitanregend duftete. Marina Kiefer stand bleich und eindeutig ängstlich neben der Küchentür. Im hellen Neonlicht wirkte ihre blasse Haut beinahe durchsichtig. Phillip mochte sich gar nicht vorstellen, was die Frau in der vergangenen Zeit alles mitgemacht hatte.

Leise bat er sie, sich zu ihm an den Tisch zu setzen. „Frau Kiefer, Sie müssen vor mir keine Angst haben. Ich will Ihnen nichts Böses, bitte vertrauen Sie mir."

Die Frau im blauen Blümchenkleid mit umgebundener Schürze strich sich in einer unsicheren Geste eine der blonden Strähnen zurück, die sich aus einem Knoten am Hinterkopf gelöst hatten. „Das würde ich gerne, es ist halt recht schwer für mich. Ich kann schon lang Freund nicht mehr von Feind unterscheiden."

„Ich bin der Erstere, glauben Sie mir. Mir liegt daran, Ihnen zu helfen. Bitte setzen Sie sich, Sie machen mir Sorgen, Sie sehen so müde aus."

Sie zog eine traurige Grimasse und musterte ihn aus ihren hellblauen Augen, die so ernst und desillusioniert dreinblickten, dass es ihm fast schon weh tat. „Ich sehe nicht nur so aus. Seit dem Verschwinden meines Johann ist unsere Welt zusammengebrochen, meine und die der Kinder. Was glauben Sie denn, was hier alles abläuft?"

„Sagen Sie es mir, nur dann kann ich Ihnen vielleicht helfen."

Endlich setzte sie sich und stieß einen lauten Seufzer aus. „Ach, mein Gott, wie wollen Sie mir denn helfen? Wollen Sie ihn mir wiederbringen? Schön wär's ja, aber vertrauen Sie mir, an Märchen glaub ich schon lang nicht mehr."

Er nahm eine entspannte Haltung ein und lächelte. „Mit Märchen hab ich in meinem Job so meine Erfahrungen. Darum erzählen Sie mir bitte, an was Sie sich noch erinnern, ehe Ihr Mann verschwunden ist."

Sie musterte ihn eindeutig misstrauisch, nickte dann jedoch. „Gut. Er war, das wissen Sie sicher, von Herrn Rudolf Munser verdächtigt worden, mangelhaftes Baumaterial angeliefert zu haben. Angeblich hätte er Billigware eingekauft und den Restbetrag in seine Tasche gesteckt. Niemals würde mein Mann so etwas tun, hören Sie? Niemals! Er ist immer so genau und grundehrlich. Im Gegenteil, er hat auf der Baustelle schon länger beobachtet, dass dort gemauschelt wurde. So gut wie nichts war so wie im Plan vorgesehen. An jeder Ecke wurde am Material gespart. Johann hat mir erzählt, dass das gefährlich werden dürfte, weil einiges davon schon als Pfusch am Bau bezeichnet werden könnte. Er hat angefangen, das alles aufzuschreiben. Ordentlich in einem großen Heft hat er zusammengeschrieben, was alles falsch war. Als der Munser mit seinen falschen Beschuldigungen ankam, war er vorbereitet. Er muss irgendwas Falsches gesagt haben, muss den Munser mit der Nase drauf gestoßen haben, dass er ihn auffliegen lassen kann. Er hat sein Herz immer auf der Zunge gehabt, wissen Sie. Johann hätt es wissen müssen, dass das gefährlich ist. Mit Rudolf Munser spaßt man nicht, der hat keine Skrupel."

Sie begann, leise zu weinen, und Phillip rutschte etwas nach vorn, legte seine Hand auf die ihre und drückte sie sanft. „Ganz ruhig, Frau Kiefer. Wie gesagt, ich möchte Sie nicht aufregen, ich möcht Ihnen helfen."

Sie atmete tief ein, zog ihre Hand langsam zurück und wischte sich die Tränen aus den Augen. „Das glaub ich Ihnen sogar, Sie haben sowas Ehrliches an sich."

Phillip grinste. „Danke dafür, wenn ich das nicht hätt, dann wär ich in meinem Job fehl am Platz."

Endlich konnte er ihr ein winziges Lächeln entlocken. „Da haben Sie recht.

Er nickte nachdrücklich. „Das hoffe ich doch. Aber zurück zu Ihrer letzten Bemerkung. War es denn nicht so, dass dieser Rudi Munser nur der Handlanger von Arnold von Löwenberg war? Ich weiß gar nicht, ober er damals nicht noch Metzger geheißen hat. Der war aber doch wohl derjenige, der die Entscheidungen getroffen hat."

Margit Kiefer sah sichtlich erstaunt zu ihm herüber. „Da liegen Sie falsch, Herr Vancura. Ja, der von Löwenberg ist der Chef von dem Ganzen und der hat auch das Geld im Hintergrund. Der holt mit seinem wohlklingenden Namen auch die Geschäfte an Land. Aber Munser war der derjenige, der das Wort geführt hat. Der hatte die Arbeiter fest an der Kandare, das dürfen Sie mir glauben. Verletzungen oder Krankheiten wurden bestraft. Da musste schon mal einer mit einer gebrochenen Hand arbeiten, weil Munser ihn sonst rausgeworfen hätte. Johann hatte einen recht passablen Vertrag, bei den LKW-Fahrern waren sie ein bisschen vorsichtiger. Aber auch da wurden keine Überstunden bezahlt, auch da wurde gnadenlos ausgenutzt. Nach außen hin alles sauber, aber nach innen hat Munser die Arbeiter wie Sklaven behandelt. Glauben Sie mir, der hat viel Geld an seinem Chef vorbei geschmuggelt. Und der hat die Leut schon nach Strich und Faden beschissen, aber der Munser hat da heimlich noch draufgelegt." Sie seufzte und musste sich sichtlich beruhigen. „Ja, und das alles hätte mein Johann beweisen können."

Phillip knirschte mit den Fingerknöcheln, was er ab und an unbewusst tat, wenn er wütend war. „Sind Sie sicher, dass Ihr Mann gegenüber Munser oder von Löwenberg etwas angedeutet hat? Wenn ja, was alles?"

„Meine Güte, Herr Vancura, woher soll ich das wissen? Zuletzt hat sich das alles zugespitzt. Ich war auf der Baustelle nicht dabei. Aber eins weiß ich: Der von Löwenberg war da nicht mit drin. Der ist zwar ein geldgieriger Emporkömmling und fühlt sich eindeutig zu Höherem geboren, aber wenn's dreckig wurde, dann war das der Munser. Ich mag den Löwenberg nicht, aber da, denk ich, hat er nichts damit zu tun. Munser, ja, das ist ein Verbrecher und zwar einer von der üblen Sorte." Sie stockte. „Halt, er *war* einer von der üblen Sorte. Herr Vancura, was mach ich denn jetzt? Ich könnt es beschwören, dass der Munser seine Finger im Spiel hatte, als mein Mann verschwunden ist. Was ich mir seither alles hab anhören müssen. Von wegen, der Johann hätte sich mit seiner Geliebten und dem Geld, das er unterschlagen hat, abgesetzt. Das ist Wahnsinn, das würde mein Mann niemals tun. Er würde nie seine Kinder im Stich lassen. Und mich auch nicht, wir sind ... wir *waren* glücklich verheiratet."

Phillip schluckte schwer. Die Frau tat ihm unsagbar leid. „Wie viele Kinder haben Sie denn?"

Marina Kiefer schniefte leise. „Drei. Zwei Jungs ein Mädchen und die Kleine ist grad mal zwei Jahre alt. Was soll ich denen denn sagen, wo ihr Papa ist?"

Erneut griff Phillip, ganz automatisch, nach der Hand der Frau. „Den Älteren so schnell als möglich die Wahrheit." Er beugte sich etwas nach vorn, um ihr in die Augen sehen zu können. „Und diese Wahrheit kennen wir alle, wenn wir ehrlich sind. Auch ich glaube keine Sekunde, dass Ihr Mann sich abgesetzt hat."

Sie nickte unter Tränen. „Sagen Sie das mal den Behörden. Die weigern sich, mir die Hinterbliebenen-Pension zu zahlen. Weil er ja *bloß verschwunden* ist. Ich steh vor dem Nichts."

Er stutzte. „Wie jetzt? Wovon leben Sie denn im Augenblick, um Himmels Willen?"

„Von meinem Ersparten und von den zweitausend Euro, die mir der von Löwenberg zusätzlich zu Johanns letztem Lohn gegeben hat, weil ich ihm leidgetan hab."

„Nanu, der Löwenberg hat sich gekümmert?"

Wieder nickte sie. „Sag ich doch. Der ist ein arroganter Schnösel, also meistens, aber er ist, glaub ich, kein Verbrecher."

„Wissen Sie was? Ich geb bei uns Bescheid und erzähle Ihre Geschichte. Ich verspreche Ihnen, dass wir dafür sorgen, dass Ihr Mann für tot erklärt wird und Sie so schnell wie möglich wieder ohne Angst leben können. Das kann ich zumindest tun. Den Schmerz, den kann ich Ihnen leider nicht abnehmen, auch wenn ich es gerne tät."

Als Phillip wieder in seinem Geländewagen saß und auf das kleine Häuschen zurückblickte, hätte er selbst am liebsten geheult. Ab und an waren die Welt und die Gesellschaft so ein ungerechter und nahezu beschämender Ort, dass es ihn schauderte. Marina Kiefer war nur eines der Beispiele dafür. Hier allerdings konnte und würde er helfen, komme was wolle. Er startete den Motor und fuhr zurück in die Stadt. Abgesehen von den moralischen Aspekten der Sache, hatte er einige interessante Neuigkeiten erfahren. Könnte es tatsächlich so sein, dass Arnold, Freiherr von Löwenberg hier zu Unrecht an den Pranger gestellt wurde und das nur, weil er eben so war, wie er war? Da erschloss sich ihm gerade ein dezent anderes Bild.

Gefahr im Verzug

Als es in der Abenddämmerung an ihrem Gartentor läutete, reagierte Ilse überrascht. Mit der Honig-Quark-Maske im Gesicht war sie nicht eben öffentlichkeitstauglich. Außerdem bröckelte das Zeug, sobald sie sich bewegte. Allerdings siegte die Neugier und so schlich sie in dezent abstruser Körperhaltung zur Eingangstür. Ihr „Ja, bitte, wer ist da?" klang verflixt gepresst.

„Dein Lieblingsneffe, ich könnt auch aufsperren, aber weiß ich, ob der Hausfreund gerade hier ist und ich euch in flagranti erwisch?"

„Phillip!" Vergessen war die Maske, die ihr nach diesem erfreuten Ausruf stückweise aus dem Antlitz fiel. Sofort öffnete sie ihm und Sekunden später hörte sie das Röhren seines Wagens in der Auffahrt.

Ilse schaltete die Außenbeleuchtung ein und trat vor die Tür. Phillip stieg gerade aus dem Auto und wandte sich ihr zu. Sein Gesichtsausdruck, als er sie ansah, war herrlich. Eine Mischung aus Schreck, Ratlosigkeit und Erheiterung.

„Tanterl, dein Putz bröckelt sauber. Da wird's Zeit für eine Grundsanierung."

Lachend eilte sie auf ihn zu und schloss ihn in die Arme. „Sei nicht so unverschämt und abgesehen davon freu ich mich ja gleich so, dich zu sehen."

Phillip drückte sie ebenfalls und lachte dabei.

„Was ist so komisch?" Sie trat einen Schritt zurück.

Er zupfte sich Quarkkrümel von seinem schwarzen Rollkragenpullover. „Eigentlich nichts, aber du schaust schon so ein bisserl aus, als würdest du dich auf einen Zombiewalk vorbereiten, Tante Ilse."

Sie stutzte, dann lachte sie lauthals auf. „Jessas Maria'n Josef, mein Beautytreatment hab ich total vergessen. Komm rein, ich wasch des schnell runter."

Zehn Minuten später saßen sie beide in ihrer Küche und Phillip hatte eine dampfende Tasse Tee vor sich und eines ihrer legendären Camembert-Brote. „So, Bub, und jetzt erzähl bitte, was dich herführt. Was gibt's Neues?"

Ihr Neffe umschloss den Tee-Pott mit beiden Händen. „Ah, das wärmt schön. Also, ich bin hier, weil Andreas und Stefan Markwart der Auffassung sind, dass in Sachen Baustellen-Leichen einiges im Argen liegt."

„Leichen? Mehrzahl, oder hast dich grad versprochen?"

Er schüttelte den Kopf. „Hab ich nicht. Euer Beton-Rudi ist leider nicht mehr der einzige Tote. Bei dem in Österreich gibt's zwar keine Leich, aber es ist absolut sicher, dass der Mann tot ist." Zwischendurch immer wieder in sein Sandwich beißend, berichtete er ihr so kurz und gleichzeitig informativ wie möglich vom Schicksal des verschollenen LKW-Fahrers.

Ilse fand das sehr traurig. „Oh, mein Gott. Die arme Frau, ich mag mir gar nicht vorstellen, wie sie sich fühlen muss. Allein diese schreckliche Ungewissheit. Und ihr denkt, dass der Adels-Neuling nicht der Mörder ist?"

„Du bist voller Vorurteile, Tante. Hast du nicht selbst erklärt, dass der Löwenberg am Tatort so entsetzt ausgeschaut hat, dass er dir leidgetan hat? Es stellt sich derzeit so dar, dass dieser Munser brutal und ohne Rücksicht vorgegangen ist, und zwar immer. Ja, die Zwei haben zusammengearbeitet, aber es kann sein, dass der Löwenberg zuletzt selber in die kriminellen Fänge von dem Munser gerutscht ist."

Ilse kaute nachdenklich auf einem Schokoladenkeks herum. „Denkbar wäre das. Noch dazu, weil der Munser schon länger als zuerst gedacht hier herumgelungert ist. Warum sollte er das tun? Laut Bauplänen und Verträgen taucht der nirgends auf. Das hat alles der Löwenberg unterzeichnet, oder?"

Phillip schenkte sich Tee nach und lehnte sich aufschnaufend in seinem Stuhl zurück. „Richtig. Dazu kommt noch, dass Munser sich mindestens zwei Mal mit diesem Heimbach getroffen hat. Was wir wissen müssen, das ist, was er da wollte. Und was mich noch viel mehr interessieren würde, wenn der Heimbach keinen Dreck am Stecken hat, warum meldet er sich auf das Fahndungsbild hin nicht bei der Polizei und gibt an, dass er den Toten gekannt hat?"

Ilse schluckte die Reste ihres Kekses und lächelte. „Bub, das kannst du alles morgen bei dem Kabarett-Abend im Isartal-Brettl erfahren. Also, zumindest einen Teil. Fritz Meinert hat zusammen mit unserem Mädel Neuigkeiten ausgegraben."

„Was für ein Abend? Ich bin saumüde und kann mit kryptischen Ankündigungen grad wenig anfangen, Lieblingstante."

„Wir treffen uns morgen alle, also Fritz, Manuela, Herr Marquart, ich und jetzt eben auch du, zu einem exklusiven Abend mit neuen, vielversprechenden Kabarettisten. Wir brauchen dringend Nachwuchs, der sich traut, frech zu sein und den Mund aufzumachen. Der alte Münchner Oberbürgermeister führt durchs Programm. Bei der Gelegenheit möchten Fritz und Manuela die aktuelle Sachlage erzählen.“

„Seit wann macht man sowas bei einem launigen Beisammensein und nicht mehr in der Dienststelle?“ Da brach offenbar glatt der Polizist in ihm durch.

Ilse musterte ihn mit hochgezogenen Augenbrauen. „Des wirst dann schon erfahren und jetzt iss dein Brot auf, trink deinen Tee aus und geh duschen. Wenn du müd bist, wirst du so dermaßen grantig, dass alles zu spät ist. Immer noch der kleine Bub.“

„Tante Ilse!“

Sie lächelte und tätschelte ihm nachsichtig die Wange. „Weil's wahr ist, los, schleich di!“

***

So ein Einsatz in München hatte viele positive Seiten. Eine davon war, in der gemütlichen Bank des Bauerntheaters zu sitzen, eine Johannisbeerschorle vor und Manuela neben sich zu haben. Abgesehen davon hatte auch der Herbstsalat mit Huhn verflixt gut geschmeckt. Jetzt jedoch, eine halbe Stunde vor Beginn der Veranstaltung, war das Gesprächsthema ernst.

„Ich dachte, ich sehe einen Geist, als urplötzlich der Löwenberg vor mir steht.“ Manuela schüttelte, noch immer ungläubig, den Kopf. „Er kam unangemeldet und fragte bei den Kollegen unten nach mir. Natürlich hab ich ihn zu mir rauf geholt. Leute, ihr glaubt es nicht. Der Mann hatte laut eigener Aussage Angst vor seinem ehemaligen Kompagnon. Ich fasse mal zusammen: Löwenberg erfuhr über einen Bekannten in Rosenheim von der Ausschreibung in Schwabing, also von dem Objekt am Eisbach. Weil es interessant klang, hat er ein Angebot zusammengestellt und sich an der europaweiten Ausschreibung beteiligt. Er sagte schon im Vorfeld einmal, dass er gar nicht damit gerechnet habe, das Objekt zu bekommen. Hat er aber dann doch. Und nun wird es verworren. Während er noch in Wien seine letzte Baustelle abgeschlossen hat, war bereits sein zweiter Bautrupp in München. Eines Morgens ruft ihn sein Bauleiter an und erzählt, dass ein Fremder herumgeschnüffelt habe. Bei der Beschreibung hat Löwenberg sofort an Munser gedacht, seinen einstigen Kompagnon. Dieser habe ihn in der Vergangenheit, nachdem er die Zusammenarbeit mit ihm beendet habe, weil Munser zunehmend kriminelle Anwandlungen gezeigt hätte, mehrmals bedroht. Auch erpresst hat er ihn angeblich und das mit Dingen, von denen er noch nie etwas gehört habe. Munser wüsste leider von einer ebenso großen wie unerwarteten Erbschaft und wollte davon einen Teil abgreifen. So, jetzt kommt es: Munser rief ihn an und habe gedroht, ihn mit einem Vermisstenfall, der eigentlich keiner sei, in Verbindung zu bringen. Laut von Löwenberg hat Munser wörtlich gesagt: ‚Entweder du hilfst mir dabei, hier für immer wegzukommen, oder es wird eine Leiche gefunden und alles wird auf dich hinweisen.‘ Das, also die Leiche, auf die

Munser angespielt hat, muss der LKW-Fahrer sein, anders kann ich mir das nicht erklären und auch Löwenberg hat das von sich aus erzählt. Munser habe ihm ebenfalls damit gedroht, sein Projekt hier in München zu sabotieren. Darum sei er in aller Eile hierhergefahren, um eventuelle Katastrophen zu vermeiden. Soweit nachvollziehbar. Als dann der Unfall passierte, dachte er als erstes daran, dass sein Ex-Kompagnon etwas manipuliert hat. Tja, und dann sah er den Toten und ist furchtbar erschrocken. Er hat tatsächlich geglaubt, Munser hätte seine Drohung wahrgemacht und ihm einen Toten untergeschoben.“

Ilse nickte. „Er war weiß wie die Wand. Er hat sich tatsächlich erschrocken. Das kann ich bestätigen.“

„Hm, ja, ich hab ihn an dem Tag auch gesehen. Gesund sah er nicht eben aus.“ Manuela trank einen Schluck ihres alkoholfreien Weißbieres. „Das hat von Löwenberg mir alles erzählt, ohne dass ich nachhaken oder fragen musste. Er hatte sogar eine Erklärung dafür, dass er nicht sofort, als das Bild veröffentlicht wurde, zu uns gekommen ist. Laut seiner eigenen Aussage hat er gezögert, da er noch immer befürchtet, dass ihn ein paar Übeltaten aus der Vergangenheit dadurch einholen könnten. Letztendlich habe er sich aber dann doch dazu entschlossen, da man Munser immer irgendwie mit ihm in Verbindung würde bringen können. Ja, soweit der Text, der nun in meinem Vernehmungsprotokoll steht.“ Manuela seufzte und drehte sich zu ihm. „Was meinst du. Spontan und ehrlich?“

Phillip überlegte nur kurz. „Zwiegespalten, es klingt nachvollziehbar, ja, wir wissen sogar, dass einiges davon der Wahrheit entspricht. Außerdem ist er mit der

Aussage das Risiko eingegangen, sich selbst zu belasten. Und trotz alledem passt für mich etwas nicht. Sorry, aber ich spür, dass da mehr dahintersteckt."

Stefan Marquart, der bisher sehr ruhig und nur in Zuhörerfunktion am Gespräch beteiligt gewesen war, nickte beinahe schon grimmig. „Danke, exakt meine Worte." Er wandte sich an Fritz Meinert, der sichtlich nachdenklich zuhörte. „Herr Meinert, hat Ihre Security noch etwas gefunden? Oder haben Sie noch weiteres herausgefunden?"

Fritz sog scharf die Luft zwischen den zusammengepressten Zähnen ein. „Nichts Halbes und nichts Ganzes. Tatsächlich hat von Löwenberg auch zu Margas Keller ein Angebot eingereicht. Dieses Mal jedoch so ausgefertigt, dass er der Preisgünstigste war. Da wir beschlossen hatten abzuwarten, habe ich darauf gewartet, ob er den Zuschlag erhält und, wenn ja, von wem. Ich denke, ich muss nicht erzählen, von wem er ihn letztendlich bekommen hat, oder? Und gestern am frühen Morgen bringt eine Mitarbeiterin mir die Tageszeitung, zeigt auf eine Immobilienanzeige und fragt im Scherz, ob ich wüsste, ob Herr Heimbach auswandern wolle. Ihr könnt euch vorstellen, dass ich nicht wusste, wovon sie redet, bis ich die Annonce selbst gelesen habe. Es war zwar eine Maklerfirma, aber das Objekt kam mir sehr bekannt vor. Also habe ich meine Sekretärin anrufen lassen, um einen Termin anzufragen. Ich lag richtig und meine Mitarbeiterin, die schon mehrmals auf Partys dort gewesen ist, auch. Es ist die Villa von Heimbach hier in der Nähe von München. Und der Preis ist, ich zitiere, *verhandelbar.*"

Phillip war verwirrt. „Sagtest du nicht, dass dieser Ralf Heimbach dein ebenso ambitionierter wie karrieresüchtiger Nachfolger werden soll? Da verkauf ich doch nicht mein Haus.“

„Natürlich nicht.“ Fritz zuckte mit ratloser Miene die Schultern. „Da stimmt so Vieles nicht mehr. Denkt mal nach. Er trifft sich mehrmals mit dem ehemaligen Geschäftspartner von diesem Löwenberg, dann verfolgt er ihn mit seinem Auto, nachdem sie ein unschönes Gespräch hatten. Als Nächstes steckt Munser in einem Betongrab. Kurze Zeit später beobachtet Heimbach offensichtlich Ilses Haus in Grünwald. Wenn das alles Zufälle sind, dann bin ich Al Capone.“

Stefan lächelte. „Ich befürchte, der Name Meinert bleibt Ihnen. Wenn wir alle hier am Tisch uns bei etwas einig sind, dann, dass hinter dieser Geschichte nicht nur die Baustellen oder der arme LKW-Fahrer in Österreich stecken, ihr könnt mich für verrückt halten, aber da sind wir an etwas viel Größerem dran. Phillip, was sagst du? Lass mich jetzt nicht mit meiner Meinung allein im Regen stehen.“

Er atmete hörbar aus. „Keine Angst, Stefan, weit und breit kein Regen, ich bin da komplett bei dir. Auch Manuela hat ein verdammt mieses Bauchgefühl und darauf vertraue ich ebenso wie auf mein eigenes. Gleichzeitig sollten wir uns aber dessen bewusst sein, dass wir keinen Fehler machen dürfen. Ein winziger falscher Schachzug und wir haben das Nachsehen. Wenn der Heimbach etwas mit dem Tod von Munser zu tun hat, dann ist Gefahr im Verzug. Stellt euch vor, er bringt seine Hütte schnell an den Mann. Der nimmt das Geld und ist über alle Berge, ohne dass wir jemals die Hintergründe erfahren, denn noch können wir ihm rein gar nichts nachweisen, außer dass er ein korruptes, geldgieriges Arschloch ist."

„Da sind wir uns genauso einig, sehe ich das korrekt?" Fritz warf einen fragenden Blick in die Runde. „Wir brauchen, denke ich, so schnell wie möglich einen guten Plan." Er hob den Blick und sein Gesicht entspannte sich sichtlich. „Ihr Lieben, bitte lasst uns den entspannten Teil des Abends einleiten. Da kommt unser Moderator."

Ilse drehte sich in Richtung Bühne um. Ein Strahlen erschien auf den Zügen seiner Tante. „O mei, o mei, unser Altbürgermeister, den brauchad ma wieder. Immerhin macht der no komische Witz und de a no mit Hirn. Andere Politiker heid san selba bloß no Witzfiguren."

Phillip versuchte sich an einem tadelnden Blick, ließ es dann aber gut sein. Dummerweise hatte sie auch noch recht.

***

Das Licht der Nachmittagssonne verblasste langsam. Heute hatte es ausnahmsweise nicht geregnet, sondern es war ein sonniger, wenn auch etwas kühler Herbsttag gewesen. Ilse rührte am Herd in einem Topf mit leckerem Pichelsteiner Eintopf und schnupperte genussvoll. „Ha, das wird lecker. Und was sagst du zu meiner Idee?".

„Kommt nicht infrage. Nur über meine Leiche!" Ihr Neffe klang ausgesprochen entschlossen.

„Ach geh, jetzt stell dich nicht so an. Das ist ein guter Gedanke und, glaub mir, das könnt funktionieren und wir können herausfinden, wie die Beiden zueinanderstehen und wie der Heimbach in den Tod vom Munser passt."

Phillip lehnte sich über ihre Küchentheke und musterte sie eindringlich. „Du sagst es, Tante Ilse. Tod! Klingelt da was bei dir? Da hat irgendwer keine Hemmungen, jemanden mal flott um die Ecke zu bringen, und du willst fröhlich mitten ins Sperrfeuer marschieren? Vergiss es."

„Übertreib es nicht. Sperrfeuer. Also echt, wir sind nicht im Krieg. Wenn ich das behördlich korrekt durchziehe, dann verraten sich die beiden ja schließlich, wenn ich wirklich die Genehmigung bekommen sollte, oder?" Da es in diesem Moment klingelte, stockte sie und bedachte ihren Neffen mit einem liebevollen Blick. „Jetzt lassen wir erst einmal unser Mädel herein und dann reden wir weiter."

Sein „*Das tun wir nicht!*" ignorierte sie geflissentlich.

Manuela blickte eindeutig verunsichert von einem zum anderen. „Seid mir bitte nicht böse, aber ich versteh, ehrlich gesagt, nicht, worauf ihr hinauswollt. Was ist es, das zu gefährlich wäre?"

Phillip legte den Löffel betont langsam beiseite, mit dem er sich sein Gericht schmecken ließ. „Dann hör mal zu. Unser Verbrechensprofi hier möchte sich gerne als Zielscheibe anbieten. Onkel Franz-Josef wollte vor vielen Jahren einen Swimmingpool im Keller mit halbem Ausbau unter der Terrasse bauen lassen, weil man den Außenpool im Winter eben nicht nutzen kann. Daraufhin haben ein Statiker und einer vom

Bauamt sofort abgewunken. Das sei zu gefährlich, weil das Gelände zu abschüssig sei und der Bau eben auch große Ausschachtungen benötigt hätte. Also ein Unding, viel zu aufwändig, zu teuer und das ganze Gebäude hätte wahrscheinlich gelitten. Jetzt will meine Lieblingstante einen Antrag auf Bau eines Pools und einer Sauna einreichen, das Ganze so, dass es zur Hälfte unter dem Rasen gebaut würde und die andere Hälfte im Keller. Das ist, zumindest offiziell, nicht zu genehmigen. Danach will sie bei Herrn von Löwenberg ein paar Andeutungen machen. Wenn es also genehmigt wird und er den Zuschlag für das gefährliche Vorhaben erhält, dann kann dem Heimbach bewiesen werden, dass er kriminell ist. Er soll also in eine Falle laufen. Der Löwenberg würde gleich mitlaufen, denn der wäre ebenso fällig und dann könnten wir den Rest auf den Tisch bringen."

Ilse nickte. „So hab ich mir das vorgestellt."

„Aber so wird es nicht ablaufen, liebe Tante. Bist du narrisch? Dieser Heimbach schnüffelt jetzt schon hier herum. Ich lasse nicht zu, dass du dich da in irgendein Zielobjekt verwandelst."

Manuela zupfte mit angestrengter Miene ein Lorbeerblatt aus dem Eintopf und platzierte es behutsam am Tellerrand.

Er konnte förmlich die Denkblase über ihrem Kopf sehen. „Schatz, möchtest du mir etwas mitteilen?"

Sie schob, noch immer schweigend, das Blatt vorsichtig hin und her.

„Manuela?"

„Kennst du den Asterix-Band ‚Die Lorbeeren des Cäsar'?" Sie lächelte.

„Wovon willst du hier ablenken? Raus damit!"

„Phillip, mir ist schon bewusst, dass du das jetzt nicht gerne hörst, aber ich muss ehrlich sein." Sie blickte von ihrem Lorbeerblatt auf und sah ihm in die Augen. „Und darum muss ich sagen dürfen, dass ich Ilses Idee nicht schlecht finde."

„Halleluja, wusst ich es doch, dass du eine kluge Frau bist."

Er warf seiner Tante einen anklagenden Blick zu. „Eigentlich schon, das hier ist was anderes."

Manuela schöpfte tief Atem, ehe sie antwortete. „Darf ich fragen warum?"

„Weil es bereits zwei Tote gibt, verflixt nochmal. Seh das nur ich, dass hier keine Halbstarken unterwegs sind, die im Kiosk mal schnell einen Kaugummi klauen, sondern Kerle, die nicht davor zurückschrecken, jemanden um die Ecke zu bringen?"

Er sah, dass seine Tante antworten wollte, aber Manuela war schneller. „Stimmt, Schatz, aber einer davon, und, wenn man den Aussagen Glauben schenken darf, der Gefährlichste von allen, wurde letzte Woche von Mehmet aus einer Betonplatte geätzt. Der tut niemandem mehr etwas. Hast du nicht selbst gesagt, dass Löwenberg wahrscheinlich selbst zum Opfer von Beton Rudi wurde?"

Er musste wohl oder übel lachen. „Du bist recht boshaft, so ab und an. *Beton Rudi*, also wirklich, Manuela. Du näherst dich Ilse mehr und mehr an. Abgesehen davon, ich gehe davon aus, dass dieser Ralf Heimbach alles versuchen wird, um seine Pfründe zu sichern. Er hat sich verflucht weit aus dem Fenster gelehnt, denkst du, der rudert harmlos und freiwillig zurück, wenn er sich in die Enge getrieben fühlen würde?"

„Nicht wirklich. Soweit käme es gar nicht. Ilse reicht eine Anfrage ein, eventuell findet eine Begehung statt und das wäre es gewesen. Danach übernehmen wir. Wenn du, so wie Fritz Meinert, die Auffassung vertrittst, dass Heimbach etwas mit dem Tod von Rudi Munser zu tun hat, dann bekommen wir ihn dafür dran, das kann ich versprechen."

„Hör ihr gut zu, Bub. Kannst sicher noch was lernen." Ilses vollkommen unschuldiger Blick war anbetungswürdig und nur darum ließ er ihr die Bemerkung durchgehen.

„Falls ich zustimme, ihr habt meine Worte vernommen, *falls*, dann nur mit Verkabelung, sobald du mit einem der Helden allein bist. Und keine Überraschungen, keine Alleingänge, hab ich mich klar ausgedrückt?"

Beide nickten einhellig. „Glasklar, mein Schatz. Hab Vertrauen zu deiner Tante, sie wuppt das Ding."

„Ich wuppe, hach, was bin ich up to date. Mag noch jemand was vom Eintopf?" Das breite Grinsen seiner Tante war eine Unverschämtheit, aber er war stolz auf sie. Nur hätte er sich im Moment lieber die Zunge abgebissen, als das laut zu sagen.

Mittendrin statt nur dabei

Ilse legte den Polierlappen beiseite und musterte die Eingangstür von Margas Wohnung sehr genau. Sie hatte das Holz mit der guten alten Holz-Politur auf Hochglanz gebracht. Nun war die Wohnung fix und fertig. Marga hatte neues Keramikgeschirr gekauft und das Bett besorgt, um das ihr Sohn gebeten hatte. Im Wohnzimmer stand eine Riesencouch in warmen Rottönen, was hervorragend zu den zart apricotfarbigen Wänden passte. Sogar Vorhänge zierten die großen Fenster in Küche und Schlafzimmer. Den Rest wollten Toni und Terry selbst gestalten.

„Fertig! Und, was sagst du? Was sagst überhaupt zu den ganzen Neuigkeiten?"

Marga atmete erleichtert aus. „Die Sanierung muss also gewiss nicht durchgeführt werden? Danke dir für die Info, Ilse. Ich bin so froh. Mir hätte das nicht unbedingt das Genick gebrochen, aber ich kenne einige, die mit der aktuellen politischen Lage kämpfen und es nicht mehr so dicke haben wie zuvor. Die sind sicher sehr erleichtert. Wann darf ich es ihnen denn sagen?"

„Nächste Woche, wahrscheinlich, auf jeden Fall dann, wenn der von Löwenberg meinen Köder schluckt und meinen Pool-Ausbau durchsetzt."

„Köder." Marga schüttelte sich. „Das klingt schon wieder so unangenehm. Ehrlich, Ilse, ich teile Phillips Meinung, dass das gefährlich ist."

„Fängst du jetzt auch noch damit an? Also, wirklich, wo ist denn dein vielgepriesener Sinn fürs Abenteuer?" Ilse runzelte anklagend die Stirn.

„Der, meine Liebe, hat sich in den vergangenen Monaten etwas erschöpft. Wenn ich dir das erklären muss, weiß ich auch nicht mehr. Ilse, wirklich! Du hast keine Ahnung, wer aus der ganzen Bande denn nun tatsächlich ein Mörder ist. So wie Phillip sagt, es gibt zwei Tote. Ich hab einfach keine Lust zu erfahren, dass du der Dritte bist, kannst du das verstehen?"

„Ja, kann ich. Soweit wird es nicht kommen, da ich dauernd unter Polizeischutz stehen werde. Hab Vertrauen zu mir." Ilse strich ein letztes Mal über das warme Holz der Tür. „Abgesehen davon gibt es gute Nachrichten. Wie du weißt, habe ich mit Severin geredet, so wie ich es Sorin und vor allem Marian versprochen habe. Sobald Marian wieder auf dem Damm ist, bekommt er einen festen Vertrag im Club. Zuerst als Assistent des Hausmeisters und wenn der in einem Jahr in Rente geht, übernimmt er dessen Stelle."

„Das hättest du dir schriftlich geben lassen sollen. Ich trau keinem mehr." Marga klang zweifelnd.

„Erstens tust du Severin grad Unrecht und zweitens hab ich den Vorvertrag schon zu Marian ins Krankenhaus gebracht, damit der ihn prüfen und unterschreiben kann. Na, jetzt sagst nix mehr, oder?"

Marga schmunzelte. „Schreib dir Zwei. Der Punkt geht an dich. Ich lass mich gerne positiv überraschen."

Ilse warf einen Blick auf ihr Handy. „Oh, schon so spät. Ich muss los. Sorin hat mir verraten, dass der *Boss* heute bis gegen fünf Uhr auf der Baustelle sein wird. Ich will ihn unbedingt abfangen. Irgendwie muss ich ihm ja die Info mit meiner Bauplanung unterjubeln."

Marga machte ein trauriges Gesicht. „Und schon muss ich mir wieder Sorgen machen."

„Ach, so ein Schmarrn, Marga. Ein netter Plausch mit dem Freiherrn auf seiner Baustelle, da kann mir nichts passieren." Ilse schlüpfte in ihre rote, mit Kunstpelz gefütterte Jeansjacke. „So ein bisserl Theaterspielen kann ich dann doch noch."

„Hm, dann mach du mal. Aber du rufst mich an, sobald du daheim bist, in Ordnung?"

Seufzend nickte sie. „Ja, Mama."

***

Ilse hatte bewusst ihre schönen roten Chucks für diesen Tag gewählt. Sie passten zur Jacke und sie konnte damit auch auf der Baustelle elegant laufen, ohne auf die Nase zu fallen. Scheinbar interessiert den Baufortschritt betrachtend schlenderte sie über den Bürgersteig. Just, als sie schon fast am Ende der Baustelle angekommen war, erschien Herr von Löwenberg in einer der inzwischen immerhin wieder ordentlich gemauerten Haustüren.

Er entdeckte sie und winkte ihr sichtlich erfreut zu. „Frau von Karburg, schön Sie zu sehen. Ist in der Wohnung Ihrer Freundin alles in Ordnung? Fehlt etwas, kann ich noch irgendwie helfen?"

Sein Lächeln war dermaßen freundlich und charmant, dass sie um ein Haar ihre Mission vergessen hätte. Aber eben nur beinahe. So straffte sie ihre Schultern, zauberte ebenso ein sehr charmantes und strahlendes Lächeln auf ihre Lippen und winkte zurück. „Alles perfekt in Ordnung, Herr von Löwenberg. Wir sind Ihnen zu großem Dank verpflichtet. Die Wohnung ist tip-top geworden und Marga überglücklich. Ohne Sie hätten wir das niemals rechtzeitig geschafft."

Er kam näher und schmunzelte. „Danke für die Blumen, aber Sie sind eine Powerfrau, Sie hätten schon eine Lösung gefunden, darauf möchte ich wetten. Dann kann der Junge nun kommen. Wann ist es denn so weit?" Er war bei ihr angekommen und reichte ihr die Hand.

Ilse drückte die Rechte des Adligen und erwiderte sein Lächeln. „In zwei Wochen. Es war gar nicht so einfach, eine Firma zu finden, über die Toni seinen Container einigermaßen preisgünstig nach Deutschland schicken konnte. Sauteuer, so ein Container."

„Das ist richtig. Ich habe Gartenmöbel in Marokko bestellt. Ganz etwas Besonderes, mit Mosaik und handgefertigten Stühlen. Die Möbel waren gar nicht teuer, aber fragen Sie nicht nach den Versandkosten. Immerhin, ich hab meine Traummöbel, auch wenn's, wie Sie so schön sagten, sauteuer war. Dann haben Sie jetzt endlich Zeit, sich zurückzulehnen und so ein bisschen die letzten Herbsttage zu genießen?"

Da war es, ihr Stichwort. „Ach, Herr von Löwenberg, schön wär's. Aber daraus wird bei mir noch nichts. Wissen Sie, ich wollte mir in meinem Haus in Grünwald schon ganz lange einen schönen Innenpool einbauen lassen. Das ist immer wieder an den Behörden gescheitert. Aber dieses Mal hoffe ich auf ein zugedrücktes Auge im Amt. Wünschen Sie mir Glück."

Sein Lächeln vertiefte sich. „Selbstverständlich drücke ich Ihnen die Daumen. Man sollte sich seine Wünsche erfüllen, solange es machbar ist." Er sah kurz auf die Rolex an seinem Handgelenk. „Frau von Karburg, haben Sie noch große Pläne für heute? Ich habe noch nichts gegessen, da ich den ganzen Tag damit beschäftigt war, hier alles voranzubringen." Er hob eine Augenbraue. „Sie wissen schon, damit der Sohn Ihrer Freundin nicht mehr so viel Lärm und Unordnung ertragen muss. Aber darum bin ich auch am Verhungern. Allein essen macht keinen Spaß, darf ich Sie ins *Café Reitschule* einladen, ganz spontan und unspektakulär?"

Ilse deutete eine leichte Verbeugung an. „Sie dürfen, Freiherr zu Löwenberg."

Der lachte auf. „Ich komme mir zwar gerade ein wenig veräppelt vor, aber ich freue mich trotzdem."

***

Müde, aber zufrieden ließ sich Ilse einige Stündchen später auf ihr heimisches Sofa plumpsen und griff nach ihrem Handy. „Marga, ich bin zu Hause, ich lebe und ich habe alles verriegelt. In Ordnung?"

„Na, endlich! Wo warst du denn so lange? Du wolltest nur mit ihm reden." Marga klang erleichtert, aber auch neugierig.

„Ha, des würdest du jetzt gern wissen, oder? Ich erzähl's dir eh. Der Freiherr hat mich in die *Reitschule* zum kleinen Abendessen eingeladen. Da konnte ich nicht widerstehen. Du wirst es nicht glauben, aber er war den ganzen Abend über einfach nur nett, unterhaltsam und guter Dinge. Mir kommt es beinah schon so vor, als hätt er sich mit der Aussage bei Manuela ganz viel vom Herzen geschaufelt. Er hat erzählt vom Umbau seines Objektes in Wien, davon, dass er wieder nach neuen Aufgaben sucht und dass er so gerne ein kleines Haus auf einer griechischen Insel hätte, in dem er in nicht allzu ferner Zukunft mit seiner Frau den Winter verbringen könnt. Ich bin echt gespannt, ob er was macht und sich das Projekt mit meinem Pool sichern möchte. Ich hab beinah schon ein schlechtes Gewissen. Heute war er so aufgeräumt wie noch nie."

„Schieb dein schlechtes Gewissen ganz schnell zur Seite, meine Liebe. Wenn alles mit rechten Dingen zugeht und er tatsächlich selbst, zumindest ein wenig, Opfer ist, dann kommt er mit einem blauen Auge aus der Sache heraus. Dafür habt ihr aber den Heimbach. Danach hat er zwar keinen Helfer mehr, der ihm die teuren Objekte zuschustert, aber er kann in Ruhe seiner Wege gehen. Sieh es einfach so, in Ordnung?"

Marga war und blieb eine kluge und kompetente Frau. Auch in diesem Punkt konnte sie ihr nicht widersprechen.

***

„Ist er dir ehrlich erschienen? Komm, Tante, ich kenn dein natürliches Misstrauen und dein legendäres Bauchgefühl." Phillip stand vom Frühstückstisch auf, ging zum Kühlschrank und holte sich eine Handvoll

Kirschtomaten. „Ist in Ordnung, oder? Die großen schmecken halt leider bloß nach Wasser."

Ilse nickte. „Freilich, du weißt, dass du nicht fragen musst. Und zu deiner Bemerkung: Ja, er ist tatsächlich ehrlich erschienen. Wie gesagt, er ist mir wie befreit vorgekommen. Nachdem er bei Manuela alles erzählt hat, scheint sein Gewissen a weng leichter zu sein."

Er setzte sich wieder, kippte heiße Milch in seinen Espresso und rührte nachdenklich um. „Tut mir leid, aber ich kann ihm nicht trauen. Du kennst mich, Tante, ich kann halt Lügen regelrecht riechen. So sehr ich es auch bedauere, mich eurer ‚Pro-Freiherren-Fangemeinde' nicht anschließen zu können, aber bei mir läuten noch immer die Alarmglocken und das nicht gerade allzu leise."

„Hm, ist ja auch dein Job, also, per se misstrauisch zu sein. War ich selber ja auch. Aber du hättest ihn gestern hören sollen, ganz ein anderer, der auch über sich selber lachen konnte. Sowas ist nicht selbstverständlich."

„Dein Wort in Gottes Ohr. Trotzdem müssen wir uns demnächst den Heimbach holen. Marquart wollte noch abwarten, aber so langsam verliert er die Geduld. Nachdem sogar seine Durchlaucht auf dem Revier waren und der Herr Allesgenehmiger ja schließlich derjenige war, der mit Munser auf den Überwachungsfotos und -videos zu sehen ist, wär's langsam an der Zeit, sich zu melden. Hat er aber noch immer nicht. Ich befürchte, dass der Gute seinen Abgang plant und das in allernächster Zukunft."

Ilse nippte mit sorgenvoll gerunzelter Stirn an ihrem Earl Grey. „Glaubt ihr das ernsthaft, dass der versucht, sich abzusetzen?"

Er warf eine Kirschtomate in die Luft, fing sie geschickt mit den Lippen auf und kaute erst einmal.

„Du bist immer noch so ein Kind, echt wahr." Seine Tante musterte ihn eindeutig liebevoll.

„Es heißt nicht umsonst das Kind im Manne. Aber, ja, das fürchten wir. Mag Fritz auch etwas zaudern, aber wenn alle Aussagen hinkommen, dann war zum angenommenen Todeszeitpunkt wohl nur der gute Herr Heimbach in der Nähe unseres Opfers."

Ilse schwieg und das – für ihre Verhältnisse – sogar recht lange. „Genau da meldet sich mein Bauchgefühl. Weißt du, Bub, Korruption, die gute alte Bestechlichkeit, ist heutzutage sowas von alltäglich. Zu meiner Zeit, da hat man noch ein Flascherl guten Wein oder Schampus mitgebracht. Gern auch eine Schachtel teurer Pralinen für die Frau Gemahlin, also für mich in dem Fall. Oder man wurde zum Essen eingeladen. Des darf man heute alles nicht mehr, wobei ich fand, dass das recht nett war, vor allem der Schampus. Heute lassen sie sich dafür mit Summen ‚kaufen‘, bei denen Villen in Italien rausspringen. Komm, geh ma hoam, weil des jetza so vui bessa is, oda?" Sie goss sich aus der dicken roten Keramikkanne Tee nach und drehte die Tasse langsam in ihren Händen. „Trotzdem is ein Haus am Comer See was anderes wia a Mord. Warum soll der Munser für Heimbach eine dermaßen große Bedrohung dargestellt haben, dass der ihn mafiatauglich ums Eck bringt? Is der so deppat, dass er nicht kapiert, dass es in seinem Haus Überwachungskameras gibt?"

Da lag Ilse nicht falsch. Er gestand sich ein, dass in ihrer Annahme mehr als ein Fünkchen Wahrheit stecken könnte.

Er spießte mit seiner Gabel einen schön zurecht geschnittenen Würfel Cheddarkäse auf, steckte ihn sich in den Mund und deutete dann mit der Gabel auf Ilse. „So mag ich dich, Tante. Entwickel den Gedankengang bitte mal spontan weiter, ich horch einfach nur zu."

Sie hob sichtlich erheitert die rechte Augenbraue. „Ah, ich soll deine Arbeit machen? Wann krieg ich denn bitte das erste Gehalt von deiner Einheit? Aber ich mach's ja gerne, Glück g'habt. Ich denk mir einfach, dass der Heimbach bei allem, was er bis jetzt, vollkommen wurscht mit welchen Methoden, erreicht hat, von allen guten Geistern verlassen wäre, wenn er an seine lange Latte an Korruption und Fehlvergaben plötzlich Mord hängen würde. Des is so wia a kloana Bua, der an Kaugummi klaut und ois Nächstes die Landesbank ausraubt. Verstehst mi?"

„Menschlich vollkommen, du weißt aber genauso gut wie ich, dass Verbrechen nicht immer mit rationalem Denken einhergehen?" Verflixt, sie hatte noch immer einen sehr wachen Verstand.

„Freilich, weiß ich sogar gut. Trotzdem wär er saudumm. Wer sich so ein Vermögen zusammenrafft, der mag skrupellos sein, aber er ist ned blöd."

„Nein, das ist er sicher nicht. Gut, dann schauen wir einfach mal, was bei allem, was wir angestoßen haben, rauskommt. Gestern hat die Verwaltung von dem Haus mit Margas Wohnung in Zusammenarbeit mit der Polizei eine einstweilige Verfügung gegen die Sanierungsarbeiten ‚erwirkt'. Damit kommt weder bei Heimbach noch bei deinem Freiherrn ein Verdacht auf, dass Marga oder gar du dahinerstecken könnten. Die Verwaltung spricht für alle und es ist schließlich auch ihre

Aufgabe. Richtig interessant wird's demnächst, wenn die Anwaltskanzlei in Hamburg laut Gerichtsbeschluss ihren Mandanten nennen muss, will sagen, den neuen Besitzer des Nachbarhauses."

Ilse nickte mit grimmigem Blick. „Den mit den charmanten Entmietungs-Methoden? Da sind wir alle gespannt."

Phillip trank den letzten Schluck seines Kaffees aus und schob die Tasse von sich. „So, danke für das sauleckere Frühstück. Ich bespreche jetzt mit Manuela und Stefan, wie wir uns den Heimbach am besten holen. Wie schaut dein Tag aus?"

„Heute erst einmal zu Marian ins Krankenhaus und den unterschriebenen neuen Arbeitsvertrag abholen. Ihm geht's viel besser und seit er weiß, dass er nicht als Invalide auf der Straße steht, erholt er sich gleich noch einmal besser. Danach bei Fritz nachfragen, ob mein Antrag auf Keller- beziehungsweise Poolausbau eingegangen ist. Ich hab das bei Löwenberg sehr elegant einfließen lassen. Bin sehr neugierig, ob sich da was tut. Fritz hat grob über den Daumen gepeilt zweihundert- bis dreihunderttausend Euro angesetzt. Schau'n wir mal, ob das unserem Baulöwen nicht zu wenig ist."

Er lachte. „Abwarten, vielleicht soll das noch ein Abschiedsgeschenk an Löwenberg werden. Wenn Heimbach tatsächlich hier in Deutschland die Segel streichen will, könnt das schon sein. Erst einmal müsst der Antrag genehmigt werden und dann könnt der Löwenberg sein Angebot abgeben."

„Mensch, Phillip. Die vereinfachen das, so wie ich das sehe, radikal. Antrag wird eingereicht, irrsinnig schnell durchgewunken und ehe man es sich versieht, liegt

schon das Angebot zur Ausschreibung von Löwenberg
vor. Ganz ehrlich, bei dem Objekt Am Eisbach war rein
gar nichts stimmig. Das kapier sogar ich alte Schachtel."

„Da bin ich aber froh. Ich dacht schon, du lässt langsam nach." Er duckte sich in letzter Sekunde sehr geschickt unter der Mandarine durch, die seine Tante
verflixt schnell und treffsicher nach ihm warf.

***

Ilse war rundum zufrieden. Andere glücklich zu machen, war etwas, das ihr viel gab. Marians Strahlen, als
sie den von ihm unterschriebenen Vertrag abholte,
machte diesen Tag herrlich hell.

„Frau Ilse, ich bin so dankbar. Herr Felsner hat angerufen und wir besprechen alles am Telefon. Die Bezah-
lung ist so gut und die Arbeit ist schön. Keine Baustellen mehr, kein Polier, der schreit."

Sie hatte mütterlich seine Hand getätschelt. „Wenn
im Club einer schreit, dann ich, wenn ich einen Ball ver-
schlage. Der alte Hausmeister ist ein Netter und der
Chef hat sich richtig gut gemausert. Du wirst dich wohl-
fühlen, versprochen."

Jetzt war sie auf dem Weg zu ihrem Auto, um sich mit
Marga zum Nachmittagstee zu treffen. Sie hatte ihr
Handy so leise gestellt, dass sie es kaum hörte. Gerade
noch erwischte sie den geduldigen Anrufer.

„Fritz, dich wollte ich demnächst eh anrufen. Gibt's
was Neues?"

„Kann man so sagen", schallte es aus dem Lautsprecher. „Dein Antrag ist da. Er liegt bei Ralf Heimbach, obwohl das eigentlich nicht sein Gebiet ist. Ich bin einigermaßen fassungslos. Lass uns Wetten abschließen. Ich wette, dass du noch diese Woche einen genehmigten Bauantrag hast."

„Ich schätze, da könnt ich nur verlieren, richtig? Aber wenn der genehmigt wird, wie sorge ich dann unauffällig dafür, dass der Freiherr das erfährt?"

Fritz kicherte fröhlich. „Magst du nochmal wetten, liebe Lady? Du wirst für gar nichts sorgen müssen. Ich verspreche dir, dass wie durch Zauberei ein gewisser Bauunternehmer von dem Bauvorhaben Kenntnis erlangt und sich mit dir in Verbindung setzt."

„Da bin ich neugierig. Die Genehmigung wäre gänzlich verantwortungslos, das wissen wir beide. Wenn das alles so kommt, dann können sich Manuela und Phillip deinen Kollegen holen und ich knöpf mir den Freiherrn vor." Sie war sehr zufrieden, das sah positiv aus.

Fritz klang dezent zögerlicher. „Richtig, aber ich darf dich daran erinnern, was Phillip ausdrücklich zur Bedingung gemacht hat? Keine Alleingänge, nichts Unangekündigtes."

Sie lächelte höchst unschuldig ihr Handy an. „Ich? Als ob ich jemals so etwas tun würd."

***

„Manuela, nur zur Sicherheit. Hat sich Heimbach mittlerweile auf dem Revier gemeldet?" Stefan Marquart stand im Türrahmen der kleinen Cafeteria im

Präsidium und als er Phillip sah, grinste er. „Oh, Verzeihung, ich wollte euer tête-á-tête nicht stören."

Manuela seufzte laut. „Leute, muss das sein? Hier wird gearbeitet, hier stört niemand."

„Hörst du, Stefan, eine Frau mit Disziplin, die es versteht, Prioritäten zu setzen." Angesichts von Manuelas Gesichtsausdruck konnte er sich eben noch so das Lachen verkneifen.

„Wisst ihr was? Macht ihr doch beide, was ihr wollt. Ich muss mich hier nicht auf den Arm nehmen lassen." Sie klang ein klein wenig angesäuert, aber nur ein wenig.

„Ich nehm dich eh lieber *in* selbigen, Frau Bauer. Aber zu Stefans Frage, willst du?" Phillip lächelte seine Freundin herausfordernd an.

„Ja, ich will. So, und jetzt bitte wieder ernst werden. Nein, bis vor einer Stunde kein Wort von diesem Heimbach. Mit der Ausrede, er habe nichts gewusst oder gesehen, kommt er inzwischen nicht mehr durch. Mittlerweile dürfte jedes Kind das Bild des ‚unbekannten Toten von der Baustelle' kennen. Nur zur Sicherheit habe ich mich vorhin auf die Anzeige zu seinem Haus, ach, was sag ich denn, zu seiner Villa gemeldet. Sie ist noch verfügbar, hat jedoch schon mehrere Interessenten. Ich sag's doch, hier in München kannst du jeden Hühnerstall verkaufen und wenn's dann noch so ein Anwesen ist, dann findet das rasch Käufer. Wir sollten ihn uns langsam holen, ehe er sich vielleicht doch noch absetzt."

Stefan schüttelte den Kopf. „Daran glaube ich nicht. Wenn er in der Richtung auch nur gedacht hätte, dann wäre er schon längst über alle Berge. Stell dir vor, er hat

Munser tatsächlich, sagen wir mal, im Affekt umgebracht. Der Mann hätte Panik bekommen und ganz sicher eine übereilte Entscheidung getroffen."

Manuela lehnte sich gegen den Tresen, hinter dem gerade eine Kaffeemaschine auffauchte, woraufhin der Duft von frisch gebrühtem Kaffee den kleinen Raum erfüllte. „Du meinst so etwas wie den plötzlichen Verkauf seines Hauses, oder so."

Stefan schmunzelte. „Nicht ganz, aber so was in der Richtung."

„Wie auch immer", schaltete er sich wieder in das Gespräch ein, „der Mann hat nun wahrlich lang Zeit gehabt, um in sich zu gehen und sich zu melden. Hat er aber nicht. Fazit ist für mich, dass er auf jeden Fall etwas zu verbergen hat. Selbst wenn das nicht gleich ein Mord sein muss, ist es sicher mehr als ein geklauter Radiergummi. Außerdem will ich endlich wissen, warum er am späten Abend vor dem Haus meiner Tante spazieren fährt."

Stefan warf Manuela einen fragenden Blick zu, die nickte nachdrücklich. „Sehe ich ebenso. Sollen wir, meine Herren?"

***

„Liebe Frau von Karburg, bitte entschuldigen Sie, störe ich sehr?" Der Freiherr klang noch immer so freundlich und herzlich wie bei ihrem gemeinsamen frühen Abendessen.

Ilse legte den Wischmopp zur Seite, mit dem sie gerade den Steinboden im Flur auf Hochglanz brachte, um besser telefonieren zu können. „Sie stören mich überhaupt nicht. Was gibt's denn?"

„Mein heutiger Abendtermin ist soeben geplatzt. Es ist kein Verlass mehr auf die Leute, ehrlich. Darum nehme ich mir die Freiheit zu fragen, ob Sie Lust hätten, mich ins *Waldschlössl* zu begleiten. Der Tisch ist seit Tagen reserviert und ich weiß nicht, ob Sie wissen, wie schwer es ist, da überhaupt einen Platz zu bekommen. Ich möchte betonen, dass Sie mir die weitaus liebere Begleitung sind, als es mein Geschäftspartner gewesen wäre."

Oha, das *Waldschlössl* war ein höchst exklusives Restaurant mit zwei sehr niedlichen Michelin-Sternen. Es war ewig her, dass sie in dem Laden gegessen hatte. Mochte das Essen auch vom Feinsten sein, so sah sie es einfach nicht ein, allein für ein elegantes Vorspeisentellerchen bereits exorbitante Preise zu bezahlen. Da hier aber der gut betuchte Baulöwe einlud, war das verlockend.

„Wann wäre denn Ihre Reservierung, Herr von Löwenberg?"

„Heute um neunzehn Uhr, gnädige Frau. Es wäre mir eine Freude. Das Leben besteht schließlich aus mehr als nur Arbeit, nicht wahr? Darf ich Sie abholen?"

Jetzt hatte er sie. Verdammt aber auch, der Neuadlige mochte ja alles Mögliche sein, aber er war offenbar tatsächlich auch Kavalier alter Schule. Sie warf einen Blick auf die Uhr. Da blieben ihr drei Stunden für die Restaurierung, das genügte.

„Wissen Sie was, ein spontanes *,Ja, sehr gerne'*, aber Sie müssen mich nicht abholen, das ist nur zwei Straßen weiter. Ich lauf gerne."

„Sehr schön, ich hätte den Abend ungern abgesagt. Ich freue mich. Dann sehen wir uns um neunzehn Uhr vor dem Lokal."

***

„Weiß man, wo er sein könnte?" Phillip musterte die junge Frau, die ihm mit trotziger Miene gegenüberstand, eingehend.

„Sie hätten sich eben einen Termin geben lassen sollen, dann wäre Herr Heimbach auch anwesend."

Autsch, auf diesen Ton stand er überhaupt nicht.

„Junge Frau, wir brauchen keinen Termin." Stefan schien seine Meinung zu teilen, denn dessen Stimme klang sehr genervt. „Unsere Termine garantiert uns die Marke, die wir Ihnen gerade unter die Nase gehalten haben und die Sie eingehend überprüft haben. Ich hoffe für Sie, dass Sie zu dem Schluss gelangt sind, dass unsere Marken und Ausweise keine Faschingsausrüstung sind. Also, noch einmal, wo ist Ihr Chef Ralf Heimbach?"

Die junge Sekretärin reckte in einer arroganten Geste ihr spitzes Kinn in die Höhe. „Er hat einen privaten und vertraulichen Termin. Es ist mir untersagt, ihn zu stören. Er wird heute auch nicht mehr in sein Büro kommen und für morgen durfte ich noch keine Termine vereinbaren. Herr Heimbach ist ein vielbeschäftigter Mann."

Stefan lachte böse auf. „Allerdings, davon gehen wir aus. Sie wissen tatsächlich nicht, wo er sich herumtreibt? Und ich würde mir an Ihrer Stelle die Antwort sehr gut überlegen, es könnte sein, dass Sie diese Antwort später beeiden müssen."

Die nahezu überbordende Selbstsicherheit der Frau schien langsam zu bröckeln. „Nein, ich weiß es tatsächlich nicht. Er hat einige Papierbögen in ein Kuvert gesteckt, hat noch rasch etwas abgestempelt und ist dann verschwunden. Ich weiß auch nicht, wann er wieder hier sein wird. Wie gesagt, für morgen wollte er keinen einzigen Termin."

Phillip konnte sehen, dass sie die Wahrheit sagte. Der anfänglich überheblich-arrogante Gesichtsausdruck wich zunehmend Unsicherheit. Er kannte das von zahllosen Vernehmungen. „Gut, falls sich Ihr Chef melden sollte, dann sagen Sie ihm, er möge sich umgehend bei uns auf dem Revier einfinden. Stefan, gibst du ihr bitte deine Karte, meine bringt leider wenig."

Stefan lächelte. „Ich verteil so gerne Karten. Aber zuvor noch eine Frage. Können Sie Ihren Chef nicht telefonisch erreichen? Nur angenommen, es läge ein Notfall vor, dann muss das doch machbar sein, oder irre ich mich?"

Die junge Frau verneinte kleinlaut. „Das bringt leider nichts. Ich habe es schon versucht. Seine Frau hat angerufen und war sehr ungehalten. Irgendetwas von wegen Hausverkauf. Sie hatte es mehrmals auf seinem Handy versucht, ihn aber nicht erreicht. Ich habe es ebenfalls versucht und war genauso erfolglos. Er hat sein Telefon ausgeschaltet."

Er sah zu Stefan. „Kollege, das klingt verdächtig, denkst du das Gleiche wie ich?"

Stefan nickte mit besorgter Miene. „Allerdings, wir geben auf der Stelle eine Fahndung nach Ralf Heimbach heraus.“

***

„Marga, ich fliege nicht mit ihm nach Sibirien, wir gehen zum Abendessen ins *Waldschlössl*. Ich lass mich nicht mal abholen, sag mir bitte, was daran gefährlich sein sollte.“

Das Telefon stand auf Ilses antikem Schminktisch in ihrem Schlafzimmer. Margas Stimme klang etwas dumpf, da die in deren Keller herumgeisterte. „Ich sag nicht, dass es gefährlich ist, ich sage, du sollst auf dich aufpassen. Und du gibst Phillip Bescheid, hörst du mich?“

„Oui, mon General, wird gemacht. Leute, ihr seid alle dermaßen was von ängstlich geworden. Ich würd ja nichts sagen, wenn ich mich in einer dunklen Gasse in der Innenstadt mit ihm verabredet hätt. Aber zum Dinner, also, bitte schön.“

„Ich bleib dabei. Du rufst sofort Phillip an und sagst ihm, wann du wo sein wirst. Das ist für alle eine Beruhigung. Glaub mir, liebe Lady, du hast dieses Jahr mein Nervenkostüm bereits ganz schön gedehnt.“

Ilse lachte lauthals. „Ja mei, dann muast as hoid a weng haas waschn, des Kostüm, nachad werds a wieda enga.“

„Ich mache mir einfach nur Sorgen, das werde ich noch dürfen, nicht wahr? Und nun muss ich meine alte Schatzkiste mit Erinnerungen nach oben schleppen und ein wunderschönes buntes Willkommensplakat

205

für meinen Sohn basteln. Ich freu mich so unbeschreiblich."

„Das versteh ich gut und freu mich mit dir mit. Nur damit du ruhig schlafen kannst, rufe ich jetzt Phillip an. Zufrieden?"

„Ja, da bin ich sehr froh und abgesehen davon wünsche ich dir einen schönen Abend mit dem Löwenberg." Marga klang eindeutig erleichtert. „Genieß es, das *Waldschlössl* ist kein alltägliches Lokal."

„Zum Abendessen? Du? Mit dem von Löwenberg? Heute?" Phillip klang seltsam zerstreut.

„Ja, Bub, das sagte ich gerade. Du wolltest, dass du immer weißt, wo ich bin, wenn ich was mit ihm mach. Darum ruf ich dich an."

„Das hab ich verstanden, Tante. Ich weiß bloß nicht, ob ich das so gut find. Wir haben soeben die Fahndung nach Ralf Heimbach rausgegeben. Das bedeutet für mich, dass ich jetzt noch hier auf dem Revier bin. Wenn du mich schnell brauchen würdest, könnt das schwer werden."

„Phillip, ganz im Ernst jetzt. Was denkst du, wozu ich dich bei einem Abendessen in einem Sternelokal mit dem Freiherrn brauchen könnt? Willst mich füttern oder mir die Serviette umbinden?"

Sie hörte ihn lachen. „Nicht ganz, nur so ähnlich. Aber tu mir bitte einen großen Gefallen, Tante."

„Was hättest denn gerne, Bub?"

„Etwas weniger Ironie in deiner Stimme und die Zusicherung, dass du den Löwenberg heute nicht in dein Haus lässt. Ich hab einfach ein ungutes Gefühl."

„Phillip, der steht auf Damen um die fünfundzwanzig, da bin ich alte Schachtel fein raus. Er zahlt zwar mein

Dinner, aber ich brauch keine Angst haben, dass ich nachher das Trinkgeld in Naturalien dazu geben muss. Das wird nichts als ein netter Abend mit freundlicher Konversation."

„Du bist unverbesserlich, wirklich. Aber, bitte, tu einfach, worum ich dich bitte. Ansonsten wünsch ich dir einen schönen Abend. Tu nichts Unüberlegtes." Phillip klang ernst. Nur darum riss sie sich zusammen.

„Versprochen. Ich geh brav allein nach Haus. *Ilse allein zu Haus*, so wie immer."

„Ich schau, dass ich so schnell als möglich auch bei dir bin. Gibt's morgen wieder so ein feines Frühstück?"

„Schau'n wir mal, ob ich nach dieser Nacht nicht zu erschöpft sein werde." Lächelnd beendete sie das Telefonat.

***

Die Fahndung lief, das Haus von Ralf Heimbach wurde beobachtet und in seinem Büro wusste die Security Bescheid. Sobald sein Porsche Cayenne auf der Bildfläche erscheinen sollte, würde man ihn festhalten.

„Phillip, gibt's was Neues aus Österreich? Hat sich in Sachen verschwundener LKW-Fahrer etwas getan?" Stefan lehnte sich in seinem Sessel zurück und mustert ihn fragend.

„Du meinst, ob sie seinen Leichnam gefunden haben? Nein, leider noch immer nicht. Es wäre für die arme Frau so wichtig. Immerhin ist es inzwischen so gut wie sicher, dass umgehend über die Auszahlung ihrer Hinterbliebenen-Pension verhandelt wird. Andreas ist da jetzt dahinter, wenigstens hat sie dann diese Sorge weniger."

„Mich würde schwer interessieren, was mit dem Mann geschehen ist und wer letztendlich wirklich für sein Verschwinden verantwortlich ist. Mein gedankliches Problem ist einfach, dass Rudi Munser sich nicht mehr verteidigen kann." Stefan traf den Nagel auf den Kopf.

„Umso dringender müssen wir endlich mit Heimbach reden. Ich kann dir nicht sagen warum, aber ich ahne, dass wir uns bei einigem arg wundern werden." Er und sein bescheuertes Bauchgefühl.

Stefan setzte eben zu einer Antwort an, als aus dem Nebenraum eilige Schritte erklangen. Manuela erschien im Türrahmen und hielt den Ausdruck einer E-Mail in der Hand.

„Leute, unser Gesuchter wurde geblitzt. Er ist also noch in München. Wollt ihr raten, wo er geblitzt worden ist?"

„Bitte, Manuela, klär uns auf. Aber ich hab so eine Ahnung." Phillip beugte sich in seinem Bürostuhl nach vorne. „Schwabing?"

Manuela lächelte. „Volle Punkte, Herr Vancura. An der Kreuzung Dietlindenstraße und Biedersteinerstraße, also zwei Minuten von dem Objekt am Eisbach entfernt. Ich könnte wetten, der hat sich mit unserem Österreicher getroffen."

***

„Frau von Karburg, Sie sehen wieder ausnehmend gut aus. Ich bin immer aufs Neue überrascht, wie unglaublich, ja, fast schon spielerisch Sie alles stemmen, was so auf Ihrem Weg liegt." Arnold von Löwenberg küsste sehr elegant ihre Hand, die sie ihm zur Begrüßung gereicht hatte.

„Das, lieber Herr von Löwenberg, bin ich seit meiner frühen Jugend so gewöhnt. Das Leben hat mir nie etwas geschenkt, einmal abgesehen von meinem sonnigen Gemüt. Ohne selbiges sähe mein Leben nicht immer so, sagen wir mal, erfrischend aus."

Er nickte. „Ja, das Leben ist mit Geschenken nicht immer großzügig." Löwenberg reichte ihr seinen Arm. „Wollen wir die vielgepriesenen Hallen betreten, was denken Sie?"

Ilse lächelte erfreut und hakte sich bei ihm unter. „Betreten wir, ich bin sehr neugierig. Unter dem neuen Koch war ich noch nie hier. Solange ich nicht wieder Blattgold lutschen muss, bin ich für jede kulinarische Schandtat offen."

Ihr Begleiter prustete leise. „Blattgold lutschen? Sie sind wahrlich ein Unikat. Testen wir einfach, was man so zu bieten hat."

Es wurde ein ausnehmend angenehmer Abend mit wahrlich exzellenten Speisen. Mochte Ilse sich auch fragen, warum man zu einer zwar leckeren, aber durchaus normalen Süßkartoffelsuppe mit gehackter Kresse unbedingt *Batatenschäumchen mit Kräutereinlage* sagen musste, so gab sie unumwunden zu, dass der Saibling köstlich und die Bayrisch Creme mit frischen Himbeeren und Cassissauce ein Gaumenschmaus waren. Auch die Konversation überraschte sie rundum positiv. Der Freiherr erzählte sehr offen und amüsant von diversen Jugendsünden und Abenteuerurlauben mit einer alten Moto Guzzi in der marokkanischen Wüste. Ilse lauschte seinen Ausführungen mit teils vor Staunen offenem Mund. So viel Draufgängertum im positiven Sinne hätte sie dem Kerl tatsächlich nicht zugetraut. Gab es doch immer wieder Überraschungen.

Als er nach dem Digestif seine Serviette beiseitelegte und sie fragend musterte, kam sie gar nicht erst dazu, sich zu wundern.

„Ich hoffe, ich habe Sie mit den ollen Kamellen aus meiner Jugend nicht allzu sehr gelangweilt."

Sie schüttelte stoisch den Kopf. „Aber keinesfalls, ganz im Gegenteil. Darf ich ehrlich sein? Ich hätt Ihnen so viel Abenteuerlust gar nicht zugetraut."

Von Löwenberg lächelte. „Tja, so hat ein jeder seine kleinen Geheimnisse, Geheimnisse, die ich mit Ihnen sehr gerne teile."

„Freut mich wirklich, Sie hatten eine spannende Jugend, das muss ich mal so sagen. Da kann ich mit meinen Hochseeangel-Touren, den paar Marlins und Barracudas kaum mithalten." Sie zog eine bedauernde Grimasse.

„So würde ich das nicht sagen. So eine unerschrockene Beinahe-Piratin hat durchaus ihre Vorzüge."

Nun lachten sie beide und selbst, als der beflissene Kellner die Rechnung brachte, verging dem Freiherrn das fröhliche Lachen nicht. Er beglich die Rechnung, fragte sie, ob sie noch Wünsche habe und, als sie verneinte, half er ihr, ganz Gentleman, in ihren Blazer. Als sie vor die Tür traten, wandte er sich ihr zu und räusperte sich, ehe er zum Reden ansetzte.

„Frau von Karburg, ein winziges Geständnis muss ich noch anbringen. Sie, beziehungsweise Ihr verstorbener Gatte kamen selbst aus der Branche, darum stoße ich vielleicht auf Verständnis. Ich habe so meine diversen Kontakte, so wie man es schlicht braucht, wenn man in der Baubranche erfolgreich sein möchte. Darum weiß ich von ihrem Antrag auf den Kellerausbau und auch, dass er gewiss genehmigt wird. Ich hoffe, Sie verstehen mich jetzt nicht falsch, aber ich möchte das Projekt tatsächlich gerne übernehmen. Nun bin ich schon einmal hier, meine Leute sind hier und kennen würden wir uns auch schon. Wäre es sehr vermessen, darum zu bitten, dass ich mir morgen am späten Nachmittag, wenn ich von der Baustelle wegkomme, die Gegebenheiten vor Ort ansehen dürfte? Wenn es dann um die Abgabe eines Angebotes ginge, wäre ich vorbereitet. Allerdings nur, wenn Sie das auch möchten, gnädige Frau.“

Na endlich! Da war es, das, worauf sie im Stillen gehofft hatte. Sie hätte zwar beinahe nicht mehr damit gerechnet, aber es kam zum perfekten Zeitpunkt.

„Da kann ich Sie sogar sehr gut verstehen. Es wird zunehmend schwerer in der Branche und ich gebe gerne zu, froh zu sein, heute das Ganze aus der Ferne betrachten zu dürfen. Sie können gerne bei mir vorbeikommen und sich alles anschauen. Aber sagen Sie mir bitte, wann sie kommen möchten, damit ich auch sicher zu Hause bin.“

Löwenberg runzelte nachdenklich die Stirn. „Wäre es in Ordnung, wenn ich gegen fünf Uhr komme? Sie haben gewiss eine gute Beleuchtung auf dem Grundstück.“

Ilse grinste. „Die Flutlichtanlage von der Allianz-Arena ist ein düsteres Lämpchen dagegen.“

Er erwiderte ihr Lächeln. „Seltsam, warum habe ich das nur geahnt? Dann sehen wir uns morgen Nachmittag.“ Er blickte sich suchend um.

Im Licht der Straßenlaternen tanzten zahllose Motten und Nachtfalter. Es hatte, während sie im Lokal waren, offenbar ein weiteres Mal leicht geregnet, denn die Straße glänzte noch immer nass.

„Ich weiß, dass Sie gerne zu Fuß gehen, aber jetzt, zu dieser späten Stunde, wäre es unverantwortlich, Sie mutterseelenallein durch die Nacht laufen zu lassen. Entweder darf ich Sie bis zu Ihrem Tor begleiten oder ich nehme Sie in meinem Wagen mit. Bitte.“

Er kam ihr nicht vor wie *Jack the Ripper* aus Oberbayern und so nickte Ilse. „Wenn Sie dann besser schlafen können, gerne. Dann wissen Sie morgen auch ohne Navi gleich, wohin Sie müssen.“

***

„Du hast dich von ihm heimbringen lassen? Ich weiß nicht, ob ich das gut finde.“ Phillip wirkte besorgter, als sie ihn kannte.

„Bub, jetzt ganz im Ernst. Du warst schon im Haus, wäre er reingekommen, dann hätt er mir wohl kaum den Hals umdrehen können, oder?“

Ihr Neffe ging zum Kühlschrank, holte sich die kalte Milch heraus und goss sich ein großes Glas ein. „Tante, das ist mir schon klar, aber ich trau einfach diesem Löwenberg nicht. Mag sein, dass er mit seinem *Wiener Schmäh* alle um den Finger wickelt ...“

Sie musste nun leider lachen. „Des sagt der Richtige, bei dir hängen die Frauen ja schon mit Schmachtblick an deinen Lippen, wenn du nur *Oida* sagst. Also, verurteil den Löwenberg halt nicht so komplett rundheraus."

Phillip versuchte eindeutig, ernst zu bleiben, schmunzelte dann aber doch. „Ja, stimmt schon, aber das ist was anderes. Tante Ilse, ich will hoffen, dass meine Spezialausbildung nicht für die Katz war. Es ist nun einmal so, dass ich es riechen kann, wenn was nicht stimmig ist. Und, so leid mir das tut, hier passt etwas nicht. Mir fehlt ein verflixtes Puzzleteil, dann sähe ich klarer."

„Trink deine Milch und iss einen Schokoladenkeks, das hat dir früher auch immer geholfen."

„Ja, Lieblingstante, beim Einschlafen! Aber nicht dabei, einen Mordfall zu lösen ... Abgesehen davon, wo sind eigentlich die Schokoladenkekse?"

Wenn's mal wieder anders kommt

Es war schon Mittag, als auf dem Revier der mit Spannung erwartete Anruf einging.

Manuela atmete sichtlich auf und drehte sich zu ihnen um. „Stefan, Phillip, sie haben ihn. Er war angeblich *nur* unterwegs zu seiner Berghütte in Tirol, angeblich wegen eines Wasserschadens."

„Und wenn das stimmt?" Stefan wirkte unentschlossen.

„Wenn er vernünftig erklären kann, was er am Grenzübergang nach Frankreich will, wenn er Richtung Tirol fährt?" Manuela grinste.

„Das ändert die Sachlage. Was ein Knallkopp. Bringen sie ihn her?" Stefan warf ihr einen nachdenklichen Blick zu. „Wir sollten sehr schnell mit ihm reden."

Sie nickte. „Die Kollegen haben sein Auto beschlagnahmt und sind mit ihm bereits auf dem Weg."

Das hörte Phillip gern. „Das passt perfekt, denn wenn der Löwenberg heute Nachmittag bei meiner Tante aufläuft, können wir ihn schon mit den ersten Aussageergebnissen konfrontieren."

„Kann ja sein, dass ich was durcheinanderbringe, aber wollten wir deine Tante nicht verkabeln? So dass wir alles gleich auf Band haben, mit Zeugen und so?", fragte Stefan.

„Ja, Stefan, schon richtig, aber sie zaudert. Sie befürchtet, dass sie sich verraten könnte. Da hat sie nicht Unrecht. Sie ist so eine durch und durch ehrliche Haut, dass sie wahrscheinlich das Mikro zurechtrückt oder sowas in der Richtung." Phillip teilte Stefans Auffassung, kannte aber auch Tante Ilse.

Es war Manuela, die den perfekten Geistesblitz hatte. „Moment mal, Phillip, du hast ihr vor kurzem erst diese Super-Multifunktions-Uhr geschenkt. Wenn sie die aktiviert, dann kannst du ihre Stimme hören und wir können mithorchen. Die Uhr ist unauffällig und funktioniert hervorragend, das weiß ich von deinem Unfall bei unserer Mountainbike-Tour. Sogar auf dem Berg konnte ich die Rettungsmannschaft kontaktieren."

Er verzog schmerzvoll das Gesicht. „Erinner mich bitte nicht. Das tut noch weh, wenn ich bloß dran denk. Aber du hast natürlich, wie immer, recht. Die Uhr ist die Lösung. Was täten wir ohne dich?"

Manuela warf zuerst ihm und dann Stefan, der mit breitem Grinsen in seinem Bürosessel verharrte, einen vorwurfsvollen Blick zu. „Den leicht ironischen Unterton überhör ich einfach einmal. Nur zu eurer Information, ihr wärt vollkommen aufgeschmissen. Das wollte ich nur mal am Rande erwähnt haben."

Phillip stellte seine Kaffeetasse auf den Schreibtisch, stand auf und nahm sie kurzerhand in den Arm. „Die Ironie wurde mir in die Wiege gelegt, beschwer dich bei meinen Erzeugern. Und nun rufe ich Ilse an und erkläre ihr, was sie tun muss."

„Ähm, Phillip, ab wann wollte der Löwenberg da sein?" Stefan war eindeutig nachdenklich.

„Laut Ilse gegen fünf Uhr, also in vier Stunden."

Stefan verzog den Mund und tippte mit dem Bleistift, mit dem er symmetrische Kreise auf seinen Notizblock malte, auf die Tischplatte. „Sag ihr bitte, sie soll die Uhr schon um halb fünf aktivieren. Lieber hören wir deiner Tante beim Radiohören zu, als dass wir etwas verpassen."

„Gern, wenn du auf die Beach Boys und Roy Orbison stehst."

Stefan verzog keine Miene. „Da gibt's wesentlich Schlimmeres."

Eine halbe Stunde später kam der Anruf von den Kollegen.

„Leute, sie sind da. Unser rühriger Antragsgenehmiger sitzt in Verhörraum Drei." Manuela blickte sie der Reihe nach an. „Da ich am Fundort der Leiche war und Phillip die ganzen Informationen aus Österreich rangeschafft hat, wie sollen wir es machen?"

Stefan erhob sich, griff sich besagten Notizblock und machte eine auffordernde Handbewegung. „Ganz genau so, du und Phillip, ihr geht rein und ich schau mal wieder durch die Wand."

Phillip legte ihm die Rechte auf die Schulter. „Hat doch was, der geheimnisvolle dritte Mann."

Ralf Heimbach war blass und sichtlich nervös. Phillip entging der leichte Schweißfilm auf dessen Stirn ebenso wenig wie das nervöse Zucken des rechten Augenlids. Der Mann stand eindeutig unter Druck und das nicht zu knapp. Er hatte sich die Ärmel seines dunkelblauen Hemdes hochgekrempelt und den Knoten der Krawatte gelockert. Phillip sah auf den ersten Blick, dass es Heimbach nicht gut ging. Für den Augenblick begab er sich in die Rolle des Beobachters, denn das war Manuelas Fall.

Die setzte sich genau gegenüber von Heimbach und musterte ihn sekundenlang schweigend. Dann erst begann sie zu sprechen.

„Herr Heimbach, Sie müssen entschuldigen, dass wir Ihre Urlaubsfahrt so rüde unterbrechen mussten. Es ist nur so, dass uns einige Fragen beschäftigen, auf die nur Sie eine Antwort geben können."

„Und darum werde ich an der Grenze wie ein Verbrecher aus meinem Auto gezerrt, in ein Polizeifahrzeug gezwungen, ohne die Möglichkeit, meinen Anwalt zu kontaktieren, und ohne weitere Erklärung hierher verfrachtet? Ihnen ist bewusst, dass das ein Nachspiel für Sie haben wird?"

Seine Stimme klang aufgebracht und scheinbar fest. Phillip jedoch konnte das Zittern in der Stimme hören, sobald Heimbach Luft holte. Ein Zeichen für ... Angst. Seltsam.

Manuela blieb ruhig. „Ich darf annehmen, dass Ihnen bei Betreten des Reviers sofort die Möglichkeit gegeben wurde, Ihren Anwalt anzurufen?"

„Ja, das schon, aber ..."

„Gut, dann lassen Sie uns hier keine Zeit vergeuden, ich hoffe, er wird rasch hier auftauchen?"

„Er ist bei Gericht. Ich verweigere jede Aussage, solange er nicht hier ist." Heimbach spuckte Manuela diese Worte regelrecht entgegen.

„Das können Sie tun, raten würde ich es Ihnen aber nicht. Es könnte sein, dass Sie mit der verzögerten Aussage zu vermehrten, wie soll ich sagen, Komplikationen, ja, das trifft es, beitragen. Ich fange einfach mittendrin an, Herr Heimbach, was sagt Ihnen der Name Arnold, Freiherr von Löwenberg?“

Der Mann wurde tatsächlich noch blasser und auch das Zucken verstärkte sich. Phillip schwieg und beobachtete weiter.

„Herr von Löwenberg ist ein angesehener und einflussreicher Bauunternehmer, der mittlerweile mehrere Objekte in München und Umfeld betreut.“

„Wie lange kennen Sie den Herrn?“

„Seit etwa zwei Jahren. Wir lernten uns auf einer Baumesse kennen. Warum geht Sie das bitte etwas an?“ Nun klang er auch noch trotzig.

„Herr Heimbach, wenn der Verdacht der Bestechlichkeit vorliegt, es dann auch noch auf einer der Baustellen des Herrn von Löwenberg eine Leiche gibt, dann geht uns das durchaus etwas an.“ Manuelas Stimme hatte erneut diesen mütterlichen Unterton, von dem er wusste, dass sie dann hochkonzentriert und ein wenig ärgerlich war.

„Bestechlichkeit? Wissen Sie eigentlich, mit wem Sie hier reden? Was glauben Sie, wen Sie vor sich haben?“

Oha, das Zittern in seiner Stimme nahm zu.

Manuela beugte sich etwas vor. „Was ich glaube? Was ich glaube, Herr Heimbach, das ist, dass ich den Mann vor mir habe, der ein Mordopfer als letzter lebend gesehen hat.“

Guter Schachzug.

„Sind Sie denn komplett wahnsinnig geworden? Ich weiß nicht einmal, von wem Sie sprechen." Heimbach hatte inzwischen seine Hände miteinander verschränkt und drückte so fest zu, dass die Fingerknöchel weiß hervortraten.

„Ach, das wissen Sie nicht? Darf ich Ihrem Gedächtnis auf die Sprünge helfen? Rudolf Munser, der Tote von der Baustelle, der, dessen Identität wir in der ganzen Stadt und darüber hinaus per Fahndungsbild herauszufinden versuchten. Können Sie sich unsere große Überraschung vorstellen, als wir ihn auf einem Überwachungsvideo entdeckten? Auf einem Video, auf dem Sie an seiner Seite sind? Und das nicht nur einmal. Herr Heimbach, Sie sind ein intelligenter Mann, zumindest hoffe ich das, sehe ich mir an, wo Sie beruflich gelandet sind. Haben Sie ernsthaft gedacht, dass das nicht bekannt würde?"

Heimbach wirkte noch verunsicherter als schon zuvor. Beinahe bedauerte er ihn.

„Ja, gut, ich kannte ihn. Er hat diverse Aufträge für Bauunternehmen bearbeitet, das ist branchenüblich. Da können Sie gerne nachfragen. Es ist nicht meine Schuld, wenn er verschwunden ist."

Manuelas Stimme wurde weich. „Nun ja, Herr Heimbach, ganz so ist es nicht. Er ist zwar kurz verschwunden, aber unter höchst fragwürdigen Umständen wiederaufgetaucht. Leider konnte er uns die Frage, wie er in die Verschalung und das kühle Betongrab kam, nicht mehr beantworten. Es hätte uns sehr weitergeholfen, aber Tote reden eben nicht mehr in der altgewohnten Form. Dafür erzählen sie nach ihrem Tod nicht selten ausnehmend interessante Geschichten."

„Hören Sie sich eigentlich selbst zu? Was erzählen Sie da für einen Unsinn?" Heimbach musterte Manuela mit unstetem Blick.

Die lächelte nachsichtig. „So bin ich eben, immer etwas lyrisch unterwegs. Und nun ernsthaft, Herr Heimbach. Was sollen wir davon halten, dass wir auf einem Video, wieder aus Ihrer Arbeitsstätte, sehen, wie Sie Rudolf ‚Rudi' Munser an dessen Todestag verfolgen? Noch einmal, so dass hoffentlich auch Sie es verstehen, laut dem uns vorliegenden Beweismaterial waren Sie der Letzte, der Rudolf Munser lebendig gesehen hat. Sollten wir falsch liegen, wären wir für die Tatsachen aus Ihrer Sicht sehr dankbar. Wir hören?"

In dem Augenblick, als Heimbach mit wütendem Blick Luft holte und zum Sprechen ansetzte, öffnete sich die Tür zum Vernehmungsraum und ein sehr ernst aussehender Stefan Marquart erschien im Türspalt.

„Manuela, Phillip, kommt ihr bitte zu mir? Wir haben sehr interessante neue Erkenntnisse. Ein Kollege wird sich solange um das körperliche Wohlergehen von Herrn Heimbach kümmern."

Erstaunt sah er zu Manuela, die zuckte lediglich ratlos die Schultern und wandte sich an Heimbach.

„Wir machen in Kürze genau hier weiter."

***

„Respekt! Ich hätte vieles erwartet, das aber tatsächlich nicht. Wie gerissen muss man sein, um solch ein verwinkeltes Lügenkonstrukt auf die Beine zu stellen?" Manuela war eindeutig fassungslos.

Sie saßen wieder in Stefans Büro und starrten alle
Drei auf den Bildschirm und die Info, die von den Kollegen in Hamburg eingegangen war.

Phillip war ebenso überrascht wie sie und Stefan.
„Wisst ihr was? Ab und an hasse ich mein Bauchgefühl.
Ich habe geahnt, dass etwas verdammt faul ist, aber dieses Ausmaß ist im negativsten Sinne respektabel. Da
könnte so manch Mafiosi noch etwas lernen." Er tippte
mit dem Zeigefinger auf den Bildschirm. „Jetzt ist die
Schonzeit für Herrn Heimbach vorbei und zwar endgültig. Der wusste das alles, in jeder Einzelheit, darauf
könnt ich wetten. Er dachte, er könne das im Griff haben und seinen Reibach machen, ohne selbst hineingezogen zu werden. Da hat er ja mal gründlich falsch gedacht."

Stefan stimmte ihm umgehend zu. „Lasst uns keine
Zeit verlieren. Ich möchte nicht, dass noch etwas passiert."

***

Bei ihrer Rückkehr fanden sie nicht nur Ralf Heimbach vor, sondern auch dessen Anwalt, einen kleinen,
drahtigen Kerl, der verblüffende Ähnlichkeit mit den
alten Bildern des guten Napoleon Bonaparte aufwies.
Phillip sah zu Manuela und das Lächeln, das ihre Lippen umspielte, zeigte ihm, dass sie wieder einmal den
gleichen Gedanken teilten.

„Sie haben kein Recht, meinen Mandaten hier festzuhalten, solange keine Verdachtsmomente gegen ihn bestehen."

221

„Stopp!" Manuela, noch immer stehend, hatte sich mit beiden Händen auf der Tischplatte aufgestützt und fixierte Heimbach eindeutig wütend. „Falls Ihr Mandant vergessen haben sollte, Ihnen mitzuteilen, dass er ein Verdächtiger in einem Mordfall ist, darf ich das hiermit nachholen. Sollte Ihr Mandant uns allerdings etwas zu sagen haben, etwas, das ihn zwar noch immer korrupt sein lässt, ihn aber immerhin vom Verdacht des Mordes befreien könnte, dann wäre jetzt ein guter Zeitpunkt."

Heimbach stöhnte. „Verdammt, ich sagte Ihnen bereits, dass ich den Mann nicht getötet habe. Was wollen Sie denn noch?"

„Ach, bitte, Herr Heimbach, finden Sie nicht selbst, dass das eine arg dünne Aussage ist? Ich kann Ihnen gerne sagen, was ich will. Ich will verdammt nochmal die Wahrheit und zwar die ganze, keine Scheibchen, keine vagen Andeutungen. Haben wir uns verstanden?"

Der Anwalt hob die Hand. „Halt, mein Mandant ist kein Mörder, das möchte ich hier einmal festhalten. Das dürfen Sie mir glauben."

„Ich glaube so einiges. Das meiste davon ist nicht erfreulich, im Gegenteil. Und nun bitte Klartext. Herr Heimbach, wie weit stecken Sie in der ‚Firma‘ des Herrn von Löwenberg? Es wäre dringend angeraten, ab sofort nur noch die Wahrheit zu sagen." Manuela klang sehr bestimmt. Nach diesen Worten setzte sie sich und musterte Heimbach sehr genau. „Ich höre?"

Phillip beobachtete Heimbach und analysierte alles, was er sah. „Manuela, er hat Angst." Er beugte sich nach vorn, stützte die Ellbogen auf dem Tisch auf und verschränkte seine Hände. „Er hat nicht einfach nur Angst, er hat Panik. Ich habe doch recht, nicht wahr, Herr Heimbach? Sie waren zu gierig. Scheinbar leichtes Geld, ein Vermögen, das ein Maß an Luxus garantierte, welches man mit ehrlicher Hände Arbeit niemals erreichen könnte. Als Sie begannen zu begreifen, worauf Sie sich eingelassen hatten, waren Sie schon viel zu tief drin. Und Sie müssen erst gar nicht anfangen zu überlegen, welche Lügengeschichte Sie uns auftischen können. Vor einigen Minuten kam der Bericht der Kripo in Hamburg. Wir wissen, wer hinter all dem steckt, nur Ihre Rolle, die würden wir gerne von Ihnen hören.“

Heimbach warf seinem Anwalt einen hilfesuchenden Blick zu. Der reagierte sofort. „Herr Heimbach, wenn Sie jetzt nicht alles erzählen, gefährden Sie das Leben Ihrer Familie. Tun Sie das Richtige, bitte.“

Ein Anwalt mit Hirn und Vernunft. Phillip war positiv überrascht.

Manuela schien langsam die Geduld zu verlieren. „Herr Heimbach, zum letzten Mal, ehe ich wirklich ärgerlich werde: Haben Sie Rudolf Munser getötet?“

Aus dem Mund von Ralf Heimbach drang ein beinahe schon kläglicher Laut. „Gott, Frau Kommissarin, ich bin doch kein kaltblütiger Mörder. Ich könnte niemals einen Menschen töten, mag er noch so ein großer Drecksack sein. Munser war einer, obwohl man über Tote nichts Schlechtes sagen soll. Er hat für seinen Boss immer die Drecksarbeit erledigt, ohne Rücksicht. Wobei ich befürchte, dass auch er genau wusste, was ihm blüht, wenn er sich weigert. Er hat die Verträge angeschleppt und sich um die Abwicklung gekümmert. Er

erfuhr danach über mich von den Angeboten und so
war es ein Leichtes zu unterbieten. Und wenn sein Chef
nicht unterbieten wollte, dann musste ich dafür sorgen, dass der Zuschlag dennoch erfolgte.

Als das Objekt am Eisbach durch den Tod der Besitzerin der meisten Wohnungen ins Visier der Immobilien-
branche geriet, war es keine Frage, wer sich einschalten würde."

„Aber einige andere wollten nicht verkaufen, ge-
schweige denn ihre Wohnungen aufgeben. Wie ging
das vonstatten?"

Heimbach schwieg kurz, sprach aber letztendlich
doch weiter.

„Die Erbengemeinschaft musste verkaufen, die hatten nicht das Geld, um die Erbschaftssteuer aufzubrin-
gen, außerdem haben sie alle um ihre Anteile gestrit-
ten. Schließlich wurde ihnen mitgeteilt, dass sie sofort
dem Angebot zustimmen sollten, wenn sie es nicht ris-
kieren wollten, dass das Anwesen sehr schnell an Wert
verlöre. In der nächsten Nacht brach im Keller ein
Feuer aus, zwei Nächte darauf brannten die Müllton-
nen und sie verstanden schnell, was gemeint war. Also
verkauften sie die Wohnungen. Die restlichen Eigentümer erhielten passable Angebote, die sie vor allem des-
halb annahmen, weil man mit einer gefälschten Exper-
tise drohte, die besagte, dass das Haus wegen Wasser-
eintritt vom Isarkanal grundsaniert werden müsse. Die
Summen waren exorbitant, dazu kamen immer wieder
seltsame Unfälle im Haus. Inzwischen war auch bereits
mehrmals der Strom ausgefallen und die Heizung war
plötzlich kaputt. Langsam, aber sicher waren sie alle so

mürbe und verunsichert, dass sie, einer nach dem anderen, das scheinbar vernünftige Angebot angenommen haben. Eine Anwaltskanzlei in Hamburg hat alles geregelt und auch den Notar gestellt. Ich habe alles unterschrieben, was es zu genehmigen gab. Es war nicht das erste Mal, dass ich Projekte, sagen wir mal, *ermöglicht* habe, das wissen Sie inzwischen wahrscheinlich."

Manuela nickte. „Wissen wir. Aber dieses Mal war es noch einmal eine Ecke größer, eine Ecke zu groß, richtig?"

„Ja. Es hatte Ausmaße angenommen, bei denen mir bewusstwurde, dass ich das nicht mehr verschleiern kann. Also versuchte ich mich in Schadensbegrenzung. Ein großer Fehler, denn hätte ich mich geweigert, die neuen Pläne zu genehmigen, wäre der Verlust für den Eigentümer siebenstellig gewesen. Munser kam zu mir und drohte mir. Ich versuchte ihm zu verdeutlichen, dass er ebenso seinen Kopf in der Schlinge habe. Das allerdings sah er anders, denn er hatte ein Druckmittel in den Händen. Es gab da wohl eine alte Sache, die er im Auftrag seines Chefs in Österreich ‚erledigt‘ hatte. Dabei ist ihm eine Mappe mit aussagekräftigen Unterlagen in die Hände gefallen. Diese Unterlagen hat er an sich genommen und den Chef belogen. Angeblich seien die Dokumente unauffindbar. Er hat mich ausgelacht, als ich ihm auf den Kopf zusagte, dass ihn das seinen Kopf kosten würde. Munser war zwar brutal, jedoch nicht besonders clever. Er konnte aber immerhin rechnen. Daher konnte er sich zusammenreimen, wie viel sein Auftraggeber in den letzten Jahren verdient hatte, mit seiner Hilfe, wie er sagte." Heimbach brach ab und bat um ein Glas Wasser.

„Wir ahnen so ungefähr, wie viel das sein muss, können Sie uns eine genaue Summe nennen?“

„Wenn das so einfach wäre, Frau Kommissarin. Ich kann Ihnen sagen, was es allein hier in München und Umgebung war. Hier sind es etwas über fünfzehn Millionen. Ich weiß, dass Munser und sein ‚Entmietungstrupp‘ in ganz Deutschland eingesetzt wurden. Daher setze ich grob den doppelten Betrag an. Verstehen Sie mich bitte richtig, das ist nur der Gewinn.“

„Und was wollte dieser Munser denn nun tun?“

„Der Wahnsinnige wollte den Chef erpressen. Er dachte, mit seiner Schlägertruppe in der Hinterhand könne er das gefahrlos tun. Er wollte nicht auf mich hören. Ich wollte, dass er mit mir zusammenarbeitet und wir dem Ganzen ein Ende setzen, indem wir geeint handeln. Ich allein stehe auf verlorenem Posten und er hat nicht begriffen, dass er das auch tut.“

Manuela legte den Kopf schief und fixierte Heimbach genau. „Verlorener Posten? Sie hätten zu Fritz Meinert gehen können und dann mit ihm gemeinsam zur Polizei. Das wäre ein durchaus gangbarer Weg gewesen.“

Heimbach lachte, aber es klang eher verzweifelt. „Gangbar? Das glauben auch nur Sie. Wenn Ihre Familie bedroht wird, wenn man plötzlich genau weiß, wann Ihr Kind wo ist und wie dessen Tagesablauf aussieht. Wenn Sie diesen exakt aufgelistet zugestellt bekommen, mit der Frage, ob denn auch die Sicherheit des Kindes gewährleistet wäre, dann wird es verdammt eng. Wenn dann noch mitgeteilt wird, dass die Automarke Ihrer Frau in letzter Zeit immer wieder durch plötzliche Autobrände aufgefallen wäre, dann lassen Sie sehr schnell von allem die Finger.“

„Und warum, bitte schön, sind Sie an diesem Tag Munser hinterhergefahren?"

„Verdammt nochmal, verstehen Sie das doch endlich. Er war meine letzte Chance, mit einigermaßen heiler Haut rauszukommen. Ohne ihn und sein Wissen oder seine Druckmittel hatte ich null Chance. Ich wollte ihn zur Vernunft bringen, ich wusste einfach, dass das schiefgehen würde. Mochte Munser auch glauben, dass seine Männer hinter ihm stünden, ich wusste es besser. Aber so weit kam es gar nicht. Ich habe Munser an dem Tag im Verkehr verloren und, zur Baustelle zu fahren, konnte ich mir verkneifen. Tja, einen Tag später kontaktierte mich jemand von dieser ominösen Kanzlei, um mir mitzuteilen, dass ich ab sofort einen neuen Ansprechpartner habe."

Phillip legte Manuela unauffällig seine Hand auf den Rücken. Sie verstand sofort und er übernahm.

„Herr Heimbach, wollen wir dem Kind endlich einen Namen geben? Ich komme mir schon beinahe vor wie in der Geschichte um diesen Zauberlehrling. Nennen wir bitte seinen Namen, wir reden die ganze Zeit von Arnold, Freiherr von und zu Löwenberg, nicht wahr?"

Heimbach nickte mit sorgenvoller Miene. „Ja, von keinem anderen. Und wenn er erfährt, dass ich hier sitze und Ihnen das alles erzähle, dann ist meine Familie keine Minute mehr sicher."

Phillip schüttelte den Kopf. „Wir werden für die Sicherheit Ihrer Frau und ihres Kindes sorgen. Ich kann Sie etwas beruhigen. Die Kanzlei in Hamburg wurde inzwischen geschlossen, alles, was man vorfand, beschlagnahmt. Die Kollegen vor Ort waren sehr gründlich. In den nächsten Tagen wird man alles auswerten."

Heimbach wirkte plötzlich verstört. „Sie sollten noch etwas wissen. Bei dem Bauvorhaben hier am Eisbach haben sich zwei Damen eingeschaltet, die, so wie es aussieht, dem Ganzen nicht getraut haben. Die eine ist Eigentümerin einer Wohnung im Nachbarhaus. Die andere, ihre Freundin, war scheinbar sehr neugierig und hat offenbar Verbindungen zu meinem Vorgesetzten. Auf jeden Fall hat sie kräftig die Pferde scheu gemacht. Es ging so weit, dass mein Vorgesetzter sich alle Unterlagen zu dem Projekt kommen ließ und eine Überprüfung angestoßen hat. Ich hab das damals von Löwenberg erzählt und er meinte, er würde sich persönlich darum kümmern.“

Phillip fröstelte plötzlich. „Wie genau sollte das aussehen, hat er sich dazu geäußert?“

„Ja, schon, er hat es zuerst mit einem manipulierten Gutachten versucht, um die Damen anderweitig zu beschäftigen und ihnen den Spaß am Herumschnüffeln zu vergällen. Hat nur offenbar nicht funktioniert, denn einer von Munsers Schlägertypen hat die Damen überwacht und gesehen, dass die eine zuerst im Referat und dann beim Mieterschutz war. Glauben Sie mir, der Löwenberg lässt sich nicht von einer neugierigen alten Frau das Geschäft verderben. Da kennt der keine Skrupel.“

„Wie kommen Sie darauf?“

„Weil er sich die Anfrage auf Genehmigung des Kellerausbaus der einen Dame, einer gewissen Ilse von Karburg, gesichert hat. Ich musste sie ihm geben, ich hatte da keine Wahl. Da meinte er, er würde das nun ein für alle Mal abklären.“

Er und Manuela warfen sich einen kurzen Blick zu.

Manuela stand sofort auf. „Von Löwenberg hat heute einen Besichtigungstermin mit Frau von Karburg vereinbart. Hätten Sie das nicht gleich erwähnen können, dass außer Ihrer Familie noch jemandem Gefahr droht?"

„Ich hatte nicht sehr lange Zeit, mein Plädoyer vorzubereiten, wie Sie wissen. Nun habe ich es Ihnen doch gesagt." Heimbach wirkte verunsichert. „Aber Sie sollten die Frau warnen. Löwenberg wirkt auf andere Menschen vertrauenswürdig, distinguiert und vollkommen normal. Ich weiß es besser. Der Mann ist ein Psychopath. Er ist alles andere als normal."

Manuela und er reagierten gleichzeitig. „Wer ruft sie an?"

Er nickte kurz, zückte bereits sein Handy und verließ umgehend den Raum. Draußen traf er auf Stefan. „Ich muss sofort los, Löwenberg ist nicht so ganz, was alle dachten, und dieser Kerl kommt jetzt dann gleich zu meiner Tante, angeblich, um eine Begehung durchzuführen."

„Mist! Soll ich eine Streife schicken? Da ist bestimmt eine in der Nähe."

„Tu das, aber sie sollen vorerst außer Sicht bleiben. Könnte sein, dass er ansonsten überreagiert. Wenn der schon weiß, was in Hamburg los war, dann weiß er, dass er seinen Hals in der Schlinge hat." Phillip schüttelte ärgerlich sein Handy. „Verdammt, wofür hat sie ein Handy, wenn sie dann nicht drangeht?"

Im selben Moment kam Manuela aus dem Verhörraum. Zwei Beamte, Heimbach in ihrer Mitte folgten, der Anwalt eilte hinterher.

„Was habt ihr beschlossen?"

Manuela war schon unterwegs zu ihrem Schreibtisch. „Sie fahren mit ihm zu seiner Familie. Vorerst postieren wir durchgehend eine Streife vor seinem Haus. Er selbst bekommt eine Fußfessel, damit er nicht entschwindet, wobei ich das nicht glaube. Hast du Ilse erreicht?"

„Nein, eben nicht. Es ist schon vier Uhr. Dieser Psycho kann jeden Augenblick bei ihr aufkreuzen. Stefan hat schon eine Streife geschickt, lass uns fahren. Ich hab ein verdammt ungutes Gefühl."

***

Ilse knibbelte verzweifelt an ihrer Super-Sport-Fitness-Uhr herum. Abgesehen von einem abgebrochenen Fingernagel konnte sie bisher keinen durchschlagenden Erfolg verbuchen. Das Ding wollte einfach nicht das tun, was sie gern gehabt hätte. Nämlich die Funktion, eine Sprachnachricht aufzunehmen, um den Löwenberg später damit festnageln zu können. Sie hatte nur noch eine Stunde Zeit, um alles zum Laufen zu bringen. Es war bereits kurz vor vier Uhr an diesem Nachmittag und sie wusste, dass es wichtig war. Sehr wichtig sogar und sie war es gewesen, die gezaudert hatte, als Phillip und Manuela ihr vorgeschlagen hatten, sie zu verkabeln, falls Löwenberg den Köder schlucken sollte. Wäre vielleicht gar keine so dumme Idee gewesen.

Erneut versuchte sie, das komplizierte Ding richtig einzustellen. Um Schritte oder den Herzschlag zu zählen, war es perfekt, aber die tausend Funktionen sonst noch ...! Ihr Handy lag neben ihr auf der kleinen Kommode im Wohnzimmer, sollte sie Phillip anrufen und eine Alternative vereinbaren? Ärgerlich verpasste sie ihrer Multifunktions-Uhr einen kräftigen Hieb. „Den hast du dir redlich verdient!"

„Verzeihung, was habe ich mir redlich verdient?"

Erschrocken wirbelte Ilse herum. Tatsächlich! Da stand er. Mitten in ihrem Wohnzimmer, wobei das bei der offenen Terrassentür das kleinere Problem war. Wie aber, zum Teufel nochmal, war er auf das Grundstück gekommen? Sie wusste, dass das Gartentor fest verschlossen war.

„Herr von Löwenberg, nicht, dass ich mich nicht freuen würde, Sie zu sehen, aber wie sind Sie denn bitte hier hereingekommen?"

„Sie haben auf mein Läuten an der Vordertüre leider nicht reagiert, darum habe ich mir Sorgen gemacht. Ihr Auto steht in der Auffahrt, ich fürchtete, Ihnen könnte etwas zugestoßen sein."

Sie wusste, dass das mit absoluter Sicherheit eine Lüge war. So senil konnte sie gar nicht werden, als dass sie die Klingel nicht hören würde. Hier stimmte etwas nicht.

***

„Tante, du musst ...", weiter kam Phillip nicht. „Verflucht, nochmal!"

Manuela, die neben ihm schnellen Schrittes zu seinem Wagen lief, berührte seine Schulter. „Hey, was ist los?"

„Wenn ich das wüsste. Ich hatte einen Anruf von Ilse über ihre Uhr, als ich ihn angenommen habe, bin ich in einem Gespräch gelandet. Manuela, wenn ich richtigliege, dann ist der Kerl schon bei ihr im Haus und sie hat ihn nicht reingelassen." Er warf ihr den Autoschlüssel zu. „Du fährst, ich horche weiter. Bitte mach schnell!"

***

„Mir geht es gut, wie Sie sehen. Seltsam, vorhin bei der Lieferung vom Kräutersepp hat die Glocke noch einwandfrei funktioniert." Ilse überlegte fieberhaft, denn dass diese Situation nicht gut war, das konnte sie an fünf Fingern abzählen. So war das alles nicht geplant gewesen. „Aber nun sind Sie ja schon einmal hier. Möchten Sie sich gleich alles anschauen oder darf ich Ihnen vorab eine kleine Erfrischung anbieten?"

Er lächelte, aber es war ein anderes Lächeln als jenes, welches sie kannte und das er immer zutage zauberte, wenn er mit ihr oder Marga sprach. Es war ein Lächeln, das ihr nicht gefiel, denn es erreichte seine Augen nicht.

„Vielen Dank, liebe Frau von Karburg, ich hatte bereits bei meinem Weg zum Haus die Möglichkeit, mir alles gut anzusehen. Ich muss eingestehen, dass ich sehr überrascht bin. Es ist nun so, dass ich schon ein paar Jährchen im Bauwesen unterwegs bin, so ein klein wenig Ahnung habe ich dann doch von Dingen, die möglich sind und die es nicht sind. Ihr Unterfangen ist, darf ich ehrlich sein, ganz einfach unmöglich." Er lächelte wieder und das Lächeln war so kühl, dass sie

232

fröstelte. Er zeigte auf ihr Sofa. „Wollen wir uns setzen und wie erwachsene Menschen sprechen?"

Ilse konnte nur eines hoffen, nämlich, dass sich Phillip Sorgen machte, wenn sie sich nicht rechtzeitig mittels dieses seltsamen Gerätes meldete. Wenn er gut kombinierte, wovon sie ausging, dann kam er auf schnellstem Weg hierher. Hoffentlich.

„Herr von Löwenberg, wir können uns gerne setzen, aber ich erwarte noch einen Anruf meines Neffen, Marga müsste ich auch noch anrufen, Sie sind etwas zu früh dran. Ganz so viel Zeit habe ich daher im Moment leider nicht."

Erneut deutete er auf das Sofa. „Sie sollten sich setzen, Frau von Karburg, vertrauen Sie mir. Und ich darf Sie beruhigen. Ihre Freundin kam, als ich an der Baustelle losfuhr, mit einem riesigen Willkommensschild angefahren. Sofern ich das beurteilen kann, ist Frau Menzing noch eine ganze Weile beschäftigt."

Mit einem sehr unguten Gefühl im Magen setzte sie sich.

Er nickte und fuhr fort. „Und was Ihren Neffen, den Herrn Sonderermittler, betrifft, der ist im Augenblick damit zugange, einen gewissen Herrn Ralf Heimbach in die Mangel zu nehmen. Einen Mann, der mir lange Zeit hervorragende und sehr lukrative Dienste geleistet hat. Schade eigentlich. Ich werde ihn vermissen." Er seufzte theatralisch. „In den letzten Wochen scheint mein Leben eine unangenehme Wendung nehmen zu wollen. Allerdings habe ich zu viel zu verlieren, um das einfach so hinzunehmen. Verstehen Sie mich nicht falsch, liebste Frau von Karburg, ich habe nichts gegen neugierige Menschen. Aber eben nur, solange ich nicht

Objekt dieser Neugierde bin. Als ich das Objekt *Am Eisbach* begonnen habe, ahnte ich nicht, dass es ausgerechnet an diesem beschaulichen Ort Kräfte geben könnte, die urplötzlich einen unangenehmen Gegenwind heraufbeschwören."

„Ich weiß wirklich nicht, wovon Sie sprechen, Herr von Löwenberg. Was wollen Sie mir mit alldem eigentlich sagen?" Herrschaftszeiten, sie hätte sich gewünscht, dass ihre Stimme nicht so angespannt klingen würde.

Sein Gesichtsausdruck mutierte zum Typ väterlicher Freund. „Ich bitte Sie, liebe Freundin, Sie beleidigen meinen Intellekt. Sie wissen es sehr wohl. Vom ersten Tag an war Ihnen die Baustelle ein Dorn im Auge. Warum denken Sie, habe ich Ihnen das Angebot mit meinen Arbeitern gemacht? Ich hoffte, Sie und Frau Menzing damit zu befrieden und ungehindert mein Projekt zu beenden. Sie waren aber nicht zufrieden, nicht wahr? Nein, Sie mussten unbedingt nachgraben und schlafende Hunde wecken. War es tatsächlich notwendig, ihre Beziehungen spielen zu lassen? Mussten sie unbedingt den armen Heimbach ans Licht zerren? Ach, ich bitte Sie, das war dermaßen unnötig. Zugegeben, dass dann auch noch mein langjährigster und, wie ich dachte, zuverlässigster Mitarbeiter Morgenluft wittert und versucht, mich zu erpressen, das war, ebenso wie Sie, gnädige Frau, nicht in meiner Planung vorgesehen. In solchen Situationen muss man rasch und vernünftig reagieren."

Er erhob sich und begann, langsam im Wohnzimmer auf und abzugehen, was sie nur noch nervöser machte.

„Sein bedauernswerter Tod kam mir höchst ungelegen. Besorgt war ich jedoch, als ich herausfand, dass Sie es nicht bei Ihrem lieben Freund Meinert belassen konnten, sondern auch noch den Mieterschutz auf den Plan riefen. Wissen Sie, es gibt da einige Leute, die es gar nicht mögen, wenn man ihnen ins Handwerk pfuscht oder aber gar ihre Methoden infrage stellt.“

Sie verstand schnell. „Sie sprechen von denjenigen, die mit Verbrechermethoden und mit brutaler Gewalt das Haus entmietet haben, damit Sie problemlos anfangen konnten?“

„Wusste ich es doch, dass Sie gut im Kombinieren sind. Es fehlt Ihnen ein kleines Teil in Ihrem Gedankenkonstrukt, nicht wahr? Ihnen fehlt die Institution, die hinter all dem steht. Ich muss zugeben, dass ich regelrecht stolz darauf bin, dass bisher niemand auf den Gedanken kam, dass es einfacher ist, als man annehmen möchte.“ Er setzte sich ihr gegenüber in einen Sessel. „Bitte, Sie müssen mir glauben, dass ich Ihnen bis vor kurzer Zeit kein Leid zufügen wollte. Warum konnten Sie nicht einfach diese Wohnung renovieren, sich um Marian kümmern und ein paar SPA-Besuche absolvieren? War das denn zu viel verlangt?“

„Was genau versuchen Sie mir gerade zu erklären? Ich schätze, Sie haben da schon Ihre Pläne?“ Oha, ihre Stimme klang ja wieder fest.

Das schien auch der Freiherr zu bemerken, denn er wirkte überrascht. „Meine Liebe, ich versuche, Ihnen zu erklären, warum Sie heute sehr zu meinem Bedauern von uns gehen werden. Sie sind mir eindeutig zu nahegetreten. Als Sie vor meinem Haus in Wien aufgekreuzt sind, war das schon starker Tobak. Ihre Ermittlungen, wollen wir es mal so nennen, hier vor Ort gehen eindeutig zu weit. Um Ihre Neugier zu befriedigen, ja, ich bin derjenige, der hinter der Kanzlei in Hamburg steckt. Sie ahnten da die ganze Zeit etwas Korrektes. Es sind meine Leute, die mit, wie drücke ich das am besten aus, sagen wir mit harter Hand für Ordnung sorgen und dafür, dass es keine Probleme gibt. Das sind ehemalige Jugoslawien-Söldner, liebe Freundin, denen ist ein Menschenleben sehr wenig wert, glauben Sie mir das. Mag es auch hart klingen, aber es ist für Sie wesentlich besser, dass ich es bin, der Sie heute leider tot auffinden wird. Und vertrauen Sie mir, ich komme aus der Nummer raus, denn offiziell bin ich noch bis zehn Minuten nach fünf Uhr in einem Reisebüro in der Münchner Innenstadt und wie von Zauberhand wird die Überwachungskamera das bestätigen. Sind die Kapriolen der Technik nicht immer aufs Neue faszinierend? In Verdacht geraten wird eine Einbrecherbande, die bereits in der vergangenen Nacht in der Nebenstraße Luxuskarossen aufgebrochen und teilweise entwendet hat. Schöne Wagen, das möchte ich erwähnen, meine Freunde freuen sich schon sehr darauf, nach der Umgestaltung in deren Besitz zu sein."

„Sie erzählen allen Ernstes voller Stolz von Ihrem genialen Plan, eine alte Frau umzubringen, nur damit Sie mit Ihren linken Geschäften ungehindert weitermachen können?"

„So in etwa. Gefällt Ihnen mein Plan denn nicht? Enttäuschen Sie mich bitte nicht erneut, Frau von Karburg, Sie haben einen wachen Geist. Nun geben Sie schon zu, dass mein Plan richtig gut ist."

„Und Sie glauben, dass Sie ungeschoren davonkommen? Sind Sie wirklich dermaßen naiv?"

„Wenn Sie das hätten unterbinden wollen, müssten Sie die Rückfront Ihres Gartens besser absichern. Man kommt ungesehen auf Ihr Grundstück, die Terrasse ist von der Straßenseite nicht einsehbar und dass Sie mir netterweise die Terrassentüre geöffnet haben, weiß ich sehr zu schätzen."

„Sie haben wohl nicht an meine Kameras gedacht?" Versuchen konnte sie es immerhin.

Sein Lächeln hatte noch immer etwas Väterliches. „Ich bitte Sie, wir wissen beide, dass Sie die erst am Abend, ehe Sie zu Bett gehen, einschalten. Danach kommt hier keiner mehr rein, das ist mit bewusst. Am Nachmittag ist das der reinste Spaziergang."

Kruzifix, sie musste dringend an ihrem Sicherheitssystem arbeiten ... falls sie dazu noch die Möglichkeit haben würde.

Er fuhr bereits fort. „Darum, meine Liebe, und zu meinem größten Bedauern, werden Sie nun einen Einbrecher ertappen, dieser sieht sich in die Enge getrieben und muss Sie – leider – erschießen. Ich sehe mich danach gezwungen, Ihre Wohnung ein wenig zu verwüsten und eventuell einige Andenken mitzunehmen, die ganz sicher irgendwann eine Verwendung finden werden." Er zog offensichtlich seelenruhig eine Pistole aus einer Innentasche seines edlen Sakkos und zeigte erklärend auf den Lauf. „Der Schalldämpfer ist exzellent, niemand wird etwas hören. Und Sie müssen sich nicht sorgen, Sie werden weder etwas hören, noch spüren. Es geht schnell und, wie ich hoffe, ebenso schmerzlos." Er hob die Waffe und zum ersten Mal in ihrem Leben blickte Ilse in den Lauf einer Pistole.

Automatisch hielt sie die Luft an und fragte sich, wo ihre Schlagfertigkeit abgeblieben sein konnte. Ausnahmsweise war ihr Kopf gänzlich leer, nichts, nada, gähnende Leere, nicht einmal Angst.

Von Löwenberg ließ die Waffe noch einmal sinken. „Das muss ich Ihnen noch sagen, ich will, dass Sie es wissen. Sie sind eine außergewöhnliche Persönlichkeit. Schade, dass Sie sich entschieden haben, auf der anderen Seite zu spielen, denn ich muss eingestehen, dass ich Sie beinahe bewundere. Jemanden wie Sie hätte ich gerne in meinem Freundeskreis.“

Sie wusste nicht, ob sie lachen oder weinen sollte. „Ernsthaft, soll ich mich nun geschmeichelt fühlen, oder wie? Sie wollen mich gleich erschießen und erzählen mir was von Bewunderung. Sie haben schon ein mentales Problem, seh ich das richtig?“

„Das habe ich tatsächlich, aber auch das werden Sie nicht mehr analysieren können. Haben Sie noch einen letzten Wunsch, ehe ich das Unausweichliche tun muss?“

***

„Ja, und zwar, dass sie auf der Stelle Ihre Waffe fallen lassen und die Hände über den Kopf nehmen.“ Phillips Stimme klang laut und so scharf wie ein japanisches Messer.

Von Löwenberg schien die Sachlage zu unterschätzen. Zwar warf er sich sehr schnell herum, aber Phillips

Kugel steckte in seinem Schultergelenk, ehe der Baulöwe abdrücken konnte. Mit einem lauten Schmerzensschrei ließ er, nicht ganz freiwillig, seine Waffe zu Boden fallen.

Manuela, die eigene Pistole noch in der Hand, hob sie auf, wobei sie Löwenberg keine Sekunde aus den Augen ließ. „Mistkröte! Alte Damen umbringen, kein feiner Zug, Herr Von und Zu."

Der adlige Mörder war inzwischen auf die Knie gegangen. Mit schmerzverzerrter Miene hielt er sich die rechte Schulter.

Phillip winkte zwei uniformierte Beamte herbei. „Meine Herren, schafft diesen kleinen Drecksack von hier weg, ehe er den Teppich vollblutet. Ich schätze, die Ambulanz ist gerufen?"

„Sicher, Herr Vancura, können wir sonst noch etwas tun?"

Phillip nickte. „Das Reisebüro in der Tablerstraße dürfte sich über eine Razzia und die Beschlagnahmung aller Überwachungsvideobänder sicher freuen. Könnt ihr das schon mal anleiern?"

Der Beamte grinste. „Gewiss doch, sehr gerne."

Während von Löwenberg hinaus eskortiert wurde, wandte sich Phillip zu seiner Tante um. Die saß, verdächtig blass und leise, noch immer auf dem Sofa.

„Tante, geht's dir gut? Ist alles in Ordnung, bist du verletzt?" Er legte ihr seine Hände auf die Schultern.

Ilse blickte zu ihm auf. „Ja, eigentlich alles in Ordnung. Ich leb noch. Aber in den Lauf von so einer Pistole zu schauen, das ist mal was Neues. Ich geb gerne zu, das fühlt sich nicht besonders gut an."

Er zog sie hoch und schloss sie fest in die Arme. „Sowas tust du bitte auch nie wieder. Aber ich bin so stolz auf dich, du bist tapfer und kannst richtig gut mit der neuen Technik umgehen."

„Na ja, danke für das tapfer, aber das mit der Technik wage ich zu bezweifeln, wie kommst'n da drauf?"

Jetzt war er verwirrt. „Tante, ich bitte dich, du hast die Kopplung Uhr und Telefon spielerisch hinbekommen. Ich hab alles gehört und wir haben das ganze Gespräch und somit sein vollumfängliches Geständnis gespeichert. Das war super, wirklich. Du warst spitze, unsere Sorge war, nicht rechtzeitig hier zu sein. Der Kerl war viel zu früh. Manuela hat den Geschwindigkeitsrekord gebrochen, ich war und bin noch immer tief beeindruckt."

Manuela kicherte. „Nicht umsonst war ich beim letzten Training am Nürburgring die Beste."

Er schmunzelte und zog seine Tante noch einmal an sich. „Meine Powerfrauen, ich bin echt stolz auf euch." Er sah seiner Tante in die Augen. „Geht's dir besser? Du zitterst jedenfalls nicht mehr. Und jetzt sag mir, wie die Handy-Uhren-Kopplung funktioniert. Das hab ich selbst so noch nie geschafft."

Tante Ilse schmiegte sich lachend in seinen Arm. „Des is ganz leicht, Bua! Einfach gscheid draufhaun, des huift oiwei!"

Ein bisschen Ruhe

24. Dezember, Finca El Silencio, Mallorca

„Mädels, ich bin so froh, mit euch gekommen zu sein. Die Idee mit diesem Luxushäuschen war großartig." Tilde nippte sichtlich entspannt an ihrem Cocktail. „Es war auch so lieb von euch, mich – quasi – mitzuschleifen. Ich verspreche, in Zukunft wieder geselliger zu sein. Mir steckte nur Bad Tölz böse in den Knochen."

Ilse legte ihr tröstend ihre Linke auf den Rücken. „Alles gut, meine Liebe, du musst dich für nichts entschuldigen. Wir genießen das hier bitte in vollen Zügen, ohne Verbrechen, ohne Detektivspiele und ohne Schusswaffen." Sie schloss die Augen und lehnte sich in ihrem gemütlichen Korbsessel auf der Sonnenterrasse des herrlichen Anwesens zurück, das zur Kette der Romantik-Hotels gehörte. „Ach, tut das gut."

„Nanu, Ilse, gar keine Sehnsucht nach wie auch immer gearteten Kriminaltangos?" Manuelas Stimme klang sehr amüsiert.

„Null, überhaupt nicht. Ich freu mich auf heute Abend, auf das Fest mit euch beiden und mit Phillip, falls der jemals von seiner Laufrunde zurückkommt. Meine Lieben um mich und sonst nix."

Tilde stellte ihren Cocktail auf den mit blauen und weißen Mosaiksteinen kunstvoll gestalteten Tisch. „Hat sich Marga gemeldet? Alles gut gegangen mit Tonis Einzug?"

Ilse nickte eifrig. „Nicht nur das, er war begeistert, ich war dabei, als er ankam. Die Wohnung ist aber auch schön. Er hat eine Woche später die Bauleitung für das Projekt im Nachbarhaus übernommen. Das war Fritz Meinerts letzte Amtshandlung, ehe seine Nachfolgerin übernommen hat. Eine sehr fähige, kompetente Frau die nicht nur Architektur studiert, sondern auch noch eine abgeschlossene Zimmermannsausbildung hat. Die weiß endlich einmal, wovon sie redet. Nun wird das Haus ordentlich saniert, auch wenn die Wohnungsaufteilung nicht mehr rückgängig gemacht werden konnte. Die neue Besitzerin ist eine vernünftige Frau, die treibt kein Schindluder mit den Wohnungen. Unsere Marga freut sich wie verrückt auf das erste Weihnachten mit ihrem Sohn und könnte nicht glücklicher sein."

Manuela lächelte sichtlich zufrieden. „Ja, gut, dass der Freiherr seine Exfrau als Treuhänderin eingesetzt hat. Ich könnte schwören, er hat niemals damit gerechnet, dass es soweit kommen könnte. Nachdem der nun einmal für fünfzehn Jahre einsitzt und erst danach eine Neuverhandlung beantragen kann, dürfte da lange Ruhe herrschen. Der ist hinter Gefängnismauern prima aufgehoben. Der gute Herr Heimbach sitzt für eineinhalb Jahre und dessen Familie lebt inzwischen in dem Haus am Comer See. Weise Entscheidung, wie ich finde. Das Haus in München wurde verkauft."

Ilse war sehr zufrieden. „Ja, hat sich passabel entwickelt. Marian fühlt sich im Tennisclub sehr wohl, auch das freut mich. Toni hat, in Abstimmung mit der neuen Besitzerin, allen Arbeitern auf der Baustelle einen Weihnachtsbonus gezahlt, hach, ich mag das. So ein schönes Happy End." Sie warf Manuela einen prüfenden Blick zu. „Es sei denn, du bist traurig, dass du nicht auf einer Skihütte in Garmisch bist."

Manuela schob sich ihre Sonnenbrille zurecht und grinste. Sie rutschte in ihrem Stuhl ein klein wenig tiefer, streckte die langen Beine aus, seufzte und erklärte: „Ich bin unendlich traurig, sollte man eigentlich sehen."

Ilse hob ihre Hand und beschattete die Augen. „Da kommt Phillip, sehr schön, dann können wir uns alle auf das Weihnachtsessen vorbereiten. Bub, da bist du ja. Komm, wir bestellen dir ein Bierchen."

Phillip drückte, verschwitzt, wie er war, zuerst Manuela und dann ihr einen Kuss auf die Stirn. Dann griff er in die Tasche seiner Jogginghose und förderte ein Lederarmband mit einem silbernen Namenszug zutage. „Schaut mal, was ich auf meiner Laufstrecke gefunden habe. *Marco ti amo*, Marco ich liebe dich, steht da. Sowas schmeißt man eigentlich nicht weg. Wer weiß, vielleicht steckt ein kniffliger Kriminalfall dahinter." Er wandte sich ihr mit breitem Grinsen zu. „Was meinst du, Tante Ilse, bisserl Miss Marple spielen?"

Sie hob die rechte Augenbraue und musterte ihn schmunzelnd.

„Woast wos, schleich di, aba schnei, i wiu bloss no mei Rua."

Während sie gemütlich zur Bar schlenderte, um Phillips kühles Bier zu ordern, vernahm sie hinter sich das amüsierte Lachen der anderen.

Danksagung

Ich möchte mich hier – nach dem dritten Band – endlich bedanken. Mein Dank gilt als erstes vor allem einer einzigartigen, besonderen Frau.

Meiner Lady Ilse. Ein Quell an Inspiration, ein Herz auf Beinen und ein Vorbild in Sachen Menschlichkeit, Freundschaft und Lebensfreude. Danke dafür, dass ich dich kennenlernen durfte, danke, dass du in meinem Leben bist.

Ein weiteres Dankeschön an meinen „jüngeren" Bruder (ich wurde von der Familie kurzerhand „adoptiert") Roman (der Phillip in den Büchern). Für all die Tipps in Sachen Verbrechensbekämpfung und wie es bei der Polizei so ausschaut. Das war echt cool. So ein bisschen wie bei Castle. Die Autorin und der ehemalige Sonderermittler.

Danke an meine Agentin Alisha Bionda für die Geduld, mit der du mich immer wieder in die richtige Richtung bugsierst.

Danke an meinen lieben ukrainischen Freund Danil für den Support in Sachen „Russisch" in Band 2, Mörderisch entspannt.

Danke an Digital Publishers für die schöne Möglichkeit der Trilogie.

Und ein Riesendankeschön an meine Österreicher-
Gang und die unermüdliche Unterstützung in Sachen
Wiener Schmäh. Geh heast, des häd i aloa ned so hikri-
agt.